장씨세가 호위무사 8

조형근 新무협 판타지 소설

초판 1쇄 찍은 날 § 2020년 9월 18일
초판 3쇄 펴낸 날 § 2023년 11월 22일

지은이 § 조형근
펴낸이 § 서경석

편집책임 § 황창선
편집 § 박현성

펴낸곳 § 도서출판 청어람
등록번호 § 제387-1999-000006호
등록일자 § 1999. 5. 31
어람번호 § 제2-2846호

주소 § 경기도 부천시 부일로 483번길 40 서경B/D 3F (우) 14640
전화 § 032-656-4452 팩스 § 032-656-4453
E-mail § chungeorambook@daum.net

ⓒ 조형근, 2019

ISBN 979-11-04-92256-5 04810
ISBN 979-11-04-92254-1 (세트)

장씨세가
호위무사

第三幕

8

조형근 新무협 판타지 소설

도서출판
청어람

목차

第一章

해남파

장씨세가가 객방에 앉아 본가의 식구를 맞이하는 모용상의 자세는 조금 경직되어 있었다.

하필이면 시기가 그랬다. 장씨세가의 상황이 어려워지자 기회란 듯 다섯 명의 장로들이 일시에 들이닥쳤기 때문이다.

"잘 계셨습니까, 가주. 일 장로입니다."

그의 안부를 묻는 일 장로의 말에도 모용상의 표정은 냉랭하기만 했다.

"저희가 여기 온 것은……."

그런 기색을 읽은 것인지 일 장로의 태도는 더없이 조심스러워졌다. 그렇게 꺼낸 얘기에 모용상은 말없이 듣기만 했다.

"그래서 이대로 모른 척하고 돌아가자는 것이냐?"

대화가 끝나자 모용상이 거친 어조로 대꾸했다. 워낙 강경한 말투에 일 장로를 포함한 다섯 장로들은 말을 잇지 못했다.

그때 또 다른 사람들이 객방으로 들어왔다.

모용상의 시선이 그리로 움직이다 이내 한 여인을 발견하고는 눈이 커졌다.

"부, 부인⋯⋯."

패연지(覇聯池).

열일곱 어린 나이에 모용세가로 시집와 온갖 풍상(風霜: 어려움과 고생을 비유)을 다 겪은 여린 여인.

그녀가 조신한 자세로 예를 갖추고 있었다.

"장로들께서는 잠시 저에게 시간을 주시겠습니까? 아무래도 부부간의 이야기를 해야 할 것 같습니다."

패연지의 조용한 부탁에 장로들은 약속이나 한 듯 몸을 일으켰다.

방 안에 두 사람만 남게 되자 패연지는 모용상을 향해 깊이 예를 보인 뒤 맞은편 자리에 앉았다.

"상공, 한낱 아녀자가 바깥일에 끼어들게 된 것, 사과드리겠습니다."

"으음."

모용상은 굳은 얼굴로 쉽게 입을 떼지 못했다. 그가 아무리 애처가(라지만 실제로는 공처가)로 알려져 있지만 이는 본 가 내에서다. 대외적으로는 강호행을 하고 있는 자리, 거기에다 전란이 있는 곳에 아녀자가 온 것은 원래라면 모용의 체면, 즉 역린을 건드리는 것이었다.

그것을 아는 패연지는 재차 몸을 낮추며 말을 이었다.

"혹여나 상공께서 오해하실까 봐 말씀드립니다. 제가 여기에 찾아온 것은 장씨세가 문제 때문이 아닙니다. 혹 상공께서는 며칠 동안 조정에서 본 가로 날아온 서신들이 몇인지는 알고 계십니까?"

인상을 굳히고 다른 곳을 바라보던 모용상은 그제야 그녀에게 시선을 두었다.

"조정에서 왜 서신이 날아온 게요?"

"바로 장씨세가 때문이지요."

패연지가 시선을 받아 다시 말을 이었다.

"장씨세가에서 벌어지는 일에 관의 고위직이 연계되어 있다고 합니다. 자칫 모용세가 역시 피해를 받을 수 있으니 삼갈 것을 권하는 내용이었습니다."

"여긴 무림이오. 관(官)이 개입한다고 해도 한계가 있소."

"상공의 말 역시 일리가 있습니다. 한데 소감(少監)께서는 그리 보시지 않는 것 같습니다."

"소감이라면… 설마 패소명(霸小明)? 그분께서 서신을 보냈소?"

순간 놀란 표정의 모용상이 재차 확인하듯 그녀의 반응을 살폈다.

패연지는 지그시 눈을 내리깔며 미미하게 고개를 끄덕였다.

"이런……."

모용상의 얼굴이 급격히 어두워졌다.

패소명은 사적으로는 모용상의 처남. 아내인 패연지의 막냇동생이다. 처가인 패씨 일가가 환난을 겪었을 때 스스로 양물을 자르고 궁에 들어가 환관이 되었다.

이후 궁에서 패씨 일가를 알음알음 도와주다가, 장녀인 패연지가 모용상과 부부의 연을 맺은 이후로는 일절 서신 하나 보내지 않았다.

무림인의 인척이 황궁의 환관으로 있다는 것은, 무림인에게나 환관 자신에게나 서로서로 거북한 것이었으니까.

"평생 무림과 연을 끊은 분이 갑자기 서신을 보내시다니……."

"핏줄만큼은 외면할 수 없는 것이니까요."

패연지의 말에 모용상은 신음을 흘렸다.

패소명은 사적으로는 자신의 처남이지만, 공적으로는 사례감(司禮監), 조정의 모든 환관들을 관리하는 부처에 속해 있었다. 실질적으로 스물네 곳의 환관 기구 중 권력이 가장 강한 곳에 소속돼 있는 것이다. 더구나 현 그의 직급은 소감이나 당장 몇 년만 지나면 태감(太監: 환관 최고위 직책)이 될 수도 있다.

'현재 그의 상관이……'

몇 년 후가 아니더라도 패소명의 위치는 상당히 높았다.

우선 패소명의 상관은 사례태감이었다. 즉, 동창(東廠: 황제 직속의 비밀 첩보 기관)의 제독을 모시고 있었다.

"…황궁에서 그리 보고 있다는 것이오?"

모용상이 나지막하게 침음했다.

무림의 개방에도 필적하는 황궁의 정보 조직 동창. 그곳과 깊이 연을 맺은 패소명이 급히 서신을 보내올 정도라면…….

패소명은 자신의 누이인 패연지가, 모용세가의 안주인까지 위험에 처할 수 있다고 보는 것이다. 이는 이번 일에 자신이 아는 그 이상의 내막이 있다는 것을 말해 주고 있었다.

"부인, 말씀은 알겠으나 지금 와서 손을 뗄 수는 없소. 이번 일로 인해 모용세가도 큰 피해를 입었소."

꾸욱!

모용상의 주먹에 힘줄이 도드라졌다.

"본가를 공격해 온 사파들과, 또 추정 중이지만 그와 협력하고 있는 팽가 역시 이대로 놔둘 수 없소. 피해가 두려워서 물러선다면, 이는 모용세가의 명예에도 큰 흠집이 될 것이오."

"소첩도 상공의 생각과 같습니다. 그리고 상공이 하시는 일에 전혀 반대할 생각이 없습니다."

패연지는 물끄러미 모용상을 바라보며 고개를 숙였다. 그녀는 부군의 어디부터가 약한 점이고 어디까지가 역린인지를 아는 여자였다.

"다만 아셔야 할 점은 이번 일에 관(官)과 맹(盟)이 동시에 개입되어 있다는 겁니다."

"…관은 그렇다지만 맹은 아니오."

모용상의 어투는 단호했다. 하지만 그의 눈빛은 조금 흔들렸다.

"그들은 중립적인 입장을 유지하고 있소. 거기에 강호 무인이 외면할 수 없는 협(俠)이 걸려 있소. 이런 상황에 어찌 우리가 빠질 수 있겠소? 개방은 목숨을 걸고 장씨세가를 돕고 있는 형국인데?"

"맹은 이미 팽가의 손을 들어주었습니다. 그리고 개방도 곧 장씨세가에서 손을 뗄 것입니다."

"그게 무슨 말이오?"

모용상의 눈이 크게 뜨였다.

그러자 패연지가 내렸던 시선을 들어 모용상과 맞추고는 말을 이었다.

"오는 길에 맹에서 근무하는 모용세가 무사에게 정보를 들었습니다. 맹이 곧 팽가에 협력하겠다는 공식적인 발표가 있을 거라고 합니다."

"맹이 말이오? 어째서?"

"정확한 사유까지는 알지 못합니다. 지금 밝혀진 사실은 풍운검대 전원을 팽가로 파견했다고 하는 명령뿐이니까요. 그리고 마침 도성의 정예 관군들이 팽가 인근으로 모이고 있다는 서신을 소감께서 알려왔습니다."

"이럴 수가……."

모용상은 입이 쩍 벌어졌다.

맹을 대표하는 고수들이 모인 풍운검대. 거기에다 관군도 지원해 나선 상황이다. 개방과 모용세가가 비호를 해도 엄청난 손실을 입을 것이 뻔했다.

"개방은… 개방은 어찌 되었다고 하오? 그에 대한 언급도 있었소?"

"도성을 포함한 관아에서 거지들을 보이는 족족 잡아넣고 있다고 합니다. 대외적인 이유는 역병의 방지이지만, 태감의 견해로는 장씨세가와 손을 잡은 이들을 하나하나 쳐내기 위한 것이라 합니다."

"사전작업인가……. 허어."

이제는 거의 충격을 먹다시피 변한 모용상의 힘이 쭉 빠졌다. 대체 팽가가 어떻게 손을 썼기에 일이 이처럼 극단적으로 치달을 수 있단 말인가.

"상공."

패연지는 조신하게 머리를 조아리며 말했다.

"팽가의 뒤에 무엇이 있는지는 모르겠습니다. 하지만 적어도 오랜 기간 치밀한 준비를 하고 관과 무림을 동시에 움직일 수 있는 세력이라는 뜻입니다."

"……."

"다시 한번 말씀드리지만 소첩은 상공을 움직이기 위해서 온 것이 아닙니다. 상공께서 싸우고자 하신다면 그만큼 적을 알고, 그만한 각오를 먼저 하셔야 한다는 것입니다. 소첩은 상공께서 내리시는 판단을 믿습니다."

스윽. 사락.

말과 함께 패연지는 손을 들어 부군인 모용상에게 대례를 올렸다.

그런 그녀의 모습은 마치 규중심처(閨中深處: 안방에 기거하는 여인)의 아녀자라기보다 전장에 나서는 장수와도 같았다.

"가주께서 명을 내리시면 식솔들은 그저 따를 뿐입니다. 언제든 불러주시옵소서. 저희는 준비하고 있겠습니다."

스으윽. 탁.

말과 함께 그녀가 문을 닫고 나갔다.

모용상은 입술을 깨물고는 문을 바라보며 긴 탄식을 흘려냈다.

"차라리… 차라리 반대를 하지 그러셨소……."

쓴 약을 입안에 잔뜩 털어 넣은 것 같았다. 차라리 패연지가 바락바락 악을 쓰며 대들었다면, 이 자리에서 죽겠다고 협박을 했다면 모용상의 마음은 편했을 것이다. 잘못된 결정을 내리고 난 뒤, 아내를 원망이라도 할 수 있을 테니까.

하지만 아내는 온전히 모든 일을 그 자신의 재량에 맡겼다.

"하아. 이 일을 어찌해야 할지."

모용상은 손으로 이마를 덮으며 눈을 감았다. 가주라는, 한 가문의 안위를 결정하는 자리의 무게가 새삼 온몸을 덮쳐왔다.

'무림인의 호기인가 아니면 가문의 존속인가.'

상황이 너무 꼬이고 꼬였다. 일개 무림세가가 통솔할 수 있는 권한의 범위를 넘어서고 있었다.

관이 참여하고 맹이 팽가 편을 든 형국.

이는 일방이라는 개방과 오대세가라는 모용세가가 역부족일 정도로 암울한 상황이었다.

"일이… 어찌하여 일이 이토록 커지게 되었단 말이냐."

모용상은 소매로 얼굴을 덮으며 누구에게랄 것 없는 원망만을 쏟아냈다.

*   *   *

그날 저녁.

싸늘한 주검이 되어 명호가 도착했다. 한창 보수 작업 중인 대청 건물에 사람들이 하나둘씩 몰려들었다.

"미안합니다. 원래 제가 모셔 와야 했습니다만……."

묵객이 고개를 숙이고 가늘게 어깨를 떨었다.

장씨세가로 오던 그는 먼저 개방의 방도들을 찾아 도지휘사의 추이를 들으려 했다. 그러다가 관이 개방도들을 잡아들인다는 소식에, 이건 장씨세가에 급히 알려야 한다는 것을 직감했다.

하여 묵객이 먼저 소식을 전하기 위해 급히 달렸고, 목적을 달성한 개방도들은 그를 대신해서 명호의 시신을 관에 조심히 넣고는 이리로 옮겨 온 것이다.

"명 대협! 이리 가시면 안 되오……."

"흑흑. 흐흐흑."

대청 안은 그야말로 울음바다였다.

장련이 장웅에게 기대 울음을 그치지 못했고 능자진은 관에 누워 있는 명호의 어깨를 붙잡고 오열했다. 항상 능글능글 밝은 모습만 보여온 그였기에 그 죽음을 더 믿기 힘들었다.

"제 잘못입니다. 제가 능력이 부족하여 이리된 것입니다."

보다 못한 묵객은 얼굴을 두 손으로 감싼 채 자책했다.

사람들의 곡소리가 커질수록 명호가 자신에게 했던 말이 되살아나 그의 가슴을 자극하고 있었다.

"자네 탓이 아니야. 운이 나빴던 게야."

툭툭.

한 발짝 떨어져 있던 능시걸이 묵객의 어깨를 치며 그를 다독였다. 그리고 몇 마디 더 붙이려다 입을 닫았다. 지금 무슨 말로도 그에겐 위로가 되지 않을 것임을 잘 알고 있었기 때문이다.

"후우."

가슴이 먹먹해진 능시걸이 문득 주위를 바라보았다. 두 손을 불끈 쥔 서혜와 고개를 푹 숙이고 있는 곡전풍과 황진수의 모습이 들어온다.

그리고 문틈으로 누군가 들어오고 있는 모습이 보였다.

"노천?"

능시걸의 말에 사람들의 울음이 잦아들었다.

명호와 직접적인 관련이 있는 노천, 그의 등장은 그만큼 사람들의 이목을 쏠리게 했다.

처억.

노천이 명호의 시체가 들어 있는 관 앞에 멈춰 섰다.

그를 본 능자진이 몸을 틀어 뭔가 말하려고 할 때였다.

쉿!

방주 능시걸이 그를 향해 경고를 주며 손을 저었다.

노천 같은 노인에겐 그저 지켜보는 것이 도움이 되리라 판단해서였다.

"쯧쯧쯧. 못난 놈."

한참을 바라보던 노천은 혀를 짧게 차며 읊조렸다. 그리고 가라앉은 눈으로 그를 향해 말을 이었다.

"천중단인가 뭐시긴가 하는 곳에서도 살아남았다는 놈이, 그리 기고만장할 때부터 내 알아봤다. 염병."

얼굴을 구긴 그는 휙 고개를 돌려 버렸다. 그리고 뒷짐을 진 채 문 쪽으로 걸어갔다.

다들 조용히 숨을 죽인 채 그를 바라만 보았다.

처억.

돌아가던 노천이 어느 순간 자리에 멈춰 섰다. 그러고는 다시 명호 쪽으로 고개를 돌리며 말했다.

"그래도 저놈은 축복받았다."

"……."

"죽으면서도 재수 없게 웃고 있으니 그만큼 편히 갔다는 뜻이 아니냐……."

노천이 나직이 말을 이었다.

"하니 다들 그만 슬퍼하고 명호를 보내주거라."

쾅!

노천은 그길로 문을 닫고 나가 버렸다.

'노천…….'

능시걸은 긴 숨을 내쉬며 주위를 바라보았다.

무심하게 툭 던진 그의 말이 오히려 깊이 박혔던 것일까, 울음소리는 천천히 줄어들었다.

능시걸은 노천의 말을 받으려는 듯 모두에게 들리게 입을 열었다.

"그의 말대로 보내주자꾸나."

"……."

"명호도 그걸 원하고 있을 게야."

사람들을 향해 담담히 말하고는 능시걸이 뒤돌아섰다.

그가 방문을 닫고 나가자 대청 안은 또다시 울음소리가 새어 나오기 시작했다.

*　　　*　　　*

노을이 깊어지는 저녁. 대청 밖으로 나온 노천은 근처 건물 옆 노송 아래 서 있었다.

언덕을 끼고 있는 건물이라 그런지 자연스레 외원 밖의 풍경이 눈에 담겼다.

"꽤 멀리 간 줄 알았는데… 여기 있었나?"

능시걸이 인기척을 내며 다가왔다.

노천은 고개를 돌리지 않고 말했다.

"왜 나왔나?"

"그냥, 내가 굳이 있어야 할 자리가 아니기도 하고……."

능시걸은 곁눈질로 노천의 반응을 살폈다.

그는 무뚝뚝한 얼굴로 여전히 눈앞에 펼쳐진 경관을 바라보고 있었다.

"이보게, 노천. 장련과 명호가 관(官)으로 간다는 얘길 들었을 때 나는……."

"괜찮네."

능시걸의 말을 노천이 자르며 말했다.

"그 녀석들의 판단은 옳았어. 오히려 현명했지. 단지 운이 없었을 뿐이네."

"…후우."

능시걸은 사족 대신 한숨으로 답했다. 지금 그의 심정을 누구보다 잘 알기에 뭐라 더는 얘기하기가 힘들었다.

잠시 경관을 바라보던 노천이 물었다.

"그보다 앞으로 어찌할 건가?"

"어찌하다니?"

"듣기로 관아에서 방도들을 마구 잡아간다고 하던데… 이대로 가다가는 장씨세가를 도울 수 없지 않은가."

"그 문제는 고민하고 있는 중이네."

"차라리 이리된 것, 맹주께 얘기를 하는 것이 어떤가?"

노천이 그제야 능시걸 쪽으로 고개를 돌리며 말을 이었다.

"자네도 알다시피 명호는 천중단 소속이야. 더구나 광휘는 단장직을 맡았었고. 지금 상황을 알면 분명 큰 도움이 될 걸세."

"아쉽게도… 그건 이미 해보았네."

"해보았다니? 그게 무슨 말인가?"

놀란 기색으로 바라보던 노천의 눈에 일순간 이채가 어렸다.

"설마……"

"그러네. 거기도 문제가 생겼어."

능시걸은 입술을 살짝 깨물며 대답했다.

"갑자기 사라졌네."

노천은 의아한 표정으로 변했다. 사라졌다는 말이 대체 무슨 뜻인지 묻는 것이다.

능시걸은 조용히 대답했다.

"맹주가 보이지 않네. 그간 뭔가를 찾아서 여러 지방을 떠돈다는 얘길 듣고는 있었지만 이렇게 갑자기 사라질 줄은 몰랐네."

"중원에 없다는 말인가?"

"그러네."

"염병!"

노천이 욕설을 내뱉었다.

능시걸은 쓸쓸한 표정으로 앞쪽 경관을 바라보며 말했다.

"상대를 너무 얕봤어. 개방에, 모용세가에, 설마 맹주에게까지 동시에 손을 뻗칠 거라고는 전혀 생각지 못했어. 이건 팽인호 혼자만의 역량이 아닐세. 뭔가 엄청난 것들이 손을 잡고 있어."

"……"

노천은 팽인호란 자에 대해 몇 가지 궁금한 점이 있었지만 더는 말을 붙이지 않았다.

사실은 이런 일로 이제 더는 신경 쓰고 싶지 않았다. 강호를 은퇴한 것도 이런 일을 겪지 않기 위해서였다.

"한 가지 부탁이 있네."

조금 시간이 지났을 때였다. 노천이 능시걸을 향해 말을 건넸다.

"사천으로 가는 길을 열어주게."

"사천? 거긴 왜……."

"내 그간 누누이 말해오지 않았나. 일이 끝나면 곧 여길 뜰 거라고."

"…자네, 설마?"

"이 나이 먹어 보니 세상에는 아무리 애를 써도 어쩔 수 없는 일이라는 것이 있더란 말이지."

노천은 우울한 얼굴로 대답을 내놓고는 몸을 돌렸다. 능시걸이 착 가라앉은 목소리로 대답했다.

"지금 바로 준비하겠네."

터벅터벅.

그렇게 노천은 떠났다. 능시걸은 망연한 얼굴로 그의 뒷모습을 전송하다, 카악 하고 굵직한 소리로 가래침을 뱉어냈다.

"육시랄 놈의 세상!"

명호가 떠났다. 개방은 손을 떼야 한다. 모용세가도 버티지 못할 터였다. 거기에 이제 노천까지.

"왜 사람을 마음 편히 살게 내버려 두지 않는 것이냐!"

혈육이나 다름없는 명호가 죽었다. 노천이 무표정한 얼굴 뒤로 얼마나 큰 상심을 하고 있을지 능시걸은 헤아릴 수조차 없었다.

"이 나이 먹어 보니 세상에는 아무리 애를 써도 어쩔 수 없는 일 이라는 것이 있더란 말이지."

노천의 마지막 말에는 짙은 상실감이 배어 있었다. 기껏 찾은 자유, 그것을 스스로 반납하는 이의 서글픔이었다.

"연이… 끊어졌구나. 이제 다시는 볼 일이 없는 것인가."

능시걸은 오늘부로 오랜 친구 하나를 잃었다.

더 서글픈 사실은, 그가 무슨 판단을 한다고 해도 자신이 말 릴 수 없다는 것이다.

"천중단 대원이 죽었소이다, 맹주."

어쩔 수 없는 일. 노천의 말 때문인지 문득 무림맹주 단리형 의 얼굴이 떠올랐다.

어쩔 수 없는 일을 어떻게든 해내는 사람. 존중받을 정도로 협의가 있었고 남을 생각했던 그런 사람이.

"대체 어디에 계시는 게요……."

무림 최대 방파라는 개방의 방주, 그 자신의 손을 벗어나 최 악으로 치달고 있는 상황이었다.

광휘와 함께 천중단을 이끈 두 개의 기둥. 존재 자체만으로 도 현 무림을 안정시켰던 그가 오늘따라 유독 그리워지고 있었다.

*　　　*　　　*

"여기까지 어인 일이십니까?"

밤이 깊은 시각.

장웅은 자신의 처소로 찾아온 묵객을 맞이하며 연유를 물었다.

"공자, 제게 한 달 정도의 시간을 내줄 수 있겠습니까? 같이 가야 할 곳이 있습니다."

"예?"

갑작스러운 제안에 장웅이 눈을 껌뻑이며 바라보자 묵객은 나직이 말을 이었다.

"공자께서는 요즘 주변의 소문에 대해 귀를 열고 계십니까?"

"매일매일 신경 쓰고 있습니다."

"그렇다면 장씨세가 안팎의 분위기가 어떻게 흘러가는지도 알고 계시겠지요?"

"대충은… 그렇습니다."

장웅의 목소리에 한결 힘이 빠졌다.

그가 말한 안팎의 분위기란 바로 개방과 모용세가를 가리키는 말이었다. 개방 방도들이 수시로 장씨세가를 찾고, 모용세가 식솔들이 장씨세가를 방문한 것을 그도 보고받아 알고 있었던 것이다.

묵객이 말했다.

"개방과 모용세가는 곧 장씨세가를 떠날 가능성이 높습니다. 아니, 지금쯤 장 가주를 뵙고 있을지도 모르지요. 이대로 손 놓고 있다가는 장씨세가는 홀로 풍화(風火)를 버텨내야 합니다."

"하나같이 맞는 말씀입니다. 한데 그것과 제가 가는 것이 무슨 연관이 있습니까?"

"위기에 빠진 장씨세가를 도울 곳이 있습니다. 그곳에 가려면 최소 한 달은 잡아야 하기에 그리 말씀드린 겁니다."

"도울 곳요? 본 가를 도울 곳이 있단 말씀이십니까?"

가라앉았던 장웅의 목소리가 커졌다.

현재 장씨세가를 도울 곳이 있다는 말은 그만큼 흥분하기에 충분했던 것이다.

"예. 제가 어릴 때부터 몸담았던 곳입니다."

잠시 숨을 고른 묵객이 입을 열었다.

"혹 공자께서는 해남파(海南派)라고 들어보셨습니까?"

"해남파… 해남파… 아!"

문파를 읊조리던 장웅의 눈이 커졌다.

해남파라면 최남단 해남도(海南島)에 자리 잡은 문파다. 구대문파에 속하진 않지만 이는 세외 지역이라 그랬을 뿐 그들과 비견해도 손색이 없는 문파가 바로 해남파였다.

"대협께서는 이제 보니 해남파의 사람이셨군요? 들어보았습니다. 아니, 강호에 있는 사람치고 모를 리가 없지요. 해남파 장문인이 바로 진일강(秦日剛) 대협, 십대고수라 불리지 않습니까!"

십대고수 진일강(秦日剛).

구대문파도 아닌 데다 세외에 있는 해남파가 유명해질 수 있었던 가장 결정적 이유가 바로 그의 존재 때문이었다.

해남파 독문 무공인 남해삼십육검(南海三十六劍)의 일인자로, 단 한 번의 패배도 없이 무적행을 걸었던 자.

그가 명실공히 십대고수라 불리는 이유였다.

"한데 대협, 아무리 대협이 그곳의 문도라고 하더라도 아무런 연도 없는 장씨세가를 도와주겠습니까?"

잠시 기뻐하던 장웅은 이내 어깨가 추욱 처졌다.

천하의 묵객의 부탁이라 하더라도 그들에겐 일개 문도.

한 명의 부탁으로 해남파의 많은 인원이 장씨세가를 돕는다는 것을 상상할 수 없었던 것이다.

"그건 해봐야 아는 것입니다. 다행히 제가 장문인의 직전 제자이기도 하고요."

"예? 대협이 그 십대고수의 직전 제자란 말씀이십니까?"

묵객이 고개를 끄덕이자 장웅이 탄성을 내뱉었다.

장문인의 직전 제자의 부탁. 거기다 칠객의 이름을 걸고 부탁한다면, 어쩌면 가능한 일일지도 모른다.

장웅은 가슴이 뛰었다. 다른 곳도 아닌 해남파라면 지금 현 시국을 타개하는 데 결정적인 영향을 줄 것이다. 뿐만 아니라 해남파는 구파일방이나 오대세가 소속도 아니다. 이는 곧 장씨세가를 돕는 데에 맹(盟)의 간섭을 받지 않는다는 말이었다.

'하긴, 당연한 것이겠지. 묵객의 사부라면 십대고수쯤 되어야 하지……'

"공자, 제가 공자를 데려가는 이유는 따로 있습니다."

들뜬 표정의 장웅을 향해 묵객은 들뜨지도 가라앉지도 않은 표정으로 말을 이었다.

"앞서 얘기했지만 사안이 사안인 만큼 저희 해남이 제 부탁을 들어줄지 알 수 없습니다. 특히 사부님께서는 협행 중에서 보이는 기행(奇行)… 으로 더 유명하셨던 분이기도 합니다."

"그 말씀은?"

"혹여 누구를 돕기로 정했다면 먼저 그 사람이 도움을 받을 역량이 있는지를 본다는 겁니다. 한 사람이 아니라 가문일 때는, 그 가문의 소가주라거나 대계를 이을 만한 사람을 시험합니다."

"아!"

장웅은 그제야 묵객이 무슨 말을 하려는지 깨달았다. 자신을 데리고 가야 하는 이유가 바로 그것이었던 것이다. 일가(一家)의 소가주. 묵객의 사부가 직접 시험을 해야 하는 그 대상이니까.

"이런 이유로 공자께 시간을 내달라고 한 것입니다."

"으음……."

장웅이 신음을 흘렸다. 조금 전까지만 해도 쾌재를 지르던 그가 까맣게 죽은 얼굴이 되자 묵객은 의아해했다.

"왜 그러십니까?"

"제가 그만한 역량이 될까 좀 걱정이 돼서 말입니다."

장웅은 묵객의 물음에 그제야 반응하며 고개를 숙였다. 그러고는 이내 한숨을 푹 내쉬며 말했다.

"차라리 저보다는 련이를 데려가는 것이 더 낫지 않겠습니까? 부끄럽지만 저는 협상 처리에 있어서 담력도 작고 실수도 많이 합니다."

"……."

묵객은 잠시 입을 다물고 측은하게 장웅을 보았다. 스스로가 소가주임에도 자신보다 역량이 뛰어난 여동생에게 일을 양보하는 장웅을.

"대해남파의 장문인이시라니, 그분과 마주할 수 있는 것만으로도 귀하고 복된 자리인 것은 압니다. 하지만 자칫 제가 모든 걸 망칠 수도 있습니다. 그러니……."

차악.

장웅의 말이 끊겼다. 묵객이 그에게 잘 접은 서찰 하나를 내민 것이다.

"이건?"

"여차할 때의 방편이라더군요."

"련이에게 다녀오셨군요! 뭐라던가요?"

장웅은 해결이라도 된 듯 반가운 얼굴을 했다. 현 가문의 소가주의 위치임에도 참 소심한 모습을 보이는 그를 보며 묵객은 쓴웃음을 지었다.

"련 소저는 장웅 공자께서 이 일에 적합하다고 했습니다. 오라버니는 큰일을 맞아 긴장하는 버릇이 있지만, 막상 일이 닥치면 누구보다 잘해내는 사람이라고."

"허. 그 녀석이 저를 너무 과대평가하는군요……. 대협?"

스슥.

막 서신을 펼쳐 보려던 장웅의 손이 묵객에게 막혔다.

"먼저 충분히 생각하고 고민한 후에."

"…예?"

"장 소저가 그럽디다. 먼저 깊이 고뇌하고, 스스로 할 수 있는 바를 최대한 짜내고, 그다음에 보는 것이 더욱 가치가 있을 것이라고."

"…그 녀석다운 말이군요."

장웅은 자신의 소심한 모습을 깨닫고 쓴웃음을 지었다.

"그리고 이 말도 덧붙였습니다. 오라버니라면 이 서신을 꺼내 보지 않고도 능히 해낼 것이라고."

'련아…….'

뒤이은 묵객의 말에 장웅은 고개를 푹 숙였다. 아직 상대를 만나지도 않은 상황에 누이에게 의지하려는 자신의 모습이 초라하게 느껴진 것이다.

크게 숨을 몰아쉬며, 품속에 서신을 갈무리하고 장웅이 물었다.

"알겠습니다. 언제 출발하시렵니까?"

"지금."

해남도 왕복에는 한 달도 부족한 시간이다. 그것도 하오문에서 도와주었을 때의 일이었다.

다음 날, 예상했던 대로 능시걸과 모용상이 장원태의 서재를 찾았다.

능시걸은 개방 방주라 한시라도 빨리 관(官)과의 문제를 해결해야 했고, 모용상은 모용세가의 식솔들을 안심시켜야 했기에 그를 찾은 것이다.

"미안하게 됐소."

"면목이 없소이다."

"아닙니다. 지금까지 도와주신 것만으로도 감사해야지요."

장원태는 의외로 담담했다.

함께 있는 자리에서 관(官)이 거지들을 잡아간다는 소식을 들은 데다 모용세 일가가 장씨세가를 찾았다는 소식도 접한 상황이었으니.

"하아."

능시걸은 긴 한숨을 내쉬었다.

장원태가 내색은 하지 않지만 그의 마음이 어떨지 조금이나마 짐작이 된 것이다. 개방이 빠져나가는 것도 그럴진대 한날한시에 모용세가마저 손을 떼겠다고 밝혀왔으니 그 서운함과 야속함은 이루 말도 할 수 없으리라.

다만, 일가의 가주이기에 차마 드러내지 않고 있을 뿐이다.

"이 모용상, 일단 본가로 돌아가면 관의 개입만은 반드시 막아보겠소. 그대도 알다시피 관과 무림은 불가침. 이걸 강조하면 분명 그들도 적극적인 개입은 할 수 없을 것이오."

모용상은 말을 하고도 스스로 머쓱해졌다. 자신의 발언이 얼마나 허황된 것인지를 아는 것이다.

관무불가침이란 것도 무력 앞에선 한낱 모래성일 뿐. 장씨세가가 기대고 있는 것은 그 얄팍한 명분뿐이다.

그에 반해 팽가는 관(官)과 맹(盟)이라는 날개를 달았다. 대항하기는커녕 피할 방법도 없는 최악의 상황이었다.

"내 비록 지금은 장씨세가를 떠날 수밖에 없는 몸이지만 가만히 보고 있지만은 않을 거네. 맹주의 행방만 알면 단번에 분위기를 반전시킬 수 있으니까. 그 역시 천중단 출신이지 않나."

능시걸이 말을 거들었다.

"마지막까지 도움을 주신 은혜, 잊지 않겠습니다."

장원태의 의례적인 인사에 두 노인은 시선을 바닥에 떨구었다.

"이런 말 하긴 좀 이른 감이 있지만……."

잠시 숨을 몰아쉬고 있던 모용상이 입술을 깨물며 힘겹게 입을 열었다.

"항복도 나름 방편이오. 비록 팽가가 지금이야 안하무인으로 나오지만 그래도 명문 세가. 장씨세가가 살아가는 데 최소한의 영역은 보장해 줄 것이외다. 혹여나 그렇지 않다면 이 모용세가가 앞장서 주겠소."

큰 결례가 되는 말이었으나 그럼에도 모용상은 패전의 가정을 입에 담았다. 상황이 어렵고 위험했기에, 조금이나마 현실적인 방안을 고려해 주는 것이다.

"아직 장씨세가에는 사람들이 남아 있습니다."

하지만 그의 말을 받은 장원태의 대답은 뜻밖이었다.

"광 호위……."

말의 의미를 되새기던 모용상의 미간이 조금 찌푸려졌다. 이내 뭔가 한마디를 첨언하려 입을 열려는데 능시걸이 그의 대답을 거들었다.

"나도 그리 생각하네. 그를 한번 믿어보시게."

'대체 뭘 어떻게 하겠단 말이오…….'

장씨세가를 지키는 호위무사.

실력이 묵객보다 뛰어나다는 얘길 전해 들었다. 맹주 외에 살아남은 천중단 출신이라는 것도.

그러나 모용상은 그가 오더라도 절대 달라지지 않을 거라 확신했다. 아무리 뛰어난 고수라 하더라도 일개 무인이다. 팽가와 맹, 관이 압박하는 이 상황에서 혼자서 대체 뭘 할 수 있다는 말인가.

하지만 장원태의 말이 마치 마지막 희망처럼 들렸기에 모용상은 속내를 꺼내지 않고 가슴에만 담아두었다.

"도움이 못 되어서 미안하오."

"나오지 마시오."

능시걸과 모용상이 자리에서 일어섰고 장원태는 문밖까지 배웅했다.

곧 그들이 사라지자 그는 힘없이 걸어와 자리에 앉았다.

"콜록콜록. 콜록, 콜록콜록."

장원태는 한동안 기침을 했다.

마음을 너무 쓴 탓인가, 요즘 들어 없던 기침병까지 생겨났다. 일전에 입었던 큰 내상이, 최근 들어 며칠간 뜬눈으로 밤을 새우다 보니 지독하게 심해졌다.

"야, 약이……."

덜덜덜덜.

풍이 든 노인처럼 떨리는 손으로 환약 하나를 털어 넣고, 장원태는 두 손으로 머리를 감쌌다.

개방방주와 모용세가의 가주 앞에서는 담담한 척했지만 사실 그가 느끼는 것은 하루아침에 집과 가산을 모두 잃고 길바닥에 내팽개쳐진 것 같은 막막함, 그리고 두려움이었다.

"콜록콜록! 콜록콜록! 우훼엑!"

장원태는 또다시 격한 기침을 내뱉은 뒤 눈을 감았다.

모든 걸 잊고 싶었다. 눈을 뜨면 다시 얼마 전처럼 평화롭고 걱정 없는 나날이 이어졌으면 하고…….

"가주님."

얼마가 지났을까. 저도 모르게 까무룩 잠들었던 장원태는 부르는 소리에 힘겹게 눈을 떴다.

"무슨 일이냐?"

"구룡표국주가 찾아왔습니다."

"콜록콜록!"

애써 약 기운으로 눌러놓았던 기침이 다시 새어 나오기 시작했다.

＊　　　＊　　　＊

"무슨 사달이 나도 났나 봐."

"이 일을 어떡하지."

대전 밖에는 장씨세가 사람들이 어지럽게 웅성거리고 있었다.

이른 아침 개방과 모용세가 무사들이 대부분 빠져나갔다. 그런 와중에 구룡표국의 국주가 찾아왔다고 하자 대전으로 몰려든 것이다.

대전 안에는 엄숙한 분위기가 흘렀다.

장씨세가의 직계가족들, 직위를 가진 사람들은 모두 다 나와 한 노인을 바라보며 숨을 죽이고 있었다.

"장 가주, 오랜만에 뵙소이다. 그간 별고 없으셨소?"

표국주 송방은 단상의 장원태를 향해 읍을 해 보이며 인사했다.

장원태는 착잡한 얼굴로 그의 말을 받았다.

"보시는 바와 같이, 많이 어렵습니다."

"허허허. 별안간 장 가주께서 노고가 많으시다는 얘길 들었는데… 소문이 사실인가 보구려."

분명 뭔가를 알고 온 것이면서도 짐짓 예를 차리는 그의 모습이 장원태는 의아했다.

하지만 이내 그저 단순히 안부를 묻는 것임을 깨닫고는 말했다.

"귀가 밝으시니 국주께서도 잘 아실 겝니다. 굳이 묻지 않아도 들리는 소문 대부분이 사실일 겝니다."

"이런, 안타깝구려."

표국주는 인상을 쓰며 탄식했다. 그러고는 어깨에 힘이 빠진 채로 긴 한숨을 내쉬었다.

"여기까지 오신 것은 아마도 그 일 때문이겠지요?"

장원태는 그의 행동을 그다지 깊게 생각하지 않고 물었다.

이미 알고 있었다. 개방과 모용세가가 빠져나간 사이에 표국주가 찾아온 것은 당연히 예전과 상황이 달라진 이번 일에 대해 구룡표국의 입장을 전달하기 위해서가 아닌가.

"어, 음, 그렇소. 본론부터 말씀드리자면……."

표국주가 머리를 긁으며 말을 이었다. 장원태는 저도 모르게 눈을 질끈 감았다가 이어진 말에 크게 부릅뜨고 말았다.

"우리 구룡표국은 장씨세가와 함께할 것입니다."

"표국주……?"

"장 가주, 우린 표국이외다. 심주현만이 아니라 전국을 무대로 하는 표국."

송방이 씁쓸한 얼굴로 웃음을 지었다. 그의 얼굴이 조금씩 단호해지고, 굳센 결의가 맺히기 시작했다.

"이미 귀 세가와 상호 협정을 한 번도 아니고 두 번이나 맺은 처지요. 팽가의 위명이야 알지만 그렇다고 표국이 같은 밥을 먹은 사람들을 두 번이나 외면할 수는 없지요. 그래서야 강호의 사람들에게 웃음거리밖에 되지 않을 것이오."

"아!"

"아아!"

지켜보던 장로들과 각주들은 저마다 감탄을 터뜨렸다.

그런 중에 송방의 마지막 말이 떨어졌다.

"구룡표국은 장씨세가와 마지막까지 함께할 것이오. 자칫 세(勢)를 잃더라도, 혹은 멸문한다 해도."

이익집단인 표국이니 개방과 모용세가처럼 손을 뗄 거라 생각했지만 오히려 그 반대였다. 그들은 목숨을 잃더라도 장씨세가 편을 들기로 한 것이다.

"참으로 감사드리외다!"

"그렇게 환대하실 것 없소, 장 가주. 우리도 순수하게 호의로만 결정한 건 아니니까. 우린 장씨세가의 저력을 믿소. 그리고 내 사견으로는 장련 소저의 재지(才智)를 믿는 거요."

'련이를?'

송 국주의 말에 장원태가 장련 쪽으로 고개를 돌리며 바라봤다. 그러자 단상 밑에서 지켜보던 장련은 허리를 숙여 깊은 예를 표했다.

"국주께서 베푼 이 은혜, 절대 잊지 않겠습니다."

"당연히 잊지 말아야지. 암."

목에 힘을 준 송방이 고개를 저으며 한탄하듯 말했다.

"내가 어쩌자고 이렇게……. 먹고살기 참 힘들구먼."

투덜거리며 뒤돌아서는 송방.

의아한 듯 바라보는 장원태와 웃음을 보이는 장련을 뒤로하고 대전 밖을 나섰다.

장내에 약간의 안도하는 기운이 감돌았다.

"런아, 내가 자리를 비운 사이에 무슨 일이 있었더냐?"

송방이 나간 뒤, 장련을 향해 장원태가 물었다. 그러자 일 장로가 일어나 말했다. 가주가 무림맹에 가 있었을 때 장련이 몸을 빼려는 구룡표국과, 표국주 송방과 담판을 지어 그들을 설득한 것을.

"저는 그때 소저가 마치 소진이나 장의(소진과 함께 장의 전국시대의 합종과 연횡을 끌어낸 외교관)인 듯하였습니다. 다른 분들은 그렇지 않았습니까?"

"저도 그렇습니다."

"가히 놀라운 언변이었습니다."

여기저기서 장련을 칭찬하는 말이 오갔다. 장로들과 각주들은 저마다 칭찬하기에 여념이 없었다.

장련을 좋게 보지 않던 몇몇 사람들까지 끄덕이자 장원태는 뿌듯한 얼굴로 장련을 바라보았다.

"가주님!"

그때 갑자기 대문이 열리며 사내 한 명이 고개를 조아렸다. 그리고 이어진 사내의 말에 대전의 분위기는 삽시간에 얼어붙었다.

"팽가에서 사자(使者)가 왔습니다."

第二章

광희의 후회

　자리에서 일어나 밖을 나가려던 장로들과 각주, 당주들이 다시 제자리로 돌아갔다. 구석진 곳에 서 있던 능자진과 황진수, 곡전풍도 긴장한 얼굴로 앞으로 나왔다.

　다름 아닌 팽가에서 온 자가 팽가를 대표하는 고수, 팽오운이었기 때문이다.

　"하북팽가의 팽오운이 장씨세가의 가주를 뵙소이다."

　대전 안으로 기세등등하게 들어와 장원태를 향해 척 하고 읍을 해 보이는 장년인.

　팽오운의 등장에 좋았던 분위기는 삽시간에 냉랭해졌다.

　"큼."

　"으음."

도처에서 신음이 흘러나왔다. 이제는 개방과 모용세가도 없는 판국이라 더욱 움츠러들 수밖에 없었다.

"장씨세가의 가주 장원태요. 팽가의 귀인이 여긴 어인 일로 오신 게요."

"최후통첩입니다."

"허어!"

"허!"

첫마디부터 간략한 말에 장원태의 눈매가 좁아지고 대전 내의 탄식은 더욱 깊어졌다.

그런 분위기를 즐기듯 둘둘 말린 두루마리 하나를 꺼내 들며 팽오운은 느긋하게 입을 열었다.

"가주 장원태는 들으라. 본 팽가는 오백 년 전통을 가진 가문으로서 강호에 수많은 공헌을 하였고 모두가 그 점을 인정해 오대세가 중 하나로 올려놓았다. 한데 작년 가을부터 본 팽가는 근거 없는 모함에 시달리기 시작했다."

팽오운은 계속 내용을 읽어 나갔다.

"탐욕으로 운수산을 가지려 한다는 소문과 사파와 협력했다는 것. 거기에 폭굉이라는, 본 가는 이름조차 생소한 신형 벽력탄의 소문이었다. 팽가는 정도의 길을 걷는 백도인으로서 신중한 태도를 견지하며 애써 참아왔으나, 그 사태는 갈수록 악화되어 더는 눈을 뜨고 보지 못할 지경에 이르렀다!"

"대체 무슨 말을 하려는 게요!"

"무슨 의도로 그런 말을 하는 게요!"

왠지 불안한 마음에 장로들과 각주들이 한마디씩 했다.

하지만 팽오운은 이들을 가볍게 무시하며 말을 이었다.

"결국, 근자에 불순한 무리들이 관을 이용하여 본 가를 모함하고! 관병에게 칼을 겨누기까지 하며 팽가를 압박하려는바 이 자리에서 전쟁을 선포한다. 천영문(天英門), 소정문(小定門), 장수문(長手門) 그리고 심주현에 깊게 뿌리내린 세력들까지. 이들이 바로 그 대상이다!"

팽오운은 모두가 보는 상황에서 큰 소리로 외쳤다.

"대체! 뭐 하는 짓이오!"

듣다 못한 장로들 모두 자리를 박차고 일어섰다. 천영문이나 소정문, 장수문은 이미 멸문이나 다름없이 나락을 걷고 있는 인근의 문파들이다.

저 성명에 실제로 해당되는 것은 심주현에 있는 장씨세가뿐인 것이다. 누가 봐도 말하는 바가 뻔히 보이는 수작질이었다.

"이런 팽가의 결정에 맹 또한 깊이 동감하며 풍운검대 전원 백오십 명을 파견해 팽가에 전권을 위임했다. 관부의 고관들 역시 팽가의 고통을 이해하며 정예 관병 백 명을 지원토록 했다. 뿐만 아니라 이 일로 직간접으로 피해를 입은 정사지간의 화월문, 천외문 역시!"

팽오운은 자신을 멍하니 바라보는 장로와 각주, 당주를 훑어보며 말을 이었다.

"각기 백 명과 이백 명을 지원하며 본가의 발언에 힘을 실어주었다. 따라서! 장씨세가는 본 가가 앞서 말한 이 불순한 무리들이 더는 활개치지 못하도록 도와주길 바란다!"

차르륵!

사람들의 혼란이 이는 가운데 팽오운은 읽고 있던 서찰을 접어 넣었다.

"관군? 정사지간⋯⋯."

"맙소사, 맹의 풍운검대라니⋯⋯. 대체 무슨 일이 일어나고 있는 거야?"

"대체 그 많은 병력이 장씨세가를 왜⋯⋯."

끝나자마자 웅성거림이 폭풍처럼 일었다.

처음 듣는 얘기도 있고 황당한 얘기도 있었지만 종국에는 오로지 팽오운이 말한 병력의 숫자에만 시선이 가 있었다.

도합 육백에 가까운 병력. 거기에다 팽가의 무사들과 합치면 도합 구백에 가까운 병력이 장씨세가를 칠 준비를 하고 있다. 당황스러운 정도가 아니라 몸에 전율이 일 정도로 두려움에 사무친 것이다.

"기한은 내달 초하루. 그때까지 협조를 부탁하오. 만약 불순한 무리들이 스스로의 죄를 시인한다면 팽가는 넓은 마음으로 포용할 것이오."

"⋯⋯."

대전 안은 긴 정적이 일었다. 팽오운의 말은 모두의 가슴속에 비수가 되어 대전 안을 물들였다.

내달 초하루라면 이십 일하고도 하루밖에 남지 않은 시간이었다. 운명의 추가 결정되기에는 너무나 짧은 시간이었다. 그럼에도 이 상황에 누구도 반박하는 자가 없었다.

"제가 전할 말은 여기까지입니다."

팽오운은 슬쩍 미소를 띠며 주위를 둘러보았다.

즐거웠다. 반박하는 이는 없었고 오히려 몇 명은 무력하게 고개를 숙이고 있었다. 그가 보기엔 참으로 바람직한 광경인 것이다.

부르르르.

장원태는 참을 수 없는 모욕감에 얼굴이 떨리고 있었다.

마지막에 거론한, 죄를 시인하면 포용하겠다는 말. 이는 장씨 세가가 삼백 년을 자리 잡고 일궈온 터전을 팽가가 가져가겠다는 것이었다.

이제껏 거느리던 상단과 상회 대부분을 당연히 빼앗길 터였고, 빈손으로 삼백여 장원 식구들은 길바닥에 나앉을 것이다.

"이런 야비한 짓을 하다니. 명문이란 이름이 부끄럽지 않느냐! 정도인이라는 것이 부끄럽지 않느냔 말이다!"

그때 한 곳에서 강한 어조로 팽오운을 질타하는 목소리가 흘러나왔다. 능자진이 참지 못하고 고성을 토해낸 것이다.

"당신은 장씨세가를 도우러 온 호위무사가 아니오?"

뚜벅뚜벅.

팽오운은 능자진을 향해 걸어갔다.

"대협께서 잘 모르시나 본데……."

그의 지척까지 다가간 팽오운이 귀에 대고 속삭였다.

"힘이 없는 것을 부끄러워해야지요. 뛰어난 검수시니 잘 아시지 않습니까?"

"이… 이……."

능자진은 얼굴이 시뻘게졌지만 더는 입을 열지 못했다. 하북 팽가 제일 검수의 몸에서 뻗어 나오는 기세는 그로서도 쉽게 감당하기가 어려웠다.

팽오운은 여전히 능자진의 귀에 대고 말을 이어 갔다.

"백도의 명문. 오대세가의 수좌라 불리는 본 가도 이런 일을 이제껏 누차 겪었다……."

스으윽.

팽오운의 이빨이 하얗게 드러났다.

그는 그나마 이 중에서 가장 강단 있는 이. 자신에게 대항할 만한 기개가 있는 능자진에게 전신의 기세를 숨기지 않고 뿜어내며 속삭였다.

"힘이 없으면 그래. 힘이 없으면 무가조차 잡아먹히는 것이 이곳, 강호다. 그런데 너희는 무얼 했지? 본가가 그 힘을 기르기 위해 오백 년의 세월을 지내는 동안 장씨세가는 무엇을 했나? 결국 돈, 돈, 돈 아니었나?"

"…큭, 큭!"

능자진의 얼굴이 파랗게 질려갔다. 부릅뜬 눈을 여전히 그에게 둔 채 팽오운이 나지막이 속삭였다.

"부끄러워해야 할 것이다. 힘이 아니라 돈만 좇았던 것을. 후회하게 될 것이다. 장사치 주제에 진짜 싸움이 뭔지, 힘이 뭔지도 모르면서 무인들의 싸움판에 나댄 것을. 내가 할 말은… 여기까지군."

툭툭.

말을 마치고 팽오운은 와들와들 떠는 능자진의 어깨를 두드렸다. 모르는 사람이 보면 친한 사이끼리 가볍게 몇 마디 주고받은 것 같은 자연스러운 태도였다.

"방금 그 통첩에는 팽가 스스로를 부정하는 얘기가 들어 있군요."

그때 또다시 옆에서 목소리가 들렸다.

장련이었다.

팽오운은 고개를 슬쩍 들어 그녀를 향해 나직이 말했다.

"팽가 스스로를 부정하는 얘기라니? 그게 무슨 말이오, 소저?"

스르륵.

절정고수의 기세가 해일처럼 덮쳐 왔다. 장련은 두려움을 떨치고자 손을 마주 잡고 또박또박 숨을 쉬어 가며 말했다.

"여태껏 팽가는 고인이 되신 가주 팽자천의 죽음의 원인을 개방으로 돌렸습니다. 한데 그 최후통첩에는 가주의 죽음은 쓰여 있지 않고 온통 '불측한 무리들'의 이야기만 들어 있지요."

"…그게 무슨 상관이오."

"상관이 없단 말입니까? 방금 귀 가문에서 보내신 정식 서한은, 애초에 팽자천 가주의 일에 개방이 관여되어 있지 않다는 사실을 스스로 인정했다는 말입니다. 이는 정식 공문이며, 맹에 전한 팽가 가주의 불미스러운 타살이라는 보고와 앞뒤가 배치되는 일입니다."

찰나, 팽오운의 눈썹이 꿈틀거렸다. 하지만 이내 온화한 표정으로 돌아왔다.

"개방의 문제는 이 일을 매듭짓고 난 후에 해결할 것이오. 그래서 쓰여 있지 않은 게요."

"가주의 죽음이 지금 팽가의 자긍심보다 중요하지 않다는 얘깁니까?"

하지만 장련은 집요했다. 이미 모두가 알고 있으면서도 차마 지적하지 않은, 드러나 있는 부분에 집중했다.

"오대세가의 수좌, 전통과 명예를 중시하는 팽가에서 그 팽가를 지탱하는 가장 큰 기둥이 무너지는 것이, 다른 일을 먼저 처리하고 난 후에 조치할 만큼 사소한 일이었습니까?"

"……."

'이 요망한 계집년.'

장련의 말에 팽오운은 화가 치밀어 올랐다. 한 수에 다 잡아 죽여 버려도 모자랄 것들 중에서 계집년이 빽빽 소리를 지르고 있는 것이 거슬렸다.

정말로 거슬리는 것은 여기서 긍정을 해도, 부정을 해도 어떻게든 팽가에는 명분상의 손해가 된다는 것이었다. 당장 이놈의 집구석을 멸문시킨다 하더라도 그런 명분은 두고두고 팽가의 발목을 잡게 될 터였다.

"장씨세가는 이대로 물러서지 않을 것입니다. 대협께서는 저희에게도 팽가에 맞설 뛰어난 두 분이 있다는 걸 아셔야 할 겁니다."

"두 분? 아……."

팽오운이 비릿하게 입꼬리를 올렸다. 대답도 못 하고 삭여야 했던 울분이 터져 나올 구멍을 찾았다.

"그 묵객이라는 강호 철부지와 광휘라는 어쭙잖은 호위무사 말이냐?"

큭큭큭!

팽오운이 일부러 과장된 비웃음을 흘려 내고 고개를 저었다.

"냄새나는 계집. 어린 계집은 어쩔 수 없군. 조금 전 본 가가 읊은 수는 적게 잡아도 오백이다. 거기다 본 팽가의 정예 무사들이 합세한다면 고수, 절정고수라 한들 단 두 명으로 우리를 상대할 수 있겠는가?"

"단둘이 아니라……."

장련은 입을 열려다가 입술을 물며 말을 삼켰다. 아직은 말할 단계가 아니었다. 앞으로 어찌 될지도 모르는 일이니 최대한 속내를 숨겨야 했다.

그사이 팽오운은 주위를 한 번 더 둘러보곤 다시 말했다.

"한데 그 잘난 호위무사 놈은 어디 갔느냐? 혹시 도망간 것이 아니더냐? 크크큭."

모욕적인 언사.

처억.

그때 지켜보던 곡전풍이 검 자루를 잡고 한 발짝 나서려 하자 황진수가 급히 그를 말렸다.

"자네, 뭐 하는 짓인가?"

"이대로 보고만 있을 것인가? 이런 치욕을 당하고도?"

"누구는 나설 줄 몰라서 가만있는가. 능 형이 나서지 않고 있네."

"……."

두 주먹을 불끈 쥐고 있는 능자진. 그 모습에 곡전풍의 얼굴이 일그러졌다.

팽오운은 주위를 둘러보며 말했다.

"이게 무림이다! 이게 무림인 것이야! 너희 같은 장사치 놈들이 아무것도 할 수 없는 이게 바로 강호인 것이다. 하하하! 하하하하!"

이미 끝났다고 생각하는 것인가. 일가의 가주를 눈앞에 둔 자리에서 대놓고 터뜨리는 비웃음이다.

장원태의 얼굴에 떨림은 더해갔다.

능자진은 수치심에 자리에 제대로 서 있지도 못했고 장련은 곧장 울음을 터뜨릴 것처럼 눈시울이 붉어졌다.

"본 가가 정도에 몸담은 것을 감사하도록. 우리가 정도인이 아니었으면 너희는 벌써 죽었으니까."

팽오운은 큰 소리로 말하고는 몸을 돌렸다. 그리고 나직하게 말을 흘렸다.

"쓰레기 같은 놈들……."

작은 소리였지만 모두가 들었다. 가슴이 쓰릴 정도의 모욕감에도 누구도 반박하거나 제지하는 사람이 없었다.

이것이 현실이었다. 고작 한 명의 무인에게도 겁을 집어먹는 이것이… 현실이었다.

끼이이익.

누구 하나의 제지 없이 걸어가던 팽오운이 대전의 문을 열었다.

그리고 몰려든 사람들 사이를 비웃음이 가득한 얼굴로 걸어 나갔다.

슥. 슥. 슥.

사람들은 알아서 길을 터주었다. 마치 겁에 질린 토끼처럼 물러서는 것이다.

팽오운은 그런 분위기를 찬찬히 즐기며 느긋한 걸음으로 사람들 사이를 빠져나갔다.

"네 눈엔 내가 그리 우스워 보이는가?"

휘익.

순간 눈을 부릅뜬 팽오운이 갑자기 몸을 뒤로 돌렸다.

사람들은 여전히 그대로였다. 목을 만든 채 서 있었고 자신을 향해 두려움을 내비치고 있었다.

"내가 서 있는 위치도 찾지 못하는 놈 따위가."

휙 휙!

팽오운은 또다시 고개를 돌렸다.

그것도 모자라 좌우를 살피며 주변을 빠르게 훑었다.

그럼에도 그는 보이지 않았다. 존적조차. 흔적조차 느껴지지 않는 것이다.

'설마……'

팽오운은 느끼고 있었다.

온몸의 감각을 굳게 만드는 지독한 살기. 누군가가 자신을 향해 쏘아댄 것이다.

'그놈이……'

누군지는 대충 알 것 같았다. 하지만 기척을 어떻게 숨긴 것인지 아무리 훑어도 상대는 보이지 않았다.

팽오운은 표정을 와락 구긴 채로 분주하게 그곳을 빠져나갔다.

"……"

그가 사라질 때쯤 사람들 틈에서 한 사내가 천천히 모습을 드러냈다.

병기 없이 봇짐 하나를 어깨에 멘 채 서 있는.

광휘였다.

*   *   *

대전 안으로 들어갈까 잠시 망설이던 광휘는 장원태의 서재로 발걸음을 옮겼다.

사실, 우연히 문 앞에서 팽오운의 목소리를 듣게 되었다. 하여 사람들 사이에 잠시 있다가 결국 발길을 돌린 것이다.

"……"

담벼락 앞에서 한 식경을 기다렸을까. 어깨를 축 늘어뜨리고 걸어오는 노인 한 명을 볼 수 있었다.

"…자넨?"

광휘를 발견한 장원태는 반색했다. 이내 그를 서재 안으로 급히 들였다.

광휘가 자리에 앉자 그는 그간의 모든 일을 털어놓았다.

"…결국 이리된 게요."

"팽가에서는 왜 온 겁니까?"

묵묵히 얘길 다 들은 광휘가 입을 열었다.

다른 상황이야 이해가 간다지만 팽가가 언질도 없이 이곳을 찾아온 연유는 알지 못했다.

"최후통첩을 하러 온 게지. 내달 초하루까지 장씨세가가 죄를 인정하고 물러서지 않으면 응징을 하겠다는 내용이었소."

"……."

광휘는 장원태의 얘길 상기하며 천천히 눈을 감았다.

팽가의 최후통첩 안에는 항복 의사를 묻는 말도 들어 있었다. 이는 강호의 오대세가로서 괜한 잡음이 생길 것을 방지하기 위함일 터였다.

"광 호위, 내 부탁 하나 하겠소."

"장 가주……."

광휘의 눈이 천천히 뜨이다 이내 확 하고 커졌다. 맞은편에 앉아 있던 장원태가 자신을 향해 고개를 숙였던 것이다.

"장씨세가를 떠나주시오."

고개를 숙인 장원태의 목소리는 잔뜩 억눌려 있었다. 분노, 비감, 원통함을 모두 참고 고개를 숙이는 남자의 목소리였다.

"건곤일척의 승부를 생각한 적 있소. 팽가가 저리 나온다면 본 가 역시 똑같은, 아니, 더 치밀하게 관부와 상계 모두를 엮어서 반격할 수 있소. 모르긴 해도 저들보다 훨씬 더 지독한 짓도 할 수 있을 게요, 우리는."

"…하지 그러십니까. 아직 싸움은 시작도 되지 않았습니다, 가주."

"하지만 생각해 보았다오. 이 싸움의 끝에 뭐가 있을지. 광대협… 그대를 못 믿어서가 아니오. 적들이 많고 대단해서도 아니오."

거기서 장원태는 나지막이 한숨을 내쉬었다.

그 얼굴은 일순간에 차분해졌다. 어찌 보자면 결연한 의지가, 달리 보자면 바뀔 수 없는 현실을 수긍하는 사람처럼 느껴졌다.

"나도 알고 있소. 싸우겠다고 다짐해 놓고 물러서는 내 모습이 얼마나 비겁해 보이는지. 하지만 아무리 생각해도 이 방법밖에 없소. 난 세가를 책임지고 있는 가주요."

나지막이 흘러나온 장원태의 목소리에 처음으로 힘이 실렸다.

"내 한 몸 죽는 것이야 미련이 없지만 아들과 딸이… 그리고 나를 바라보는 식솔들이 있소. 그들은 젊고 유능하오. 모자란 아비 때문에 여기서 덧없이 죽을 순 없지 않겠소."

장원태는 고개를 들어 진중히 말을 이었다. 묵묵히 듣고 있던 광휘가 입을 열었다.

"그 판단, 옳으십니다. 저는 예전에 그리하지 못했습니다."

"…대협?"

"사람을 지키기보다 적들을 죽이는 데 주력했습니다. 그래서 많은 수하들을 잃게 되었지요. 목표는 이루었으되 아무것도 남은 것이 없습니다."

"……."

언뜻 장원태의 눈이 가늘어졌다. 광휘는 조금 전 그 못지않게 무거운 한숨을 깊이 내쉬었다.

"가주의 판단이 맞는 겁니다."

"그렇다면 광 호위께서는 한시라도 빨리 이곳을 떠나……."

"하지만 장 가주, 여기가 제 집입니다."

그때 광휘가 그를 불렀다. 이후, 사뭇 진지해진 표정으로 대답했다.

"이제는 여기가… 장씨세가가 제 집입니다."

'아…….'

생각지도 못한 대답 때문이었을까.

장원태는 눈빛이 점차 흔들렸다.

그리고 깨달았다. 지금 그가 무슨 생각을 하고 있는지를. 자신과는 달리 그에겐 어떠한 근심도 보이지 않았다.

'포기하지 않았어. 왜지……. 상황이 이럴진대.'

이해할 수 없었다. 이런 절망스러운 상황인데, 그는 전혀 무기력하지도 않았고 두려움도 없었다.

"묵객이 해남파로 돌아가 가문을 움직인다고 하였지요?"

"……?"

광휘는 자리에서 일어났다. 그러고는 희미한 미소를 띠며 고개를 숙였다.

"일단 시간을 벌 거리를 찾아보겠습니다."

＊　　　＊　　　＊

장원태의 서재에서 빠져나간 광휘가 향한 곳은 과거 거처로 사용했던 장서고였다.

그곳에서 봇짐을 내려놓고는 괴구검을 찬 뒤 곧장 대청으로 향했다. 명호의 시신이 안치되어 있다는 말에 그리로 향한 것이다.

잠시 내원을 거닐던 중 한 곳에서 소란이 일었다.

무시하고 지나가려던 그때 무엇을 목격한 듯 광휘의 발걸음이 천천히 멎었다.

"이거 놓으시오!"

어깨에 잔뜩 짐을 꾸린 채 내원 밖을 나서는 사람들. 그중에 나름 비단옷을 입은 무리도 있었다.

하지만 광휘가 멈춘 것은 그 때문이 아니었다. 그들을 말리고 있는 여인 때문이었다.

"민 전주, 얘길 더 들어봐요. 아직 끝난 게 아니에요."

장련이었다. 장련이 장씨세가를 빠져나가는 그들을 막아서고 있었다.

"다 끝났소. 상황이 이 지경인데 무슨 얘길 더 한단 말이오!"

"구룡표국이 도와준다고 하였어요. 그리고 묵객께서도 생각한 바가 있어요. 조금만 기다려 보면 또 다른 곳도……."

"구룡표국, 묵객? 이보시오, 련 아가씨. 맹이 합세했소. 거기다 관(官)도 이미 그들의 편이오. 팽가 하나도 벅찬데 두 용이 합세한 이 상황에서 묵객이나 구룡표국 따위가 무슨 의미가 있겠소?"

"그건 우리 하기에 달린 거예요. 또한 그들 외에도 본 가엔 뛰어난 무사분이 있잖아요?"

"뛰어난 무사?"

장련과 실랑이를 하고 있는 긴 수염의 노인, 민 전주가 냉랭한 목소리로 말했다.

"걸출한 무사들이 있긴 하지. 하지만 그들이 뭘 어떻게 할 수 있겠소? 듣기로 거의 오백에 달하는 병력이 장씨세가를 친다고 하는데… 고작 몇 명이서 그 많은 인파를 어떻게 막을 수 있단 말이오?"

"그러니까 그 방도를 제가 찾아보겠다는 거잖아요. 하니 민 전주께서는 조금만……."

"이보시오, 장련 아가씨. 더는 착각하지 마시고 내 말 똑똑히 들으시오."

민 전주는 눈에 힘을 주며 말을 이었다.

"팽가는 명문세가요. 그들을 막기 위해선 오대세가나 구파일방 같은 곳이 적극적으로 막아서야 하오. 하지만 그런 일은 일어날 수 없소. 왜인 줄 아시오?"

"……."

"맹이 합세했다는 것은 구파일방이나 오대세가가 나설 명분이 없다는 말과 같소. 맹은 그런 곳이니까."

맹은 오대세가와 구파일방 사람들이 모여 만든 곳이다. 그런 맹이 움직였다면 오대세가와 구파일방이 나설 명분이 없다는 것이다. 전면전을 할 것이 아니라면.

"주위를 한번 돌아보시오. 내 조금 전 들었는데 각주들과 당주들은 이미 장씨세가 외원을 빠져나갔다는 소릴 들었소. 내소저를 나름 아꼈기에 지금까지 참아주었지만 이제 더 이상 막아서면 정말 화를 낼 것이오."

"민 전주!"

"비키시오! 어서!"

"악!"

몇 번을 뜯어말리던 장련의 손을 민 전주가 강하게 뿌리쳤다. 이에 장련이 중심을 잃고 자리에 넘어졌다.

지켜보던 광휘가 눈을 가늘게 뜨며 한 걸음 움직였다.

"적당히 하지."

하지만 몇 걸음 걷지 않아 멈췄다. 누군가 장련 앞을 막아선 것이다.

"자네들이 겁쟁이처럼 도망가는 건 내 알 바 아니네만 장련 아가씨에게 이렇게 하면 되겠는가?"

능자진이었다.

민 전주는 그런 그를 불만스러운 얼굴로 노려보았지만 뭐라 말하지 않았다.

잠시 뒤, 그는 무리들과 함께 그곳에서 사라졌다.

"소저, 괜찮으십니까?"

능자진이 장련에게 손을 내밀며 물었다. 손을 잡고 일어선 장련이 담담한 얼굴로 미소 지었다.

"전 괜찮아요."

"그냥 하고 싶어 하는 대로 놔두지 그랬습니까. 이미 결심이 선 사람들인데……."

"마음이 너무 안 좋아서요……."

"……."

"괜찮아요. 그럼 먼저 갈게요."

장련은 툭툭 옷을 털며 고개를 숙였다. 그리고 곧장 자리를 떠났다.

"뭘 저리 열심인지……."

떠나는 장련의 뒷모습을 보던 능자진은 마음이 착잡했다.

하루아침에 변해 버린 장씨세가 사람들. 그들을 바라보는 소가주의 마음이 어떨지 더는 묻지 않아도 이해가 갔다.

"에휴……."

그렇게 능자진이 뒤돌아서다 멈칫했다. 언제 왔는지 눈앞에 한 사내가 자신을 바라보고 있었기 때문이다.

광휘였다.

*　　　*　　　*

"여깁니다."

능자진은 대청 뒤쪽으로 광휘를 안내했다. 명호의 시신이 그곳에 안치되어 있었기 때문이다.

광휘는 교목들 사이로 봉분(둥근 모양의 무덤) 하나를 발견하자 눈빛이 크게 흔들렸다.

차가운 맨땅에 묻혀 있는 명호.

실제 죽음을 목도하자 감정이 크게 요동친 것이다.

"…죄송합니다. 제가……."

능자진은 무슨 말을 해야 할지 어려워했다. 모두 자신의 탓인 것만 같았다. 강하지 못했기에 더없이 미안해진 것이다.

"…계십시오."

능자진은 축 처진 어깨로 술병 하나를 내려놓고 조심히 물러섰다.

"형장의 잘못이 아니오."

그렇게 자리를 빠져나가던 능자진의 걸음이 멈칫했다.

광휘는 뒤돌아보지 않고 말을 이었다.

"명호가 죽은 건 말이오, 그냥 운이 나빴던 게요."

"……."

능자진의 눈가는 어느덧 촉촉이 젖어 있었다.

오는 도중 관(官)과의 일을 얘기했었다. 그것에 대한 광휘의 대답인 것이다.

능자진이 사라진 후 광휘는 술병을 들고 봉분에 살짝살짝 술을 뿌리기 시작했다.

추르륵. 추륵.

아주 적은 양으로 조금씩, 그렇게 느릿한 동작으로 모든 병을 다 비워낸 광휘가 한 발짝 물러섰다.

한동안 말이 없었다. 그저 담담히, 차갑게 얼어붙은 무덤을 바라볼 뿐이었다.

휘이이잉.

거의 한 식경 넘게 바라보던 광휘가 그제야 입을 열었다.

"이게 뭐냐……."

무덤을 향해 읊조리듯 묻는 광휘.

혀의 떨림이 입을 통해 천천히 새어 나왔다.

"낯선 땅에 비석 하나 없이… 대체 이게 뭐냐……."

잡풀들 사이에 우뚝 서 있는 초라한 무덤. 어두컴컴한 곳에 누구 하나의 관심 없이 차갑게 식어 있었다.

"그래서 내가 널 싫어했던 게야."

이미 광휘의 두 눈은 벌겋게 충혈되어 있었다. 그런 와중에 숨소리처럼 고요한 대화를 이어갔다.

"매사에 실없이 웃거나 살갑게 구는 그 태도. 네 그 쓸데없이 밝고 긍정적인 사고. 모든 게 하나같이 맘에 안 들었다."

툭.

광휘의 손에 들려 있던 술병이 바닥에 맥없이 떨어졌다.

"그중에서도 줏대 없는 네 행동이 제일 싫었다. 임무 중에 널 도와준 게 나 하나더냐? 천중단에서 그만큼 따라다녔으면 되었지, 네놈이 대체 왜 장씨세가까지 내 뒤를 졸졸 따라다니느냔 말이다."

광휘의 머릿속에 과거의 기억들이 새록새록 떠오르기 시작했다.

천중단에 입단하기 전 자신 앞에 몇 번이고 찾아왔던 그가.

입단하고 나서도 틈만 나면 얼굴을 들이밀던 그가.

"천중단에 들어가기 위해선 어떻게 해야 합니까?"

"왜냐고요? 그야 당연한 것 아닙니까? 조장처럼 강하면서 따듯한 사람이 되고 싶으니까요."

"하하핫! 조장! 드디어 제가 오늘부로 막부단에 들어갔습니다. 흑우단이 안 된 게 아쉽지만… 축하해 주실 거지요?"

광휘의 얼굴은 온몸의 힘이 빠진 듯 나른하게 변해 있었다.

"내 꿈에는 왜 나타난 게냐……."

눈시울도 어느새 붉어지고 있었다.

"이렇게 주검이 된 후 꿈에라도 나타나면 기뻐할 줄 알았더냐? 내 기억을 깨우고 감정을 깨우면, 내가 너에게 고마워하기라도 할 줄 알았느냐?"

말과는 달리 광휘는 눈물을 글썽거렸다. 그를 꾸짖을수록 웃고 있을 것 같은 명호 때문에 감정을 추스르기가 힘들어진 것이다.

"왜 너는 네가 하고 싶은 말만 하고 떠나는 것이냐……."

참으로 제멋대로인 녀석이었다.

사내자식이 목숨 한 번 구해줬다고 평생을 졸졸 따라다닌 것도. 그리고 이제 함께 편안해질 수 있는 때 혼자 홀쩍 떠나 버린 것도.

광휘가 봉분을 잡으며 털썩 주저앉았다.

"적어도 내가 말할 기회는 줘야 하지 않느냐."

"그간 잘 지내셨습니까? 명호입니다."

"조장님은 어떻게 지내셨습니까?"

눈앞에 명호와의 추억이 주마등처럼 스쳐 지나갔다. 그 기억 끝에 자신을 향해 웃고 있는 그의 모습을 목도했다.

"사실은 말이다, 나도 묻고 싶었다. 그동안 너는 어떻게 지냈 냐고… 나도 묻고 싶었다."

광휘의 볼을 타고 한 줄기 눈물이 떨어졌다.

"그 말을 해야 했다……. 그런데 결국 그 말을 하지 못했다. 미안하다, 명호야."

흐느끼는 소리, 우는 소리는 없었다. 그럼에도 눈물은 광휘의 볼을 타고 하염없이 흘러 떨어지고 있었다.

"그래서 늦었지만… 이제라도 용기를 내보마……."

광휘는 눈물을 닦지 않고 흐르게 내버려 두며 나직이 물었다.

"명호, 너는 그동안 어떻게 지냈느냐?"

알고 있었다. 이렇게 물어보는 것이 너무도 늦었다는 것을.

하지만 지금이라도, 늦었지만 지금이라도 용기를 내야 했다.

"그 끔찍한 시간을 너는 대체 어떻게 참고 지냈느냐. 나보다 더 힘들었을 텐데 어찌 그렇게 허허거리며 웃고 지낼 수 있었느냐."

광휘의 목소리가 느릿하게, 계속 이어졌다.

당연한 이야기지만 명호는 대답하지 않았다. 하지만 한번 말 문이 트인 광휘는 그간의 모든 생각과, 생각조차 할 수 없었던 한(恨)을 흐느끼듯 천천히 털어냈다.

"난 말이다……. 좀 힘들었다. 하루하루 살아가는 게, 숨 쉬고 버티는 게 벅차게 느껴질 만큼 좀 힘들었다."

투욱.

광휘의 고개가 바닥으로 떨어졌다.

분명히 지긋지긋하게 겪었는데, 수하나 동료라면 끔찍하게도 많이 잃었는데. 그런데도 지금 감정은 또 달랐다.

"명호 너도 그러했겠지? 나처럼 힘든 날이 많았던 게지?"

팔다리가 잘린 고통이 가슴으로 몰려든 것처럼 너무나 아팠다. 심장이 저며져서 올올이 핏물이 터져 나오는 듯 끔찍한 고통 속에서 광휘는 울었다.

"미안하구나. 눈치채지 못해서… 그간 도움만 받고 해준 게 너무 없구나. 그래서 더 미안하다……."

목을 놓아서, 천중단의 가혹한 수련을 받기 전 아무것도 모르던 그때를 떠올리며.

"보고 싶다, 명호야……."

지이이이잉.

한편, 오열하는 광휘의 허리춤에서 미미한 움직임이 일고 있었다. 너무나 작은 떨림이라 그는 미처 알지 못한 듯했다.

하지만 그 은은한 떨림은, 흐느끼는 광휘와 한 몸이 된 것처럼 울고 있었다.

第三章

청성파와 남궁세가

　언덕길을 내려오던 광휘가 멈칫했다.

　정확히 노송 세 그루, 이름 모를 꽃들이 심긴 경사진 곳에서
그는 시선을 들었다.

　"그만큼 지켜봤으면… 이제 나오시오."

　휘이이잉.

　근처 꽃들이 바람에 길게 나부꼈다.

　사박.

　노송 뒤에서 마른풀을 밟으며 한 여인이 걸어 나왔다. 서혜
였다.

　"기분 나쁘셨다면 죄송해요. 변명 같지만 명 대협의 봉분까지
는 따라가지 않았어요."

"그보다 지금 장씨세가의 상황은 어떻소?"

광휘는 추궁하지 않고 곧장 자신이 궁금한 것부터 물었다.

"들으셨는지 모르겠지만 개방 방주께서는 도지휘사와 협상 중에 있어요. 모용세가는 본가로 돌아가는 중이고요."

서혜는 차분히 숨을 고르며 입을 열었다.

"팽가 쪽은?"

"정사지간 두 문파의 병력은 팽가에 도착해 대부분 집결되어 있어요. 관(官)과 맹의 병력은 사흘 내로 도착할 예정이고요."

광휘가 고개를 끄덕였다.

"현재 장씨세가 상황은 어떻소?"

"상계 쪽에서 대규모 인원의 이탈이 있어요. 거래처도 이미 상당수 거래를 끊었고요. 구룡표국이 도와준다곤 말했지만 그 것만으로는 진정시키기가 힘들겠죠."

광휘가 스르륵 눈을 감고 서 있자 잠시 둘 간에 침묵이 일었다.

그런 침묵이 갑갑해질 무렵 눈을 뜬 광휘가 물었다.

"소저께선 묵객이 해남파를 불러들일 수 있다고 보시오?"

"예?"

예상치 못한 질문 때문일까.

서혜는 생각을 정리하는 데 조금 시간이 걸렸다.

이후, 미약한 한숨과 함께 입을 열었다.

"어려워요."

짧은 대답이었다.

광휘가 별 대답 없이 서 있자 서혜는 말을 이었다.

"현 해남파 장문인은 진일강 대협으로, 예전부터 기행으로 유명하셨던 분이세요. 묵객의 사부이기도 하죠."

"묵객? 진 대협이 묵객의 사부였소?"

광휘의 목소리가 조금 높아졌다.

사문이 해남파인 건 장원태에게 전해 들어 알고 있었지만 그의 사부가 누구인지는 듣지 못했기 때문이다.

"예. 혹시 아는 분이신지?"

"허어……."

광휘는 대답 대신 짤막히 신음을 내뱉었다.

'그래, 그러고 보니 묘하게 닮은 구석이 많았어. 그자의 검술과……'

광휘가 대답할 기색이 없자 서혜는 재차 입을 열었다.

"아무튼 진일강 대협은 해남파의 장문인이시니 그분이 승낙하면 장씨세가를 도울지도 몰라요. 하지만… 아무런 인연도, 관계도 없는 해남파가 단순히 제자의 부탁으로 장씨세가를 도울리 없어요. 묵객께서도 이를 잘 알고 계셨지요."

진일강은 일대 기협이라는 말을 들을 정도로 성격도 호방했지만 누군가를 도울 때는 상대가 도움을 받을 역량이 있는지를 시험하는 고약한 버릇이 있었다.

서혜는 몇 마디를 더 첨언해 광휘의 이해를 도왔다.

"장웅 공자의 역량으로는 부족하다는 얘기요?"

"소녀의 생각으로는 그렇습니다."

광휘의 물음에 그녀는 막힘없이 또박또박 자신의 속내를 털어놓았다.

"물론 장웅 공자도 재지가 있는 분이지요. 일곱 살에 이미 사서(史書)와 오경(經書)의 구절을 읊을 정도로 학문이 뛰어났다고 하더군요. 하지만 근자에 들어서 실수를 많이 한다고 합니다."

그녀는 잠시 뜸을 들인 후 말했다.

"학문이 지혜로 이어지지 않은 게지요. 무엇보다도 사람을 대하는 데 서투르다고 알려져 있습니다. 차라리 이럴 때는 장련 소저가 가는 게 맞았습니다. 적어도 장웅 공자보다는 나았겠지요."

광휘가 고개를 갸웃거리며 물었다.

"…한데 왜 그가 갔소?"

"장련 소저가 자신보다 장웅 공자가 더 잘해낼 수 있을 거라고 장담했습니다. 안타깝게도 지금 장씨세가는 최악의 상황입니다. 해남파가 아무런 인연도 없고 이익 될 것이 없는, 게다가 맹과 관이 돕고 있는 팽가를 적으로 돌릴 것이라고는……."

"진 대협은 그런 것에 연연해서 움직이는 사람이 아니오."

"네……?"

제법 확신에 찬 대답에 서혜가 눈을 껌벅였다.

"그는 도울 사람이 가치가 있는지 없는지를 살필 뿐 대적하는 상대가 팽가나 맹, 관일지라도 그런 것에 연연하지 않소. 어찌 보면 대단히 오만한 사람이지."

뒤이은 대답에 서혜는 눈을 좁혔다.

해남파의 장문인이 그런 성격이었던가?

오대세가의 하나인 팽가나 무림맹, 심지어 관까지도 여차하면 적대할 수 있다고? 무엇보다 광휘가 이렇게 단정적으로 말한 적이 몇 번이나 있었나 싶었다.

'이 사람은 그걸 어떻게 알고 있지?'

"그리고 장련 소저가 장웅 공자가 할 수 있다고 했다면 그만한 이유가 있을 게요."

"무사님… 그건 좀……."

서혜는 채 말을 잇지 못하고 말문이 막혔다.

장련이 현명하다는 건 안다. 상계 쪽에서 제법 두각을 나타낼 만큼 재지가 있다는 것은 굳이 찾아보지 않아도 익히 알려져 있으니까. 하지만 장웅은 아니었다.

아무래도 이 남자가 장련에게 지나치게 빠져 사리 판단마저 희미해진 것이 아닌가 하는 생각이 들었다.

"괜찮으시다면 그 판단의 근거를 좀 듣고 싶군요. 이번 일에는 저희 하오문 역시……."

서혜는 말하다가 또다시 말을 채 잇지 못하고 눈을 껌뻑거렸다.

어느새 광휘가 사라진 것이다.

'대체 무슨 경신법이기에…….'

분명 눈앞에 있던 사내였는데 전혀 보지 못했다.

경신법에 나름 자신 있는 서혜였기에 더욱 충격이 클 수밖에 없었다.

*   *   *

날이 어두워지는 시각.

장련은 눈을 비비며 무언가를 열심히 적어대고 있었다. 붓을 놀리기를 거의 반 시진.

와지직!

얼마 후 한탄을 쏟아내며 그녀가 종이를 구겨 버렸다.

"이게 아냐."

바스슥.

한 무더기나 될 법한 파지 무더기에 다시 한 장이 더해졌다. 그럼에도 또 글을 쓰기 시작했다.

"이대론 안 돼. 이대로는……."

와지직!

하지만 얼마 안 가 또다시 종이를 구겨 버렸다.

재차 집중하기 위해 붓을 들던 그녀의 손길이 멈칫하더니. 갑자기 가늘게 떨렸다.

"다 끝났소. 상황이 이 지경인데 무슨 얘길 더 한단 말이오!"

오늘 하루 장씨세가를 빠져나간 사람의 수는 육십여 명. 그 중에는 민 전주를 포함해 오랫동안 한솥밥을 먹어온 직계가족들과 하인들도 더러 있었다. 그런 그들이 다른 보금자리를 찾기 위해 장씨세가를 떠난 것이다.

"하아……."

장련의 눈가에 눈물이 그렁그렁 맺혔다.

한평생을 같이 지낸 식구가 장씨세가를 떠나는 모습을 보니 가슴이 아려온 것이다.

"집중하자, 집중."

장련은 고개를 세차게 흔들고는 다시 붓을 들었다. 하지만 계속 쓸 수 없었다.

톡. 톡.

글썽이던 눈물이 기어코 흘러내려 종이를 적셨던 것이다.

그때 문틈으로 인기척이 들렸다.

똑똑똑.

"누구신가요?"

"광휘요."

"예?"

갑작스러운 방문에 장련은 급히 화장대로 걸어가 얼굴을 살폈다.

소매로 대충 눈을 훔친 뒤, 머리 정리를 한 뒤에야 문을 열어주었다.

끼이이익.

문이 열리자 그 앞에는 광휘가 봇짐을 멘 채 서 있었다.

"아, 무사님. 언제 오신 거예요?"

일순 화색이 돈 얼굴로 장련이 말했다.

"오늘 왔소."

광휘의 짧은 대답에 장련이 재차 물었다.

"그럼 수련은요? 성과가 있으신 건가요?"

"……."

"얼굴을 보아하니 혈색도 좋으시고… 맞구나. 이제 괜찮아지셨구나. 아, 정말……."

"소저, 잠시 들어가도 되겠소?"

"아… 아? 죄, 죄송해요. 들어오세요."

장련은 그제야 자신이 그를 밖에 세워두었다는 생각에 빠르게 물러섰다.

뚜벅뚜벅.

광휘는 느릿한 걸음으로 들어왔다.

그가 자리에 앉자 장련이 맞은편에 앉으며 말했다.

"그간 잘 지내셨어요?"

"뭐, 보시다시피 그렇소."

맞은편의 광휘가 미소를 흘리자 장련도 약간 놀란 눈으로 말했다.

"오늘도 잘 웃으시네요."

"내가 웃었소?"

"네. 이렇게 입이……."

장련은 두 손을 들어 입꼬리를 좌우로 늘렸다.

그걸 보던 광휘가 헛기침을 하며 시선을 돌렸다. 그 소리가 장련에게 웃음처럼 들렸다.

"다행이에요."

시선을 돌렸던 광휘가 다시 장련을 바라보았다.

"무사하셔서… 돌아와 주셔서……."

어느덧 진지한 얼굴로 광휘를 응시하던 장련이 나직이 읊조렸다.

"왠지 오지 않을 것만 같아서요. 저… 조금은 마음 졸였거든요."

"……."

"아시겠지만 본 가의 상황이 너무 그렇잖아요. 개방도, 모용세가도 떠나고 내부 사정은 더 안 좋아지고 있잖아요. 그런데 적들은 강해지고… 더욱 강해지고. 그러니 오시지 않아도 어쩔 수 없다고……."

"련 소저."

점점 목소리가 작아지던 장련을 향해 광휘가 점잖게 불렀다. 그리고 시선을 맞춘 후 천천히 입을 열었다.

"난 장씨세가의 호위무사요."

"……."

"오는 게 당연한 게요."

무심한 듯 말하는 그의 눈빛을 보자 장련은 속에서 뭔가 울컥하는 느낌을 받았다.

그 감정이 점점 올라와 눈가를 촉촉이 적셨다.

호위무사라면 돌아오는 게 맞다. 그 당연한 말이 지금 장련에겐 너무 고마웠다.

주륵.

이윽고 감정을 주체하지 못하고 한 줄기 눈물이 그녀의 볼을 타고 흘렀다.

"미안해요."

장련은 황급히 소매로 눈물을 훔치며 말을 이었다.

"무사님을 보니까… 막 안심이 되고 그래서……. 그다지 달라질 것이 없다는 걸 알지만, 그래도… 그래도……."

"련 소저, 마지막까지 포기해선 안 되오."

"……"

"아직 싸움은 끝나지 않았소."

광휘의 말에 장련의 얼굴이 경직되듯 굳어졌다.

이내 그녀의 두 눈가에 또다시 눈물이 그렁그렁 맺혔다.

양손을 마주 잡으며 한참을 그렇게 버티던 그녀는 결국 두 손으로 눈을 가려 버렸다. 걷잡을 수 없이 눈물이 흘러내린 것이다.

그녀도 모르지 않았다. 아니, 누구보다 장씨세가의 현 상황을 알고 있었다. 사실상 팽가에 대적하는 것이 불가능하다는 것을.

그렇기에 더 듣고 싶었는지도 모른다.

포기하지 말라는 말. 아직은 할 수 있다는 말.

거짓말이라 하더라도 누군가 그 말을 해주기를, 너무나 간절히 듣고 싶었던 거다.

광휘는 잠시 다른 곳을 바라보며 그녀가 진정하기를 기다려

주었다.

한참이 지나도 진정되지 않자 결국 화제를 돌렸다.

"한데 무엇을 하고 있었던 게요?"

광휘의 질문에 장련은 정신을 다잡으려 노력했다.

여전히 두 눈은 충혈되어 있었지만 그녀는 또박또박 말을 받았다.

"인근 몇 곳의 방파에 중재를 서달라는 서신을 보내려고 하고 있었어요. 성사 가능성은 없지만 이런 거라도 하면 마음이 편해질 것 같아서……."

"서신? 어디로 보내려고 했던 게요?"

"남궁세가와 초가보, 청성파요. 본 가와 싸우고 있는 곳은 팽가지만, 이번 일에는 그들도 간접적으로 관여되어 있어요. 혹여나 그들이 마음을 바꾸면 팽가를 저지시키거나 못해도 조금은 시간을 벌 수 있지 않을까 하고……."

"시간이라 함은?"

광휘가 눈썹을 올리며 물었다.

"묵객께서 본 파에 도움을 요청하러 가셨어요. 하지만 팽가가 오늘, 내달 초까지 항복하라고 최후통첩을 하였지요. 최후통첩 기한은 이십일 일인데 해남파가 도착하려면 적어도 한 달은 잡아야 해서 그게 걱정이에요."

장련이 유일하게 희망을 걸고 있는 곳이 해남파였지만 그조차 물리적으로 시간이 모자랐다.

그만큼 하북과 해남은 먼 거리였다. 하북의 북경, 황궁에서 빠른 말을 달려 내려간다고 하더라도 족히 한 달 이상 걸리는 거리. 무공을 익힌 무사들이라 해도 해남까지 가는 데만 열흘은 잡아야 하는 상황이었다.

묵객 본인만이라면 몰라도, 거기에 장웅까지 함께 움직이니 한 달도 사실 최소한으로 잡은 기일이다.

"시간이라……."

광휘는 뭔가 생각하려는 듯 조용히 입을 닫았다.

그사이 좀 진정이 됐는지 이번엔 장련이 말했다.

"그냥 해보는 거예요. 어차피 상황이 어렵다는 걸 알고 있지만 그래도 뭔가 해보고 싶어서요. 그들이 도울 만한 실익(實益)만 있다면 해남파가 올 때까지 시간을 벌 수 있을 텐데……."

"실익만 있으면 된다는 말이구려."

"네……?"

장련이 되물었다. 하지만 광휘는 다시 설명하는 대신 자리에서 일어나 뭔가를 뒤적거렸다.

장련은 그것이 광휘가 이곳에 들어올 때 메고 온 봇짐이란 걸 깨달았다.

"마침 필요할 것 같아 들고 왔소. 이거라면 좀 도움이 될 거요."

투욱.

광휘가 두툼한 서책 두 권을 내려놓자 장련이 물었다.

"뭔가요?"

"청운적하검(青雲赤霞劍)과 창궁무애검법(蒼穹無涯劍法)이오."

"······!"

장련은 소스라치게 놀랐다.

강호에 대해선 무지한 그녀로서도 들어본 적이 있는, 청성파와 남궁세가를 대표하는 무공이 아닌가.

혹시나 잘못 들었나 싶어 서책에 적힌 글을 읽어보았다.

정말로 청운적하검과 창궁무애검법이었다.

"청성파나 남궁세가에 있는 진본(眞本)과는 다른 것이지만 그만한 가치가 있소. 조금 난해한 무공 초식에 대해, 이걸 쓴 자들이 주해(註解: 본인의 해석)를 달아놓은 것이니까."

장련은 입을 다물지 못하고 급히 되물었다.

"세상에. 이건 어디서 나신 거예요?"

"받았소."

"누구한테요?"

"···옛날 동료들이오."

언뜻 광휘의 얼굴에 미세하게 씁쓸한 표정이 일었다.

장련은 그가 옛날의 천중단 소속이란 걸 떠올리고 살짝, 아주 살짝 고개를 끄덕였다.

과연 무림맹의 최정에 무력 조직이었던 그곳이라면 이런 비급이 전해지는 것도 무리가 아닐 터였다.

"이 정도면 실익은 확실히 보장되는 상황이에요. 하지만 이것만으로는 어려울 거예요."

어쨌든 일말의 승산이 보이자 장련은 오히려 냉정해졌다. 천금 같은 기회가 찾아왔기에, 더욱 신중하고 확실하게 붙잡기 위해서였다.

"그건 또 왜 그렇소?"

"청성파와 남궁세가가 아무리 입김을 불어넣어도 결국 결정은 팽가가 하는 것이니까요. 일단 가능성이 생긴 이상, 이제부터는 팽가를 설득할 수 있는 방안을 찾아봐야겠어요. 그들 역시 본 가를 공격하는 입장과, 공격을 망설이는 입장이 따로 있다고 들었······. 무사님?"

장련은 말을 하다 말고 미간을 좁혔다.

"팽가라. 그러고 보니… 흠."

뒤적뒤적!

누구보다 자기 말을 열심히 들어주어야 할 광휘가 야속하게도 딴청을 피우며 또 봇짐을 뒤적이고 있는 것이다.

조금 심술이 난 그녀가 막 입을 열려고 하는 순간.

투욱.

"팽가는 이거면 되겠군."

광휘가 또 한 권의 비급을 내려놓았다. 이번에 장련은 눈이 튀어나올 듯 놀랐다.

"이, 이게 뭐예요!"

이미 두 권의 절세 비급을 책상에 올려놓은 광휘가 또 내놓은 한 권의 비급. 그 표지는 심하게 손때가 묻었고, 얼마나 자주 펼쳐 보았는지 바삭바삭 삭아 있을 지경이었다.

"오호단문도(五虎斷門刀)요."

팽가를 오대세가의 반열에 올려놓으며 강호 전역에 팽가란 두 글자를 알린 무공.

후대에 명맥이 끊겨 가문의 성세마저 기울게 만들었던 팽가의 보물이 장련의 눈앞에 펼쳐져 있었다.

*　　　*　　　*

"하아, 정말……."

장련이 비급 때문에 놀란 가슴을 진정시키는 데는 한참이 걸렸다.

청운적하검에, 창궁무애검법에, 심지어 오호단문도라니.

한때 시대를 풍미했던 일대절기의 비급들이 광휘의 봇짐에서 굴러 나왔다.

저 봇짐에 또 뭐가 더 들어 있을지 궁금해질 무렵 광휘가 턱을 쓸며 입을 열었다.

"사실 이 상황을 타개할 수 있는 방법은 크게 두 가지가 있소."

"…두 가지나요?"

장련의 시선이 반사적으로 올라갔다.

"그렇소. 참고로 지금 이 서책들은 두 번째 방법이오. 다만 개인적으로는 별로 마음에 들지 않지. 싸움을 걸어온 자들이 오히려 횡재하게 만들어주는 방식이니까."

장련은 놀랍고 궁금했다.

"그럼 첫 번째 방법은 무엇인가요?"

대체 이 방법 말고 어떤 또 다른 방법이 있다는 것인가?

"일을 크게 벌이는 거였소. 매우 강력하고 확실한 방법이오."

"매우 강력하고 확실한……?"

"들어보겠소?"

"아니요."

광휘는 의아한 얼굴이 되었다.

보통 이런 때에 두 가지가 있다고 하면 대개의 사람들은 다른 이야기도 들어보려 한다. 그런데 장련은 궁금한 얼굴이긴 하면서도 단호히 거절하고 있었다.

"무슨 얘기인지 정말 들어보지 않겠소?"

"네, 괜찮아요. 말하지 않아도 알 수 있으니까."

그런 광휘를 향해 장련은 재차 거절하며 나직이 말했다.

"일을 크게 만드는 것은 무사님도 위험에 노출될 수 있다는 뜻이 아닌가요?"

"……."

"첫 번째가 강력하고 확실한 방법이라고 하셨죠. 그럼에도 무사님이 두 번째를 생각한 이유가 있을 거라고 봤어요. 무사님은 굉장한 무예를 지니고 계시지만… 세상에서 숨어 살고 계셨죠."

"……."

"애초에 저희 가문의 황 노대가 아니었으면, 그리고 저희 가문이 위기에 처하지 않았더라면 이렇게까지 나서지 않으실 분이라는 생각이 들었어요. 그런 분께서 강력한 방법이라고 말할 정도라면 아무래도 본인이 위험해질 가능성이 크지 않을까, 방법

자체가 위험하지 않을까 그리 생각했어요."

"…허."

광휘는 저도 모르게 절레절레 고개를 내저었다.

참으로 이상한 여인이다.

보통의 경우, 강력하고 확실한 방법이 있다면 주저 않고 그걸 선택하는 것이 일반적이다. 지금의 장씨세가처럼 가문이 위기에 처한 경우에는 더욱 그랬다.

그래서 광휘 역시 첫 번째 방법으로 마음을 굳혀놓고 있었다. 지금 자신의 마음도 그러했고.

그런데 장련이 광휘 자신의 안위 때문에 두 번째 방법을 고를 줄이야.

"가문의 존망이 걸린 와중에도 남을 생각하는 건 좋은 자세가 아니오."

문득 광휘는 늙은이처럼 잔소리를 하고 말았다.

"남이 아니에요. 무사님은 지금 저희 가문을 위해 싸워주고 계신 몸이니까요."

장련이 도리도리 고개를 도리질했다.

"애초에 이 싸움은 저희들, 장씨세가의 싸움이었어요. 저희가 할 수 없는 것들은 도움을 바라야겠지만 할 수 있는 것이라면 직접 감당해야만 해요. 그래야 도와주는 무사님께도 면목이 생겨요."

"……."

"…무사님?"

장련은 광휘를 바라보다가 '또 웃고 계세요'란 말을 하려고 했다.

그사이 광휘가 먼저 말했다.

"이제부터가 중요하오. 어떤 식으로 건네줄지는 순전히 장련 소저의 능력에 달린 거니까."

쓰윽. 쓱.

광휘는 얼굴을 문질러 표정을 급히 지웠다. 이번엔 그도 알고 있었다.

자신이 장련을 향해 웃고 있었다는 사실을.

* * *

어두운 저녁.

고즈넉한 방 안에서 한 여인이 팽가의 장원을 내려다보고 있었다.

짧은 머리에 가지런한 눈썹, 보통 사람들보다 조금 내려간 눈꼬리. 인상은 선해 보이지만 독심이 깊은 이 여인이 바로 화월문, 정보 조직의 단주인 비연이었다.

"문주는 대체 무슨 생각인지……."

창가를 내려다보는 그녀는 심기가 불편해 보였다.

며칠 전에 일어난 사건 때문이었다.

"팽가에서 왔소!"

예고 없이 방문한 팽가의 무사.

그는 오자마자 바로 문주 조화룡과 독대를 했고, 그가 돌아간 이후 문주는 싸울 수 있는 모든 가용 병력을 팽가에 지원하기로 공표했다.

"왜 그리 무모한 짓을……."

비연은 문주에게 곧장 반대 의사를 표했다.

화월문 백 명의 무사는 거의 모든 전력이다. 정파와 사파도 아닌 중간에 껴 있는 일개 문파가 백 명의 무사를 지원한다는 것은 모든 병력을 동원해서 돕는다는 것이었다.

하지만 문주의 대답은 간단했다.

"천외문은 이백 명을 지원했네. 오히려 우리가 팽가에 송구스러워해야지."

천외문은 화월문과 같이 정과 사의 중간에 있는 문파. 당연히 무사들의 수 역시 백 명 남짓이었다. 그런데도 이백 명이 왔다는 것은 본래의 무사뿐만 아니라 하인이며 인근에서 고용한 낭인이며 칼을 들 수 있는 성인 남자들을 대부분 쓸어 넣었다는 것이다.

"이번 기회에 점수를 따려는 건가."

그녀는 쓴웃음을 짓고는 시선을 돌렸다. 그러다 문득 뭔가 생각이 났는지 혼잣말을 하듯 읊조렸다.

"하기야 장씨세가가 여기까지 버티리라고는."

"광휘란 자가 팽가에 직접 쳐들어가 교두들을 쓰러뜨렸답니다."

"운수산에서 모든 사파들을 도륙하고 적들을 막아냈다고 합니다."

"개방과 모용세가가 합세했답니다."

처음엔 믿지 않았다. 장씨세가에 그런 저력이 있을 리 없다고 생각한 것이다.

하지만 이후 개방과 모용세가가 합류했다는 말을 들었을 땐 자신의 귀를 의심할 정도였다.

"맹이 중재 요청을 해왔다고 합니다."

맹의 중재 요청은 그녀에게도 충격이었다. 팽가의 손을 들어 주고 있던 그들이었기 때문이다.

"칭찬해 드리죠. 솔직히 좀 놀랐어요."

비연은 자신을 노려보던 호위무사를 떠올렸다.

뛰어난 무공만큼이나 자신감 넘쳤던 사내. 암울한 상황에서도 전혀 굴복하지 않는 그 기개는 이제껏 만난 여느 무사들과는 달랐다.

"하지만 여기까지예요. 이젠 아무리 당신이라도 막을 수 없어요."

팽가는 결국 맹의 결정을 돌려 버렸다. 거기에다 어떻게 했는지 관(官)까지 움직였다. 팽가라는 호랑이가 양쪽 날개를 단 형국인 것이다.

그에 반해 장씨세가는 개방이 철수하고 모용세가가 발길을 돌렸다. 창과 방패가 사라지고 알몸으로 싸워야 하는 상황이었다. 희망도, 일말의 가능성도 모두 사라져 버렸다.

"어째 오해를 좀 했던 것 같군."

"오해라면……?"

"딴에는 피해를 적게 하려고 애쓴 것 아닌가. 다른 이들과는 다르군."

"내가 무슨 생각을……."

문득 그 사내와의 대화가 기억난 비연은 고개를 세차게 흔들었다.

당연히 끝난 일인데, 더는 살아날 방도가 없는 일인데도 그의 얼굴이 눈가에 아른거렸다.

"이건 내겐 아주 익숙한 싸움이라는 거다."

또다시 아른거리는 그의 목소리. 그리고 자신을 바라보던 그의 눈빛이 기억나자 비연은 신경질적으로 고개를 흔들었다.

그때 문밖에서 인기척이 들리자 비연이 몸을 움찔댔다.

잠시 진정한 그녀는 입을 열었다.

"들어오세요."

드륵.

문이 열리자 비연이 자연스레 몸을 돌렸다. 낯선 이의 화려한 비단옷을 보자 시선이 위로 올라갔다.

"당신은……."

그곳엔 절세 미녀라는 팽월이 서 있었다.

＊　　　＊　　　＊

또르르륵.

비연이 차 한 잔을 건넸다. 제법 큰 객방을 내준 터라 간단한 식기류는 구비되어 있었다.

"왜 밖에 나가지 않으셨나요?"

차를 한 모금 머금던 팽월이 대뜸 물었다.

딸각.

이후, 찻잔을 내려놓고는 비연을 향해 몸을 좀 당기며 말을 이었다.

"저희야 가주께서 상을 당했지만 화월문은 아니잖아요. 다른 단주들도 모두 밖에 나갔는데요."

"제가 나가지 않은 게 무슨 문제가 있나요?"

"그게 아니라……."

비연의 조금 날 선 질문에 팽월이 웃으며 대답했다.

"왠지 좀 근심이 있어 보여서요. 오늘 아침 중정에서도 그렇고……."

"별것 아니에요."

"그래요? 무슨 다른 걱정이 있으신 건 아니죠?"

여인의 직감일까.

퉁명스러운 대답에도 팽월의 질문은 집요했다.

비연은 짤막한 한숨을 내쉬고는 대답했다.

"그냥 좀… 걱정이 되네요."

"걱정요?"

"네."

팽월이 고개를 갸웃했다.

"어떤 걱정을 하고 계신 건가요?"

"이번에는 별일이 없을지, 혹여나 무슨 변수가 생겨나 우리 화월문에 피해가 발생하는……."

"후후훗."

팽월이 코웃음을 쳤다.

그 웃음이 너무나 노골적이라 비연은 심기가 불편해졌다.

"대체 무슨 일 때문에 그리 생각하신 건가요?"

"그게……."

비연이 말하려다 천천히 다물었다. 스스로도 말이 안 된다고 생각해서였다.

"비연 단주."

한참을 근심스러운 얼굴로 있자, 팽월이 그녀를 불렀다. 처음에는 장난스럽던 얼굴에 살짝 노기가 떠올라 있었다.

"혹여나 화월문에 피해가 갈까 봐 염려하나 본데… 그럴 리는 절대로 없어요, 절대로."

"…알아요."

"그리고 사실 이 말씀을 드리고 싶어서 왔는데, 장씨세가가
끝까지 버텨 싸우게 된다면……."

비연의 시선이 다시 팽월과 마주치자 그녀가 말을 이었다.

"묵객은 내버려 둬요."

"네?"

"이유는 묻지 말아줬으면 좋겠어요. 그것만 기억해요. 묵객,
그는 내버려 두라고."

탁.

팽월은 그러고는 자리에서 일어나 나가 버렸다. 자기 할 말은
끝났다는, 오대세가의 자제다운 오만한 태도였다.

'묵객? 묵객은 왜…….'

비연은 묘한 눈빛으로 그런 뒷모습을 바라보았다.

*　　　*　　　*

"무슨 일이 있소?"

한쪽에 앉아 있던 광휘가 슬쩍 그녀를 바라봤다.

장련은 꽤 오랜 시간을 들여 청성과 남궁세가에 보낼 예물과
서신을 준비했다. 이제 보내기만 하면 되는데, 뭔가 남은 것이
있는 듯 한참 이마를 찌푸리고 있었던 것이다.

"한 가지 걸리는 게 있어서요."

"어떤 게 말이오?"

"청성파와 남궁세가의 입장이요. 자칫 그들이 서신을 열어보지 않을 경우에 어떻게 해야 하나 싶어서요."

"실전된 가문의 절기면 충분히 예물이 되지 않소?"

광휘가 되묻자 장련은 고개를 내저었다.

"그건 서신을 열어본 다음의 이야기죠. 제 말은, 그들이 팽가의 체면 때문에 서신을 열어보지조차 않고 돌려보낼 경우의 이야기예요."

"확실히 그렇구려."

광휘는 고개를 끄덕였다.

장씨세가에 최후통첩을 한 팽가는 당연히 서신을 열어볼 것이다.

하지만 남궁세가와 청성은 팽가 쪽에 선 자들.

팽가가 최후통첩을 한 상황에서 장씨세가의 서신을 수령하는 것만으로도 괜한 오해를 살 수 있다. 그러니 아예 펼쳐보지 않을 수도 있었다.

"흐음."

광휘는 턱을 쓸어내리며 잠시 생각에 빠졌다. 그러다가 곧 고개를 끄덕였다.

"청성파에는 장씨세가에서 가장 귀한 보검을 서신과 함께 보내시오. 그거면 될 거요."

"…네?"

장련은 이게 무슨 말인가 싶어 고개를 들었다.

"소저, 혹시 비검불인(備劍不人)이란 말을 들어 보았소?"

"검이 없으면 사람도 없다는 뜻이잖아요."

"그 말이 어디서 생겼는지 알고 있소?"

"청성이에요. 아!"

대답을 하던 장련의 눈이 크게 뜨였다. 광휘가 무엇을 말하려 하는지 짐작한 것이다.

"비검불인이 설마 한낱 검이 더 중요하다는 뜻은 아닐 것이오. 다만 그 말이 나왔다는 것은 그만큼 검을 소중히 여긴다는 말이오. 물론 청성파에 가서 검에 대한 예우를 갖출 수 있는 사람이어야겠지만."

장련은 그 말에 고개를 끄덕였다.

강호에 식견이 부족한 그녀도 청성파가 검이라는 병기를 유독 신성하게 여긴다는 것은 들은 적 있었다.

"그리고 남궁세가는……."

장련의 얼굴에 화색이 일기도 전에 광휘가 또다시 입을 열었다.

"서신을 담은 봉투에 강무(強茂)라고 써서 보내시오."

"강무라고요?"

"그렇소."

"강무라고 쓰면 정말 열어볼까요?"

"그럴 게요."

장련이 고개를 갸웃거렸다.

강무, 무슨 뜻일까? 왜 그는 강무라고 쓰면 열어본다는 말을 하는 것인가.

슥슥.

장련은 봉투를 집어 든 다음 붓을 놀렸다. 그러면서 혼잣말로 중얼거렸다.

"이게 무슨 의미……."

"의미는 없소. 그냥 사람의 이름이니까."

장련은 살짝 놀랐다. 왠지 광휘의 표정이 그 이름을 얘기하는 순간 슬퍼 보여서.

그가 이제까지 이런 감정을 보인 적이 있었던가 싶을 정도로 뚜렷한 표정이었다.

"누구인지… 물어도 될까요?"

"불세출 천재였소."

대답 않는다면 물어보지 말자.

그렇게 생각했지만 다행히도 광휘는 대답해 주었다.

"검에 관한 한 그만한 재능을 가진 자는 본 적이 없소. 스물다섯까지만 살았더라면… 아니, 스물만 넘겼더라도… 창궁무애검의 고금 제일인이 되었을 사람이오."

고금 제일인.

장련은 광오하기까지 한 단언에 눈을 동그랗게 뜨고 있었다.

"하면 창궁무애검의 주인이……."

당황한 장련을 향해 광휘가 고개를 끄덕이며 말했다.

"그렇소. 남궁세가 소공자의 이름이오."

그러고는 눈을 질끈 감으며 읊조리듯 말을 이었다.

"열여섯에 천중단에 들어 열아홉에 산화하고 만, 안타까운 검의 천재. 그의 이름을 본다면 남궁세가의 어떤 사람도 그 서신을 열 수밖에 없을 게요."

第四章

필요한 정보들

"우웨엑! 웩웩!"

"정말 잘 버티셨소, 공자⋯⋯."

장웅이 배에서 내리자마자 구토를 하자, 뒤따라 내린 묵객이 그의 등을 두드리며 말했다.

장씨세가를 떠난 지 십사 일 되는 날.

개방과 하오문의 도움 끝에 장웅과 묵객은 드디어 해남도에 도착했다.

"웨엑! 엑!"

묵객의 말에도 장웅은 한참이나 구토를 멈추지 않았다. 이윽고 겨우 진정을 한 듯하더니 다시 바닥에 주저앉으며 신음했다. 뒤이어 몰려온 두통 때문이었다.

"괜찮소?"

장웅은 말없이 끄덕였다.

하지만 여전히 초점이 잡히지 않을 만큼 고통이 그를 짓눌렀고 몇 번을 호흡한 끝에 겨우 입을 열 수 있었다.

"죄송합니다. 저 때문에 시간이 많이 지체되었습니다."

"아니오, 이 정도면 정말 빨리 온 거요."

묵객이 괜히 위로하려고 던진 말은 아니었다.

해남파로 향한 장웅은 거의 쉰 적이 없을 정도로 혹독하게 움직였다.

말에 익숙한 사람도 말을 타고 온종일 가는 것은 고역이다. 그런데 장웅은 하루가 아니라 며칠씩이나 타고 움직였다.

거기에다 산속을 뚫는 일도 비일비재. 그렇게 지친 몸으로 배를 타고 왔으니 실신하지 않은 것이 신기할 정도였다.

"내 먹을 것을 구해 올 테니 여기서 조금 쉬고 계시오. 좀 진정이 되면 해남파 인근 마을에 거처를 잡겠소."

여전히 멍한 상태로 앉아 있던 장웅을 향해 묵객이 한마디를 내뱉고는 곧장 사라졌다.

"하아. 하아."

장웅은 바닥에 주저앉은 채로 몇 번이고 숨을 헐떡였다.

나름 오면서 육체적, 정신적인 한계를 몇 번이고 버텨냈다고 생각한 그였다. 하지만 뱃멀미는 정말로 모든 걸 포기하고 싶을 정도로 고통스러웠다.

"어쨌든 다 왔구나……."

차라락.

겨우 정신이 든 장웅은 느릿한 동작으로 소매 안에 넣어놓은 종이 한 장을 꺼냈다. 며칠 전에 하오문을 통해 건네받은 서신이었다.

─팽가가 최후통첩을 전해왔습니다.
─기한은 내달 초. 더욱 서둘러야 합니다.

장씨세가를 떠난 사이 결국 최후통첩이 왔다.

이동 중이던 장웅은 무리를 해서라도 좀 더 빨리 움직일 수밖에 없었다.

'시간이 없다. 내일 해남파가 장씨세가로 출발한다고 해도 엿새밖에 남지 않아.'

한시가 다급한 상황이었다. 그리고 그조차 자신이 해남파 문주를 설득했을 때의 얘기다.

주저앉은 장웅은 불안하게 손끝을 매만지다가 이윽고 품속에서 봉투 하나를 꺼내 들었다.

비단으로 겹겹이 싼 첩지. 장련이 출발 전에 써주었다는, 해남파 장문인을 설득할 방책이었다.

장웅은 질끈 이를 물었다.

"장 소저가 그럽디다. 먼저 깊이 고뇌하고, 스스로 할 수 있는 바를 최대한 짜내고, 그다음에 보는 것이 더욱 가치가 있을 것이라고."

문득 묵객이 그에게 장련의 첩지를 건네줄 때 했던 말이 생각났다. 그 때문에 여태껏 참아왔지만 이만하면 할 만큼 했다 싶었다.

'시간이 없다. 지금 봐두지 않으면……'

련이가 무슨 생각을 했는지, 무슨 내용을 써놓았는지 미리 알아야 중요한 때에 대처할 수 있다. 고민이라면 이제까지 충분히 해왔다.

그렇게 생각하고 장웅은 서찰을 펼쳤다.

바스락!

─장씨세가의 자랑. 장웅(張雄).

"……"

그리고 서신을 펼친 장웅의 시선은 한동안 움직이지 않았다.

"…이게 뭐야."

첩지에는 어떤 대단한 내용도, 놀라운 혜안도 쓰여 있지 않았다. 그냥 장웅을 격려하는 말이 다였다.

그것이 못 견디게 충격적이었다.

장웅은 일그러진 얼굴로 와작 서신을 구겨 버렸다.

"왜. 왜… 대체 왜 련이가 이런 말을……"

어쩌면 장련은 자신이 끝내 참지 못하고 서신을 열어보리라는 것을 짐작했는지도 몰랐다.

묵객도 그런 언질을 들었는지 모른다. 그 때문에 서찰을 펼치려는 것을 막았을 수도 있다.

"너만… 너만 믿었거늘……. 차라리 이런 자리에는 네가 왔으면 더욱 좋았을 터인데……."

마지막으로 기대고 있던 지주가 무너지자 장웅은 그저 두려움, 그리고 여동생을 향한 원망으로 가슴이 북받쳤다.

한 문파의 문주를 설득해야만 한다.

자신이, 이제껏 단 한 번도 가문에서 번듯한 일을 해내지 못했던 자신이.

쏴아아―!

장웅은 멍한 얼굴로 바다를 바라보고 있었다.

노을빛에 붉게 물든 수평선. 붉은빛의 바다 물결에 출렁이며 광활하게 퍼지는 경관.

참 아름다운 광경이었다. 하지만 동시에 이게 뭐냐 하는 생각도 들었다.

'대체 나는 여기에 왜 온 걸까. 내가 뭘 할 수 있다고……. 괜히 나 때문에 일을 망치게 되는 건 아닐까.'

머나먼 타지에 온 자신이 문득 초라하게 느껴졌다.

"왔소, 공자."

얼마나 시간이 흘렀을까.

묵객이 말을 걸었다. 오는 길에 다급하게 배를 채웠는지 입에 음식을 쑤셔 넣고 우물우물하던 그는 장웅에게 역시 먹을 것을 내밀었다.

"갑시다. 시간이 없으니 식사는 가는 길에……."

멈칫!

그런데 말을 걸던 묵객의 얼굴이 굳었다.

무기력하게 고개를 떨군 장웅. 그리고 그 아래에 떨어진 장련의 서찰.

"…결국 보셨소."

"……."

장웅은 대답하지 않았다.

"후우… 일단 가십시다, 장 공자. 거리상으로는 멀지 않소. 우선, 몸만이라도 도착해야지요."

"……."

망연하게 고개를 끄덕끄덕하는 장웅. 그의 몸을 받쳐 들며 묵객은 쓴 입맛을 다셨다.

'실로 심약한 사람이다. 장 소저는 이런 오라비에게 대체 뭘 기대한 것인가…….'

그로서는 알 수가 없었다. 앞으로 어찌 될지도 알 수 없었다.

최선을 다해 해남파에 도달하기는 했다. 하지만 협상을 해야 할 장웅은 완전히 의기소침해져서 꼼짝도 하지 못하고 있었다.

*　　*　　*

"오라버니는 장씨세가의 자랑이에요."

그건 아마 일곱 살 혹은 아홉 살 때의 일이었을 터였다.

사서삼경을 모두 떼고, 아버님의 서재에서 일을 돕기 시작할 때 여동생은 선망 어린 눈으로 자신을 보며 그리 말했다.

'그땐 장씨세가의 자랑이지.'

진정 그리 생각한 적도 있었다. 아니, 제법 오랫동안 그게 사실이라고 생각하고 살아왔다.

팽가의 소공자를 만나려다 납치를 당한 일이나 도성부에 도망치며 몸을 의탁하거나 객방에서 도망친 끝에 운수산 동굴에 갇히거나 하는 일들이 일어나기 전까지는.

그러니까 석가장과 장씨세가가 조우하기 전까지는 분명 그랬다. 위기가 닥치기 전까지는 장웅 역시 나쁘지 않은 인재라는 이야기를 들었다.

하지만 위기 상황이 닥치게 되어서는…….

'아무것도 한 게 없었지.'

"사람은 위기를 맞았을 때 스스로의 진가가 드러나는 법이다, 웅아."

형과 동생이 죽고 술로 지새우던 때에, 못난 자식을 보다 못한 아버지가 어깨를 두드리며 말씀하셨다. 분명 격려의 말이었을 터이지만, 장웅은 그때의 그 말이 너무도 아팠다.

'결국 나는 위기 앞에서는 본색이 드러나고 마는 가짜였던가.'

"네게 필요한 것은 경험이다, 웅아. 시간이, 시간이 조금만 우리에게 주어졌다면 너도 충분히 역할을 할 수 있었을 게다. 낙망하지 말거라."

"바쁠수록 돌아간다는, 급할수록 천천히 움직인다는 말을 잊지 말거라."

'아버지, 저는 이제 어떻게 해야 하나요? 제가 무얼 할 수 있을까요?'

"공자, 공자."

"으음……."

몸을 흔드는 요동에 장웅은 잠이 깼다. 눈을 떠 보니 낯선 처소. 낡고 벌레 먹은 구멍이 가득한 천장이 시야에 보였다.

"그만 일어나시오, 공자. 해가 중천에 떴소."

"여기는 어디……. 헉! 제가 잠들었습니까?"

장웅은 잠꼬대처럼 웅얼거리다가 소스라쳐서 일어났다.

지금 그들은 일각을 지체할 수 없는 상황이었다. 그런데 정오가 넘어가도록 쿨쿨 잠이 들어 있었다니!

"많이 피곤하셨나 보오. 기진하신 사이에 제가 저희 문으로 옮겼소."

"저… 장문인은……."

"일이 많으셔서 오늘 밤 늦게나 시간을 낼 수 있다 하셨소. 괜찮겠소?"

묵객이 쓴웃음을 지으며 대답했다.

"예. 언제든 괜찮습니다."

장웅은 가슴을 쓸어내리며 고개를 끄덕였다.

다행히도 잠든 사이에도 어찌어찌 일은 진행이 되어왔던 모양이다. 묵객이 장씨세가에 호의적인 것이 이처럼 다행스럽게 느껴진 적도 없었다.

"좀 쉬고 나니 괜찮소? 안색이 나아졌소."

"예. 한결 낫습니다."

장웅은 멍한 머리로 자리에 앉아 찻주전자를 집어 들었다.

"왠지 걱정거리가 사라진 것 같기도 하고……."

"예?"

"아, 아닙니다."

또르륵.

장웅은 차를 한 잔 따라 마시며 웃어 보였다.

"뭐, 어쨌든 시간이 좀 남아버렸군요. 그사이에 제가 해남파 근교를 조금 돌아보아도 되겠습니까?"

"손님으로 오신 것이니 당연히 되오. 한데 무얼 하시려는지?"

"장사치가 먼 곳에 와서 뭘 하겠습니까. 저잣거리나 좀 돌아보지요."

묵객의 물음에 장웅은 피식 허탈하게 웃었다.

"…예?"

"혹시 압니까? 시정(市井)의 이야기를 듣다가 귀 파의 장문인께 드릴 만한 선물이 뭐가 있는지 생각이 날 수도 있지 않겠습니까?"

스륵. 주욱.

장웅은 말과 함께 차를 한 모금 더 마셨다.

"…뭐, 그러시지요."

묵객은 어색한 동작으로 고개를 끄덕였다. 그러다 문득 떠오르는 생각에 입을 열었다.

"그런데 장 공자, 무예를 얼마나 익히셨소?"

"그냥 호신을 위해 몇 수 배운 정도입니다. 왜 그러시는지?"

"꼭 무인⋯⋯. 아니, 아무것도 아니오."

묵객은 문득 들었던 생각을 날려 버리며 고개를 저었다.

그도 그럴 것이, 어제까지만 해도 망연자실해하던 사람이 오늘은 너무 태연하게 대응하고 있었다. 마치 상계에서 오래 묵은 거물들이나 보일 법한 자연스러운 여유가 장웅에게서 느껴진 것이다.

'자다 일어나서 기운이 좀 생긴 모양이지?'

묵객이 속으로 투덜거리며 자리를 떴다.

장웅은 그가 가고 난 다음 차 한 잔을 더 마시고, 마지막까지 그 끝 맛을 음미한 다음 길게 한숨을 내쉬었다.

"후우⋯ 그럼 좀 움직여 볼까?"

얼결에 잠이 들긴 했지만, 한숨 자고 일어나니 확실히 머리가 개운했다. 이제껏 인지하지 못했는데,

그동안 쌓였던 피로가 많았던 모양이다. 이런 때에 어떻게 움직여야 할지, 이제야 앞이 보이는 것을 보면.

'엉뚱하긴⋯⋯. 분명 서찰 열어보기 전에 고민하라고 했는데.'

장웅은 피식 웃었다.

지금 그의 얼굴은 어제의 그 망연하고 좌절한 얼굴과는 달랐다.

어제 상념 끝에 의식을 잃기 전까지, 그는 스물한 살의 인생 동안 단 한 번도 해보지 못한 깊은 고민과 시름에 빠졌었다. 얼마나 절실했으면 옛 기억을 더듬어서까지 방책을 찾기 위해 노력했겠는가. 기절하는 것조차 모른 채 말이다.

어쨌든 스스로 할 수 있는 이상의, 평소라면 생각조차 해보지 않았던 깊은 고민 끝에 그는 하나의 방책을 발견했다.

사실 그건 따지고 보면 방책이라기보다 방향이라 하는 것이 맞겠지만.

"런이가 그랬지. 보통 아랫사람들을 보면 윗사람들을 알게 된다고……."

타박타박.

그는 나갈 준비를 하며 혼잣말로 읊조렸다.

"런아, 설령 자랑스러운 오라비가 되진 못하더라도……."

대충 준비를 끝마친 그는 힐끗 창가를 바라보며 말을 이었다.

"부끄럽지 않은 오라비가 되도록 노력하마."

장웅은 그렇게 문밖으로 나갔다.

*　　　*　　　*

해남파가 있는 여모봉(與母峰) 근처의 시장은 생각보다 컸다.

남방이라고는 하나 거대 문파의 코앞에 붙은 저잣거리는 의외로 활기가 넘치고 많은 시전들이 있었다.

웅성웅성! 와글와글!

"후우. 후."

장웅은 얼마 걷지 않아 몸에서 땀이 나는 걸 느꼈다. 체력도 체력이지만 하북과 달리 이곳은 봄에도 늦여름처럼 날씨가 후덥지근했다.

결국 그는 비단과 털가죽으로 마감된 값비싼 외투를 한 손에 든 채 불편하게 거리를 걸어야 했다.

"오오. 어서 오샤소. 뭐 찾으시는 게 잇삽세?"

"······?"

장웅이 한 가게로 들어서자 중년인 한 명이 반갑게 맞이하며 말을 걸었다.

옷가지와 놋그릇, 찻잔 등 생필품을 파는 곳이었다.

"어······. 그저 조금 보고 고르지요."

"흘흘흘. 미룽미룽 보샵세, 미룽미룽."

"······?"

장사치의 말투는 극심한 광둥 사투리였다.

무슨 말인지 반도 알아들을 수 없었지만 장웅은 저 '미룽미룽'이라는 말이 대충 '느긋하게'일 거라 생각했다.

'옷가지, 농기구······. 뭐, 큰 차이는 없는 편인가.'

장웅은 꼼꼼하게 상점 안을 둘러보았다.

그가 이곳에 가장 먼저 들른 이유는 해남도 사람들의 생활과 밀접한 물품을 한눈에 알아보기 위해서였다. 자고로 먹고 입는 것이 흥하면 사람의 예절과 품성도 흥한다고 했다.

우선은 해남파의 영향에 들어가 있는 민가가 어떤 경제력을 가졌는지 알아두면, 그걸 기반으로 문주에게 들이밀 패도 찾을 수 있으리라 여겼다.

"이것도… 저것도 주십시오."

"오호오! 후탕토 하잡세!"

장웅이 삽시간에 여러 벌의 옷가지와 농기구 몇 개를 사자 상인의 얼굴이 밝아졌다.

그리고 물품 몇 가지를 건네던 장웅을 위아래로 훑어보며 지그시 웃어 보였다.

"이사오스랍세?"

"…아니요. 이사가 아니라 잠시 들른 겁니다만."

"말투도 스브타니, 복장을 보헤나 타지 나부드랏……. 이것저것 많이 사잡세."

"음."

장웅은 찬찬히 상대의 말투를 헤아려 보고 고개를 끄덕였다. 분명 지독한 사투리였지만 듣다 보니 어찌어찌 알아들을 만했다.

그리고 애초에 그 역시 상계에서 뼈가 굵은 장씨세가의 사람이었다.

"예. 하북에서 왔습니다. 해남파의 명성은 전부터 들은 터라 이참에 장문인께 인사를 드리려고요."

"오오! 해남파! 장문인!"

말을 들은 장사치가 엄지를 척 내밀었다. 이건 확실히 알아들은 듯했다.

"예. 무예도 고결하시고, 그 덕도 높으시어……. 듣기로는 해남파 장문인 진일강 대협께서 그리 사람들을 아끼신다고 하시던데?"

"저야잡세! 베어잡세!"

해남파의 장문인을 칭찬했더니 상인은 흥분해서 정신없이 떠들었다.

적에겐 자비가 없고 우리 같은 노점 상인들에겐 더없이 관대한 분.

한 번은 왜구 삼백이 쳐들어온 것을 하나도 남김없이 베어버린 섬의 신령 같으신 분.

화나면 물불 안 가리는 성격만 빼면 더없이 좋은 분.

장웅은 다섯 번 정도 반복된 이야기를 통해서 몇 가지를 알아들을 수 있었다.

얼굴이 밝아진 장웅은 상인을 향해 좀 더 다가섰다.

"아, 그렇습니까? 혹 해남파에 가져가면 좋은 물건이 있습니까? 해남의 도인들께서 중요하게 여기시는 것들이라든가."

"한두 개 아늘쌰. 원래 섬이 살이 오롱오롱, 마락마락해서 모자란 것 흐늘쌉세."

"그럼 거기에 대해 좀 더 자세히 알 수 있겠습니까? 예를 들어 사람들이 어떤 물품이 필요하다든가, 해남파가 필요한 것이라든가."

"허허허……."

그런데 이제껏 밝은 기색이던 상인의 안색이 와싹 굳었다. 동시에 그의 말이 짧아졌다.

"…손남, 혹시 청으로 와씁세?"

"예?"

"가. 안 팔아!"

탁!

상인은 곧장 장웅을 쫓아냈다. 말로만 그러지 않고, 길가까지 손으로 밀어냈다.

'아차, 서둘렀구나.'

장웅은 그제야 자신의 실수를 깨달았다.

한 번에 갑자기 너무 많은 것을 물어보자 상인이 자신을 경계하기 시작했고 장사치답게 낌새를 챈 것이다.

'다음엔 신중히 해야겠구나.'

장웅은 다른 곳으로 발길을 돌렸다. 이번엔 장신구가 걸려 있는 가게로 들어갔다.

"나가!"

"저리 나가! 안 팔아!"

그 뒤로도 장웅은 몇 마디 물어보지도 못하고 쫓겨났다.

몇 군데 상점을 돌아보던 가운데 그에 대한 소문이 퍼졌는지 상점에서 내쫓기는 시간이 더욱더 빨라졌다.

'어떻게든 말을 걸어야 해!'

하지만 장웅은 마음을 독하게 다잡고 다른 가게로 연신 발을 돌렸다.

"가. 안 팔아!"

"가! 가!"

상인들은 해남파에 관련된 말만 꺼내면 냉대했다. 어떤 상인은 대화조차 하기가 힘들었다. 그나마 곧장 이해할 수 있는 것이라곤 사투리가 심한 이곳이나 중원이나 '가'라는 말 하나는 똑같다는 것이었다.

*　　*　　*

"허어. 하루 종일 돌아다녔더니 참 이것저것 많이도 샀다."

날이 완전히 저물어, 저잣거리 귀퉁이에 선 장웅은 한숨을 내쉬며 자신의 모습을 내려다보았다.

그는 목덜미에 천을 두른 채 긴 사각형 통을 들고 있었고, 오른손에는 여러 장신구들과 신발들을, 다른 손에는 그릇이나 찻잔, 이름 모를 꽃씨와 향초들이 담긴 봇짐을 쥐고 있었다.

특히 저잣거리의 간식을 통째로 샀는지 그의 손에는 애들이나 좋아할 먹을거리가 한가득이었다.

"일단 한 가지 소득이라면 소득인 것이……."

그는 숨을 돌리며, 하루 종일 묻고 내쫓기고 더러는 물벼락을 맞는 와중에도 자신의 행적을 찬찬히 따져보았다.

제일 중요한 이곳 사람들의 생각이나 필요한 물품, 바라는 것 등 속내 깊은 것들은 알아내지 못했다. 하지만 해남파가 이곳에서 어떤 존재인지, 진일강의 성품이 어떠한지 정도는 알아냈다.

무엇보다 사람들이 해남파 하면 부처가 출현한 듯 극도의 공경을 보이는 것을 보고 해남파가 민간에 가지는 위세가 어떤 것인지 알 수 있었다.

'다만 생활에 밀접한 정보가 부족해. 이래서야 장문인을 보고 어떤 말을 꺼내야 하지?'

우물우물!

장웅은 저잣거리에서 산 곶감 말랭이 하나를 입에 넣고 씹었다. 뜬금없는 생각이었지만 어째 이곳은……

참 좋은 곳이었다.

힘세고 성정 곧은 무인들이 지켜주고, 남해의 햇살이 과일을 잘 맺게 해주는, 그리고 바람도 풍경도 아주 마음에 드는 따듯한 남국(南國).

'그런데 뭔가 빠진 것 같단 말이지……. 뭐지? 뭐가 없길래 이렇게 허전한……'

"와아아아!"

"우아아아!"

어디서 투닥거리는 소리에 장웅이 고개를 들었다.

삼삼오오 모여든 아이들이었다. 몇몇은 작은 나무칼로 겨루고 있었고 일부는 그런 무리를 따르며 뛰어놀고 있었다.

"…보기 좋구나."

남루한 건물, 크지 않은 객잔 등.

허름한 옷을 입고, 찢어진 신발을 신고 있는 아이들이었지만 대부분 밝아 보였다.

와당탕!

"으아앙!"

"저런, 저런."

놀이에 너무 열이 올랐는지, 목검으로 싸움 놀이를 하던 애들 몇이 쓰러져서 울음을 터뜨렸다.

맞은 놈은 목이 찢어져라 울고, 때린 놈도 황황히 사과하지만 대개 아이들이란 한번 울면 제풀에 지치기 전에는 그치지 않는 법이다.

"애들아, 조금만, 형이 지나가게 해주겠어?"

"누쑵세?"

"외방?"

부스럭부스럭.

장웅은 손에 가득, 애들 간식거리를 꺼내 들었다. 그러자 우우 몰렸던 어린애들의 눈이 커졌다.

"딸꾹!"

목청 좋게 울음을 터뜨리던 어린애도 어느새 딸꾹질을 하며 장웅을 보고 있었다. 정확히는 그의 손에 들린 말린 과일과 육포 같은 것들을.

"안 울면 준다. 울면? 가. 안 팔아."

장웅의 말 뒤편은 정확한 광둥어였다.

"안 웁세! 절대 안 웁세!"

"어, 그래."

울던 애가 기운차게 소리 지르며 손을 내밀었다. 장웅은 그 손에 먹을거리를 턱 쥐여주었다.

"나도!"

"나도 줍세!"

주르륵! 주르르륵!

뒤이어 고사리 같은 작은 손들이 모여들었다.

'뭐, 어차피 필요도 없는 것들인데…….'

장웅은 거기서 피식 웃으며 쭉 손짓했다.

"줄, 서."

우르르! 우르르르!

장웅은 삽시간에 삐뚤빼뚤 줄을 선 아이들을 보고 흐뭇하게 웃었다.

'귀엽구나.'

하루하루 걱정 없이 지내는 아이들.

자신도 이런 아이들처럼 걱정 없이 살 수 있다면 얼마나 좋을까.

"신발? 옷?"

한 무더기의 먹거리를 다 나누어 주고 나자 장웅은 들고 있는 부담스러운 짐에 생각이 미쳤다. 기왕 이렇게 된 것, 이것도 같이 나누어 주면 어떨까 싶었다.

"나!"

"나!"

과연, 아이들은 즉각 손을 내밀었다. 개중에 몇몇은 눈치가 빨라서 다시금 주르륵 줄을 이어 서기 시작했다.

"…그래, 그 방법이 있었지."

그런 아이들을 바라보던 장웅이 혼자서 중얼거렸다. 마침 좋은 생각이 머릿속을 스치고 지나갔다.

"모랴?"

"모랴?"

"나, 하북 사람."

장웅은 광둥어 억양을 흉내 내며 짧게 말했다.

비록 광둥이 사투리가 극심했지만, 어차피 같은 중원 사람이다. 말을 짧게 하고 꼭 필요한 단어만 쓰면 대화는 그리 어렵지 않았다.

"말, 가르쳐, 나."

그리고 자신을 가리키며 말했다. 그러자 어린아이들이 눈을 둥그렇게 떴다.

"말?"

"말?"

"그래, 말. 아저씨, 상인."

장웅은 빙글빙글 웃으며 다시 자신을 가리켰다.

어른들은, 그리고 오래 묵은 해남의 장사치들은 외지인인 자신을 보고 경계했다.

하지만 어린아이들은, 원자(圓子: 경단)와 청단(靑團: 쑥떡)으로 한껏 배를 채운 아이들은 오로지 그를 보고 반갑게 손을 흔들 뿐이었다.

"해남에, 필요한 것, 뭐?"

장웅은 손을 비잉 둘러 보이며 물었다. 이번에는 어린아이들이 고개를 갸웃했다.

장웅은 질문을 바꿔 다시 물었다.

"너희들, 집에서, 필요한 것, 뭐?"

"곡식!"

"검!"

"약!"

일순 아우성 같은 답변들이 몰려들었다.

*　　*　　*

"그러니까… 약, 신발, 의복. 후우… 참 많기도 하다."

스슥. 스슥.

처소로 돌아와 보고 들은 것을 기록하며 장웅은 한숨을 쉬었다.

"우리 할머니가 다치면 약도 없다고 약재가 젤 중요하다 했어."

"칼이 없으면 바다 놈들과 싸울 수가 없어!"

"신발이 있어야 도망가지! 그리고 발에 상처가 안 나!"

아이들을 상대해 준 시간은 그에게 대단히 유익했다.

둘러싸여 몇 시간을 시달렸더니, 못 알아듣던 광둥어도 조금은 소통이 될 정도였다.

그 와중에 상인들이 알려주지 않은 밑바닥 서민들의 생활에 대한 이야기도 알 수 있었다.

"생필품, 의약품, 흠……. 식료는 많지만 전반적으로 중원에는 흔한 것들이 이곳에는 없는 경우가 많구나."

특히 약. 그것도 높은 산이나 추운 곳에서 나는 약재에 대한 수요가 절대적으로 높았다. 장웅은 오늘 얻은 정보를 주욱 써 내리며 길게 한숨을 내쉬었다.

'련이가 사람들과 친해지려 했던 이유가 있구나.'

생각해 보면 그의 누이동생은 어디와 거래를 하기 전, 그 지방 아랫사람들에게 먼저 다가가 친해지는 것을 소홀히 하지 않았다.

그때는 그것이 얼마나 중요한지 알지 못했으나 장웅이 직접 겪어본바 이것이 매우 중요하다는 것을 깨달았다.

탁탁.

얼마나 몰두했을까. 글을 써 내려간 종이가 십여 장에 달했을 때 문을 두드리는 소리가 들렸다.

"공자, 장문인께서 부르시오."

묵객이었다. 고개를 들어 보니 어느새 달이 휘영청 빛나고 있는 한밤이었다.

'어느새 시간이 이렇게…….'

"지금 가실 수 있겠소? 많이 피곤하시다면 내일 아침경으로 미루는 것도……."

"아닙니다. 한시가 바쁘니 지금 바로 가지요."

투덕투덕.

장웅이 옷매무새를 매만지고, 묵객은 그의 주위를 찬찬히 바라보았다.

이름 모를 장신구, 신발과 옷들. 그리고 도자기와 찻잔. 거기에는 작달막한, 기름때 잔뜩 묻은 손자국들이 줄줄이 매달려 있었다.

"공자."

열심히 준비하고 있는 장웅에게 묵객이 말을 붙였다.

"예, 대협."

"…애들에게 습격이라도 당하셨소?"

"예?"

"저것들 말이오."

묵객이 한 곳을 가리키자 장웅은 그제야 '아' 하고 고개를 끄덕였다.

"아, 이것 말입니까."

장웅은 멋쩍게 웃으며 대답했다.

"우연하게도 큰 도움을 받았지요."

"예?"

묵객은 새삼 멍하니 그를 바라보았다.

아이들의 도움이라니.

뭔가 물어보려던 묵객은 이내 절레절레 고개를 저으며 뒤돌아섰다. 한시가 바빴다.

"그럼 따라오시오, 공자."

第五章

모두 불러들이시오

"아마 문 총관이 사부님 옆에 계실 것이오. 해남파의 살림을 맡아 하시는 분이지만 외인에겐 제법 까칠한 성격이라, 참고해 두시오."

"각오는 이미 되어 있습니다."

해남파로 들어서며 말을 건네는 묵객을 향해 장웅은 의연하게 대답했다.

'정신 바짝 차려야 한다.'

그리고 몇 번이고 속으로 되뇌었다.

장씨세가에 도착하는 것은 차후의 일일 뿐. 자신은 오직 이들을 설득시키는 것에 모든 걸 걸어야 한다.

'조급해하지 마라, 장웅. 그러다 항상 일을 그르쳤지 않느냐.'

장웅은 자신의 모자란 점을 상기하며 스스로를 채찍질했다.

끼이이익.

해남파 대문이 열리자 실로 거대한 위용에 장웅은 감탄을 터뜨렸다. 인근 저잣거리에서 보던 건물과 달리 화려한 모습에 압도당한 것이다.

사실 해남파는 중원에서, 특히 장강 이남 지역에서는 명실공히 최고의 문파 중 하나다.

천강문(天罡門)과 해남도 인근의 섬인 금사도(金沙島)가 장강 이남에서 열 손가락에 꼽을 정도인데 이 두 문파가 해남파에서 뻗어 나온 자파(自派)라고 하니 실로 위용이 대단했다.

구파가 아닌 십파를 꼽는다면 가장 먼저 언급하는 해남파였고, 몇몇은 해남파를 구파로 부를 정도로 모든 면에서 이미 체계가 갖추어진 곳이었다.

"여기 계십니다."

몇몇 문하생들의 인사를 받던 묵객이 어느덧 한 건물 앞에 당도했다. 남웅전(南雄殿)이라고 쓰여 있는 건물이었는데 집무실이라 하기엔 크고 대전보다는 조금 작았다.

장웅은 두근거리는 마음을 진정시키며 조심히 발을 내디뎠다.

끼이이익.

문을 열고 들어가자 묵객이 남색 무복을 입은 노인을 향해 읍을 해 보였다.

팔자수염에 기골이 장대한 노인은 그런 묵객을 웃으며 맞이했다.

'이분이 해남파 장문인 진일강 대협인가······.'

묵객이 간단한 묵례를 한 뒤 뒤돌아서자 장웅이 차례로 예의를 갖췄다.

"장씨세가의 소가주로 있는 장웅이라 합니다."

"흠. 난 이곳 해남파의 문주, 진일강이다. 승룡이에겐 얘기 많이 들었다."

일파의 문주라기보단 협기 있는 협객 혹은··· 시정의 왈짜패 같은 투박한 자기소개였다.

진일강은 자신의 짧은 소개 뒤 옆으로 시선을 돌렸다.

"이 노인네는 해남파 살림을 도맡고 있는 문 총관이고."

그곳엔 머리에 작은 관모를 쓴 단정한 차림새의 노인이 서 있었는데 눈매가 제법 매서웠다.

"처음 뵙겠습니다. 문자운(門自運)이라고 합니다. 문 총관이라고 불러주십시오."

"반갑습니다, 문 총관님."

다른 집무실 두 개를 붙여놓은 것 같은 공간.

그 중심에서 장웅은 그들의 안내에 따라 자리에 앉았다.

'그래도 해남파의 주요 인사들은 북경관화를 알고 있으니 다행이구나.'

장웅은 내심 엉뚱한 것이 떠올라 가슴을 쓸어내렸다. 자칫 이들마저 머리 복잡한 광둥 사투리를 썼다면 말을 어찌해야 할지 몰랐을 터였다.

"그래, 하북 심주현에서 여기까지 발걸음을 했다고 들었소.

그런데 행색을 보아하니 무가(武家) 집안은 아닌 것 같고 문사도 아닌 것 같소만……."

장웅은 기다렸다는 듯 대답했다.

"상계에 손을 대고 있습니다."

"상계? 상계 쪽 사람이라고? 끄응!"

그 말에 밝았던 표정이 천천히 굳어지며 진일강이 묵객을 향해 입을 열었다.

"승룡아, 저 사람 집안이 상계 가문이라고 내게 왜 말하지 않았느냐?"

"사부님, 장씨세가가 상계 쪽이긴 하지만 거슬러 올라가 보면 옛 장군가의 후손이기도 합니다. 옛 송(宋)나라의……."

"쯧쯧쯧."

장웅의 표정이 어두워졌다. 자신을 앞에 두고서도 대놓고 혀를 차는 문주의 태도는 좋은 징조가 아니었다.

"장문인과 나는 네 강호행이 오랜지라 각지의 영걸들과 친분을 쌓는 줄 알았다. 이번 일도 그중 하나라고 생각했지. 한데 상계의 가문이라니. 허어……."

뒤이어 문 총관도 혀를 찼다. 그리고 난처한 표정의 묵객.

장웅은 숨을 죽이며 말없이 대화를 지켜볼 뿐이었다.

"그래도 왔으니 일단 얘기는 들어보는 게 도리겠지. 승룡이는 나가 있거라."

"예, 대형."

묵객은 무거운 얼굴로 일어섰다. 예상했던 것 이상으로 장웅의 입지가 좁아지고 있지만, 어차피 자신이 여기서 해줄 수 있는 것은 없었다.

이내 묵객이 밖을 나가자 문 총관이 입을 열었다.

"승룡이를 통해 장씨세가가 위중하여 도움을 구하러 온다는 얘길 들었습니다. 맞습니까?"

여전히 내키지 않는 상대의 표정에 장웅은 그제야 고개를 들어 그들을 향해 읍을 해 보였다. 그리고 나지막하게 입을 열었다.

"밥 많이 드시쑵세?"

"……?"

순간 두 사람의 시선이 장웅에게 쏠렸다.

갑작스러운, 사투리의 억양마저 정확한 광둥의 인사말.

중원이었다면 이 늦은 시간에 웬 밥 타령이냐 하겠지만, 해남에서 '밥을 많이 먹었느냐'는 말은 소화를 잘 시킬 수 있냐는, 몸이 건강하고 마음에도 별다른 근심이 없냐는 지방색이 섞인 인사였다.

"해남의 인사는 또 언제 배웠습니까?"

문 총관이 어이없다는 얼굴로 물었다.

"귀동냥으로 알았습니다. 아직 서투니 배웠다 하기엔 좀 그렇습니다."

장웅이 살짝 겸허하게 고개 숙이며 대답했다.

"이곳에 아는 사람이 있습니까? 아니면 와본 적이 있습니까?"

"아닙니다. 이번에 처음 와봅니다."

"한데 어떻게 아는 것입니까?"

"도착하고 난 뒤 저잣거리에 잠시 나간 적이 있습니다. 그곳에서 배웠습니다."

그 말에 문 총관의 표정이 더욱 굳어졌다.

"의아하구려. 한시가 다급하다고 들었소만……. 그처럼 급한 상황이면 우리가 밤에 시간을 낸다 했을 때 더 빨리 서둘러 달라고 해야 할 터이거늘, 오히려 시전을 돌아볼 만큼 여유가 있으셨소이까?"

"중요한 일을 보기 위해서입니다."

"설마 그 중요한 것이 해남의 말투를 익히기 위해서는 아니겠지요?"

"물론입니다."

"그럼 얘길 들어보지요. 그 중요한 것이 무언지."

장웅은 시선을 들어 진일강 쪽을 바라봤다. 영 내켜 하지 않는 표정이 그를 더욱 긴장하게 만들었다.

이내 잡념을 지운 장웅이 또렷한 어조로 말했다.

"도움을 구하기에 앞서 제게 더 중요했던 것은, 무엇을 드릴 수 있을까를 생각하는 것이었습니다."

"흐음."

문 총관의 표정이 흥미롭게 변했다. 그러고는 팔짱을 끼며 장웅의 다음 대답을 기다렸다.

"하지만 제 생각을 말씀드리기 이전에 강호의 경험이 부족한 제가 몇 가지를 여쭙고 싶습니다. 그래도 되겠습니까?"

"해보거라."

이 상황을 빨리 끝내고 싶은지 진일강이 냉큼 대답했다.

장웅은 말했다.

"해남파는 협을 지향하는 무가(武家)입니까?"

"그렇다."

진일강은 거의 고민도 하지 않고 즉시 대답했다.

장웅은 호흡을 고르며 재차 말했다.

"팽가는 하북의 호랑이라는 말이 있습니다. 알고 계십니까?"

"팽가가 호랑이라고?"

순간 진일강의 얼굴에 진득한 조소가 어렸다. 장웅이 자신의 표현이 너무 지나쳤나 하고 생각할 때 진일강이 호기 가득하게 내뱉었다.

"그놈들이 호랑이라면 해남은 용(龍)이다."

장웅의 눈이 커졌다.

용(龍). 답변은 간단했지만 그 안의 의미는 놀라웠다. 팽가를 동급 혹은 아래로 본다는 자신감 정도가 아니라 기회만 닿으면 승천(乘天)하겠다는 의미가 깃들어 있는 것이다.

"마지막으로 묻겠습니다. 오늘날의 맹은 스스로 정도를 거부하고, 관은 재물을 탐내 저희를 핍박하고 있습니다. 그들이 옳지 못한 길을 걷고 있다면 해남파가 나설 수 있는 겁니까?"

진일강은 대답하지 않았다.

그의 말 한마디에 해남파의 안위가 걸려 있기 때문이다.

"이것을 여쭌 것은, 소인은 해남파가 어떤 곳인지 잘 모르기 때문입니다. 애초에 묵객이 소인을 이곳까지 데려온 것은 그만한 이유가 있을 터."

"……."

"소인은 저희가 어찌하느냐에 따라 해남파의 행동도 다를 수 있다고 생각했습니다. 문주께서 말씀하신 대로 저희 장씨세가는 지금 도움이 절실합니다. 하지만 그렇기에 막무가내로 도움을 구걸하는 것이 아니라 저희 또한 이곳에 무엇을 드릴 수 있는지를 알아보려 한 것입니다."

"…성의는 있다고 할 수 있군. 그래서?"

문주가 퉁명스럽게 끄덕였다.

장웅은 숨을 골랐다. 이제부터가 중요했다. 해남파의 마음을 얻느냐 얻지 못하느냐 중요한 기로였던 것이다.

"제가 반나절 정도 둘러보니 해남은 사시사철 따뜻하고 식생이 풍성하여 사람이 살기에 부족함이 없는 곳이었습니다. 하지만 조금 더 둘러보니, 그럼에도 불구하고 반드시 필요한 것들이 있었습니다."

장웅은 숨을 고르며 말을 이었다.

"첫 번째로 옷과 신발이 그러했습니다. 해남은 날이 따뜻하여 땀이 많이 나니 사람들이 입고 다니는 옷이 쉬이 상합니다. 또한 습하고 거친 지형이 많음에도 사람들은 부드럽고 약한 초혜(草鞋: 짚신)를 신고 다닙니다. 더러는 그조차 갖추지 못하여 맨발로 다니는 이들도 보았습니다."

장웅의 유창한 말에 언뜻 진일강의 얼굴이 어두워졌다.

"그리고?"

"둘째는 철재와 곡물입니다. 이 지방에는 규모가 큰 철광이 없다고 들었습니다. 결국 외부와의 교역을 통해 들어올 수밖에 없습니다. 그리고 해남은 식생은 풍성하나 거꾸로 너무 습한 곳은 곡물 또한 자라기 힘드니 이 역시 외부와의 교역이 없으면 곤란해지리라 생각했습니다."

"호오."

언뜻, 어두워졌던 진일강의 얼굴에 흥미로운 표정이 지어졌다. 그것은 문 총관도 마찬가지였다.

"셋째로는 의약품이 필요합니다. 높은 산이나 추운 곳에서 나는 약재가 이곳에 없을뿐더러 교역으로 구하기도 그만큼 힘이 들어 보였습니다."

장웅은 거기서 잠시 말을 끊고 주변을 향해 장읍을 해 보였다.

"만약 장씨세가가 건재하다면 이런 물품들을 조달하여 도움을 드릴 수 있으리라 생각했습니다."

장웅은 구체적인 제안을 하기 시작했다.

"도움을 주신다면 편복 만 벌, 신발 천 죽, 병기 이천 개, 의약품 천 되 등을 건네고 해남도 발전에 기여할 수 있는지 지켜보겠습니다. 또한 더 필요한 것이 있으면 표국을 통해 지속적으로 교역할 수 있도록 지원하겠습니다."

장웅이 돌아보면서 했던 일은 바로 해남도에 필요한 것을 알아보는 것이었다.

옷을 사고 필요한 물품을 사는 행위 모두가 해남도 사람들의 생활을 파악해 어떤 면에서 도움을 줄 수 있는지 헤아려 본 것이다.

*　　　*　　　*

"흐음."

진일강은 턱을 쓸어내리며 생각에 잠겼다.

뭔가 미진한 반응에 장웅은 차분히 대답을 기다렸다. 한동안 말이 없자 그가 슬쩍 시선을 올렸고 그때 질문이 날아들었다.

"네 눈엔 우리가 그리 빈곤해 보였더냐?"

해남파 문주의 날 선 말투.

이곳 주민들의 곤궁한 생활을 지적하자 일문의 문주로서 기분이 상한 것이다.

장웅은 잠시 생각해 본 후 대답했다.

"사람들은 빈곤해 보였습니다."

"……."

"뭐라고?"

진일강은 그다지 반응하지 않았고, 오히려 듣고 있던 문 총관의 눈이 날카로워졌다.

"지금 우리 해남이 인근 주민들을 가렴주구 하고 있다는 말이오?"

문 총관의 목소리가 높아지자 장웅은 소매를 들어 그를 향해 말했다.

"아닙니다. 빈곤해 보였지만 자세히 들여다보니 다른 점이 있었습니다. 사람들이, 아이들이 웃고 있었습니다."

"⋯⋯."

"시전의 사람들은 해남파를 두려워하면서도 엄지를 내밀기를 주저하지 않았고, 제가 혹 장문인을 사특한 꾀로 꼬일까 저어하여 이 지방의 문물도 알려주지 않으려 했습니다. 해남이 인근의 백성들을 지키기 위해 바다 사람들과 얼마나 오랫동안 싸워 왔는지, 그 와중에 문도들이 피를 얼마나 흘렸는지 보여주는 모습이었습니다."

장웅은 진지한 어조로 말을 이어 갔다.

"그랬기에 교역을 하고 싶다고 말씀을 드린 겁니다. 교역의 기본은 사고파는 것입니다. 해남도 사람들의 모습에서 그 굳은 신뢰를 확인할 수 있었습니다."

"신뢰라⋯⋯."

진일강은 퉁명스럽게 대답했다. 그러면서도 꼬인 팔짱이 스르륵 풀리는 것이, 기분이 나쁘지는 않은 모양이었다.

"장사치라 그런지 확실히 그냥 온 것 같지는 않군. 제법 솔깃한 부분도 있고. 한데 나로서는 조금 이해가 안 가는군."

"무엇이 말씀이십니까?"

"왜 그냥 포기하지 않았나?"

그는 처음과 달리 제법 진지한 얼굴로 질문했다.

"네 말대로라면 팽가와 맹, 심지어 관까지 나서고 있어. 너희 집안에 대체 무슨 꿀을 발라놓았기에 하나만 해도 중원을 뒤집을 무리가 셋이나 달려들고 있는 게냐?"

"……."

"분명 우리 해남파가 강하기야 하지만 거리가 너무 멀단 말이야. 가까이에도 너희를 도울 사람들이 있을 텐데 왜 이 먼 해남도까지 날아온 것이냐? 상계에서 방귀 좀 뀌었다는 장씨세가를 그렇게나 도와줄 사람이 없느냐?"

장웅의 얼굴이 굳어졌다.

진일강은 눈을 가늘게 뜨며 말했다.

"말해보아라. 대체 너희 가문은 무슨 일에 휘말린 것이냐?"

"솔직히 저희도 정확히는 잘 모르고 있습니다……."

장웅은 조금 기운 빠진 얼굴로 설명했다.

어느 날 갑자기 석가장이라는 곳과 장씨세가가 싸움이 붙은 것, 그리고 그 싸움이 끝나기 무섭게 팽가가 들이닥쳐 운수산에 대한 권한을 언급한 것을.

"폭굉이란 것이 있습니다. 벽력탄의 다섯 배 이상 위력을 내는 엄청난 물건이라더군요. 그런데 그에 대한 재료가… 저희 가문의 선산에 있었던 듯합니다."

장웅의 말에는 확신이 실리지 않았다.

그도 그럴 것이, 장씨세가는 이번 일에 대한 정확한 증거나 자료는 가지고 있지 못했다. 다만 팽가와 석가장, 심지어 관부까지 워낙에 거대한 일들이 연달아 터지니 그저 심증적인 정황을 추리했을 뿐.

"폭굉이라……. 이건 정말 이상하군."

긴 시간 장웅의 말을 듣고 있던 진일강이 침음하며 눈을 가늘게 떴다.

"네 말이 사실이라면 강호가 뒤집어지고도 남을 사건이다. 그 정도라면 너희를 방관하는 자, 적대하는 자 외에도 너희를 도우려는 자들도 있어야 할 터인데? 아무리 강호의 도의가 땅에 떨어졌어도 내가 아는 중원의 강호라면……."

"모용세가가 저희를 지지해 주셨습니다."

장웅이 즉각 대답했다.

진일강은 쓴웃음을 지으며 고개를 내저었다.

"승룡이와 관계된 곳은 제외하게. 모용세가는 녀석 때문에 얻게 된 연줄 아니냐? 나름 상계에서 입지를 얻은 가문이라면서 칠객의 하나 외에는 도와줄 만한 이가 그렇게 없는 게냐?"

장웅은 살짝 고민하다가 다시 입을 열었다.

"수많은 사파들을 처단하여 하남에 이십이수(二十二秀)라는 명성을 얻으신 신주일검(神州一劍) 곡전풍 대협과 황하일도(黃河一刀) 황진수 대협께서 저희를 도와주고 있습니다. 또한 화산파 속가 제자로 수많은 비무행을 승리하신 매화신수(梅花神手) 능자진 대협께서도 저희와 함께하십니다."

"난 지금 어중이떠중이를 묻는 게 아니다."

장웅의 거창한 설명을 단번에 무시해 버린 진일강이 목소리를 높였다. 아무래도 이름 높은 고인이 필요할 것 같아 장웅은 급히 입을 열었다.

"노천이라는 어르신이 계십니다. 강호에서는 한때 독선이라 불리셨다더군요."

"독선? 독선이라면 설마 그 당가 놈?"

진일강이 눈을 크게 떴다. 만난 지 시일이 꽤나 흐르긴 했으나 독(毒)을 상당히 잘 다루는 당가의 인물이 그렇게 불린 것을 기억해 낸 것이다.

"허. 그놈 참 성격 제대로 지랄맞았는데 너희 집에서 밥을 빌어먹고 있어?"

"…아는 사이십니까?"

진일강은 대답하지 않았고 오히려 문 총관이 웃으며 말했다.

"장씨세가가 성격이 매우 유한가 보오. 그 당가 사람이 돕고 있다는 걸 보면."

"그러게. 확실히 성격들은 좋은 모양이군. 어쨌든 당가 놈 말고 세(勢)를 이루는 곳은 없느냐?"

진일강은 여전히 마뜩지 않은 표정이었다.

장씨세가에 대해 잘 알지 못하는 그로서는, 그 가문이 위기에 처했을 때 누가 도와주는지가 궁금했다. 그건 그 가문의 역량, 그리고 그 가문이 평시에 어떻게 사람들에게 덕망을 쌓았는지에 대한 결과인 것이다.

다른 말로 표현하자면 명분이라 할 만했다.

"일단… 하오문과 개방이 저희를 돕고 있습니다."

"하오문과 개방?"

중원을 대표하는 정보 조직 두 곳을 거론하자 순간 진일강의 눈이 커졌다.

듣고 있던 문 총관이 나직이 읊조렸다.

"형님, 이거 좀 의외로군요. 하오문은 이익집단입니다. 장씨세가를 도와서 얻을 실익이 있다면 구린 일이라 해도 끼어들 수 있겠지요. 하지만 개방은 좀……. 허 참."

나지막한 그의 말에 진일강이 고개를 끄덕였다.

"가진 거라곤 쪽박이랑 불알 두 쪽밖에 없는 놈들이 팔을 걷었다면 뭐… 나름 증명은 되겠군."

개방은 거지. 무소유를 생활로 삼으며, 천하에서 가장 약한 사람들이 모여 스스로를 지키는 것으로 시작된 단체다.

이익에 딱히 목숨 걸지 않으며 ─이익을 탐했다면 무공의 고수가 거지나 하고 있을 리가 만무하다─ 강호 최대의 정보망인 주제에 동냥질을 고집하는 것으로 보아 그들의 성향은 확고했다.

개방이 장씨세가를 돕고 있다면 그 일은 분명 협행(俠行)과 관계됐을 터였다.

"도와주겠다."

진일강의 말에 순간 장웅의 눈이 커졌다.

조금 더 숙고하고, 더욱더 알아봐도 부족한 일을 이렇게 빨리 결정 내릴 줄 몰랐던 것이다.

"왜? 싫은가?"

"아, 아닙니다!"

장웅은 급히 머리를 조아렸다. 너무나 당황했는지 진정되지 않는 손을 탁자 밑에서 만지작거렸다.

'소문이 사실이었어……'

도와준다는 의미가 단순히 몇몇 손을 보태는 수준은 아닐 것이다. 때에 따라서는 수십 명의 목숨을 잃는 극단적인 상황도 발생할 수 있다.

일파의 문주 정도 되는 자라면 그것 역시 모르지 않을 터.

'감히 내가 재량을 평가할 인물이 아니다. 이분은 큰사람이야. 더구나……'

중대한 결정을 너무나 쉽게 결정해 버린 진일강.

당연히 반박을 예상했는데, 문 총관이란 자는 별다른 대답이 없었다.

그것은 진일강이 그간 보여왔던 행동들에 대해 굳이 사족을 달 필요가 없다고 판단한 것일 테다.

또한 그 역시 진일강의 의견에 동의한다는 뜻이 내포되어 있을 것이고.

그들의 모습에 장웅은 구파의 사람들에게 협이라는 가치가 자신이 생각하는 것보다 더 대단할지도 모르겠다는 생각이 들었다.

"그래, 개방의 몇 결 제자가 돕고 있느냐? 방 내에서의 직위는?"

멍하니 있던 장웅은 번뜩 정신을 차렸다. 그러고는 진일강의 향해 예를 차리며 대답했다.

"그게… 방주이십니다만."

"뭣이? 개방 방주가!"

진일강이 벌떡 일어났다. 이제껏 햇살 받는 악어처럼 느긋하지만 은근한 위압감을 두르고 있던 해남의 문주도 개방 방주라는 말에는 놀라움을 표시할 수밖에 없었다.

"그 엉덩이 무거운 양반이 직접 나서다니! 대체 어떻게 그분을 모시고 온 게야!"

"실은 그게……."

또다시 움찔한 장웅이 조심스레 대답했다.

"저희 가문을 좋게 보아 돕고 계시는 협사 한 분이 더 계십니다. 현 개방 방주께서 아마 그와 인연이 있으신 듯하여……."

장웅은 말끝을 흘리며 조금 난색을 표했다.

사실 다른 이들은 그럭저럭 장씨세가의 재력이나 명성으로 얻었다 할 수 있지만 개방만은 그렇지 못했다. 그들이 장씨세가를 돕고 있는 것은 오로지 광휘 때문이었다.

"개방 방주와 연이 있는 협사라……. 그가 누구냐?"

"광휘라 합니다."

"……."

진일강의 입이 살짝 벌어졌다. 그대로 자리에 털썩 주저앉은 그는 더 이상 말을 잇지 못하고 조용히 침묵했다.

"무엇을 하는 사람이오?"

잠깐의 침묵 속 문 총관의 질문이었다.

"작고한 저희 가문 사람과 인연이 있어 호위무사로 오시게 된 분입니다. 듣기로는 예전에 천중단에 계셨다는 말도 있습니다만……."

장웅은 괜히 광휘까지 팔아먹게 되는 상황에 낯이 다 화끈거렸다.

그는 과거의 연을 끊고 온 사람이었다. 원래라면 그가 원하는 대로 조용히 살게 해주는 것이 장씨세가가 해야 할 도리일 테지만, 지금 장웅은 이것저것 가릴 형국이 아니었다.

"…얼마 전까지만 해도 개방과 모용세가가 본 가에 큰 힘이 되어 주었는데, 팽가가 무슨 수를 썼는지 어려움에 처하여 한발 물러선 상황입니다. 이 때문에 저희가 묵객과의 인연을 기대하여 해남파에까지 수고를 끼치게 된 것입니다."

"흐음……."

문 총관은 턱을 쓸어 내며 말했다.

"문주님, 조금 이상하군요. 아니, 생각해 보니 많이 이상합니다. 방주도 그렇고, 본 문이 중원 사정에 밝지는 않지만 천중단의 생존자라면 오로지 무림맹주 단리형, 그 하나뿐이라고……."

"문 대갈, 그 입 닫게."

"…대형?"

묻던 문 총관이 아연한 얼굴로 돌아보았다. 잠시간 침묵하고 있던 진일강, 해남의 문주가 형형한 눈빛을 뿜어내고 있었다.

"아니, 갑자기 왜 젊은 시절 별명을……."

"이봐, 장웅? 왜 진작 말하지 않았느냐."

문 총관이 묻는 것을 듣지도 않고 진일강이 나직이 으르렁거렸다.

지금 그는 이십 대의 뱃사람처럼 기운차고 거친 목소리로 말하고 있었다.

"…왜 진작 말하지 않았어! 그깟 송사리 떼를 언급하느라 시간이 이리 가지 않았느냐!"

"헉."

우레 같은 호통에 장웅은 덜컥 겁을 집어먹었다. 그런데 정말 천만뜻밖의 이름이 거기서 나왔다.

"분명 광휘라고 했지? 광휘가 너희 집에 있다고?"

"…무, 문주님? 아니, 대형. 아는 사람이오니까?"

"알다마다! 우리가 해남의 용이라면!"

그제야 말을 받은 진일강이 진지한 얼굴로 말했다.

"그는 구파일방(九派一幇)의 용이다."

"허! 허! 허어어……."

문 총관이 말문이 막혀 신음을 내뱉었다.

그사이 얼굴을 잔뜩 일그러뜨린 진일강이 장웅을 쏘아보며 말했다.

"며칠 남았느냐?"

"예? 그 무슨……."

"팽가의 공격 시기가 며칠 남았느냐고!"

방 전체가 울리는 목소리에 장웅은 정신을 차릴 수 없었다.

하지만 기일을 얘기하자 손가락을 짚어보며 말했다.

"엿새 남았습니다."

"제길, 너무 짧아! 아, 그래! 하오문이 있다고 했지."

거의 정신없는 사람처럼 혼자서 중얼거리던 그는 장웅에게 말했다.

"하오문에 연락해서 하북까지 최단 경로로 길을 만들라고 해라. 무사의 숫자는 삼백. 해남파 정예 요원이다."

"아… 아, 예. 그러겠습니다."

진일강이 자리를 박차고 나가자 어정쩡한 자세로 있던 문 총관도 뒤따라 나갔다.

장웅은 자리에 일어선 채 뭐가 어떻게 된 영문인지도 모르고 멍하니 서서 그 모습을 지켜보고 있었다.

털썩.

장웅은 휘청이다가 다시 자리에 앉았다. 극도로 긴장한 탓인지 삭신이 쑤시듯 아파왔다.

그러나 힘들지 않았다. 그는 지금 말 못 할 희열에 휩싸여 있었기 때문이다.

"이번에 황 노인이 데리고 온 호위무사예요."

"황 노대, 정말인가?"

"예, 그렇습니다."

"언제부터인가? 그보다 여기가 어디라고 허락도 없이 시정잡배를 들인 건가?"

"황 노대……."

밖에서 사람들 소리와 병장기 소리가 들리자 머리를 떨구다시피 몸을 숙인 장웅이 나직이 읊조렸다. 처음 호위무사란 사실을 대전에서 들었을 때의 기억이 주마등처럼 스치고 지나갔다.

정말로 기대하지 않았다. 아니, 애초에 그가 누구인지도 관심도 없었다.

그런데 이제는 장씨세가에 없어선 안 될, 장씨세가를 버티게 만드는 기둥이 되었다.

"고맙소……."

장웅은 진정되지 않는 두 손으로 얼굴을 가렸다.

"장씨세가에 데려와 주어서… 너무나도 고맙소……."

혼자 덩그러니 남은 텅 빈 방 안.

장웅은 그곳에서 황 노인을 떠올리며 한참을 흐느꼈다.

        ✱   ✱   ✱

이른 새벽, 광휘는 명호의 봉분 앞에 서 있었다.

장련에게 비급을 건네주고는 곧장 이곳을 찾은 것이다.

스으읍.

광휘가 숨을 내쉴 때마다 허연 김이 새어 나왔다. 따듯한 봄임에도 하북의 새벽은 여전히 싸늘했다.

"너 좋아서 온 거 아니다."

꽤 오랜 침묵 끝에 광휘가 속삭이듯 말을 내뱉었다. 당연하게도 봉분은 어떠한 말도 건네 오지 않았다.

"딱히 갈 곳이 없어서랄까."

한동안 서 있던 광휘가 또다시 입을 열고는 이내 피식하며 입꼬리를 올렸다. 변명치고는 말이 궁색했다.

그것을 아는 광휘가 멋쩍게 웃어 보였다.

스윽.

잠시, 광휘는 느긋하게 고개를 들어 보았다.

새벽빛의 날씨는 곧장 비바람이라도 불 것같이 구름이 잔뜩 껴 있었다. 그리고 추웠다. 왠지 모를 따스한 온기가 그리워질 정도로.

"너무 분해하지 마라."

봉분으로 고개를 돌린 광휘가 느리게 말을 이었다. 평온하던 광휘의 눈에 조금씩 변화가 생긴 것이다.

"설마 내가 네 복수를 잊었겠느냐."

순간 광휘의 눈에 파랑(波浪)이 일었다. 오래 억눌러 왔던 살심이 언뜻 모습을 드러낸 것이다.

하지만 그 모습은 삽시간에 사라져 평소 모습으로 돌아왔다.

그때쯤 동쪽에서 흐릿한 붉은빛과 함께 발소리가 들렸다.

"이번엔 또 무슨 일이오?"

"하아, 하아."

삽시간에 지척까지 다가온 서혜가 숨을 급히 몰아쉬었다. 먼 길을 뛰어 나왔는지 한참 동안 헉헉대다 힘겹게 토해냈다.

"큰일 났어요."

말없이 빤히 바라보는 광휘.

그런 그를 향해 호흡을 고른 그녀가 말을 이었다.

"맹이 합세했어요. 맹의 최고의 부대 중 하나라는 풍운검대가 팽가에 머물러 있다는 전갈이에요."

"예상했던 바 아니오?"

"문제는 관군이 동시에 움직이고 있다는 거예요. 도지휘사의 명으로 팽가 근처 패주(敗州)의 지부(知府: 지부의 장)가 백호장(百戶長)을 파견했어요. 뿐만 아니라……."

서혜는 눈을 부릅뜨고 말을 이었다.

"정(正)과 사(邪) 중간에 있는 화월문과 천외문 전원이 합세했어요. 조사한 바에 의하면 그 수가 무려 삼백에 달해요."

광휘는 말없이 시선을 돌렸다. 일출이 이는 곳을 슥 쳐다본 그는 천천히 고개를 끄덕였다.

"생각보다 일이 커졌나 보구려."

"단순히 일이 커진 게 아니라고요!"

광휘가 상황을 심각하게 받아들이지 않자 서혜는 목소리를 높였다.

"추정되는 예상 병력은 풍운검대 백, 관군 백, 화월문과 천외문 삼백, 거기에다 팽가의 무사 수까지 합치면 도합 구백에 달하는 숫자예요. 숫자도 숫자지만 정사지간의 두 문파를 제외한 대부분이 정예 병력이라고요!"

"……."

"절대로 대적할 수 없어요. 해남파가 도와준다고 해도… 아니, 애초에 해남파가 도착할 시간도 없어요!"

서혜는 한껏 얼굴이 달아올라 있었지만 광휘는 여전히 무뚝뚝한 표정이었다.

그런 그를 향해 서혜는 입술을 깨물었다. 아직 할 말이 남은 듯한 얼굴이었다.

"정작 큰 문제는 따로 있어요."

이윽고 서혜의 입에서 조금은 두려운 듯한 목소리가 흘러나왔다.

"도지휘사가 직접 움직이고 있어요. 추산하기로는 모인 군사가……."

광휘의 시선이 서혜에게 향하는 순간, 그녀가 목소리를 높였다.

"무려 삼천이에요."

*　　*　　*

"약조는 어찌 되었느냐?"

같은 시각, 이름 모를 언덕 위에서 주위를 조망 중이던 능시걸을 향해 백효가 나타나 부복했다.

"한 달 뒤에 방도들을 풀어주겠답니다."

"한 달? 이놈들이……."

능시걸이 빠득 이를 갈았다.

하북에서 붙잡힌 개방도의 숫자는 도합 오천에 달한다. 관은 그 많은 숫자를 움켜쥐고 개방을 협박했다.

한데 장씨세가에서 손을 떼면 곧장 풀어줄 것같이 말하더니 이제 와서 차일피일 시기를 늦추고 있는 것이다.

"그리고 조금 전 장씨세가에서 능자진과 곡전풍, 황진수가 빠져나갔습니다."

백효는 거듭 말을 이었다.

"응? 그들이 왜?"

"워낙 빠르게 이동하여 연유를 알아보지 못하였습니다만, 능자진은 관도를 이용해 산서(山西)로 이동하는 것을 파악했고, 곡전풍과 황진수 역시 관도를 통해 산동(山東)으로 이동하고 있었습니다."

"산서와 산동이라면… 아!"

뭔가 짚어보던 능시걸은 고개를 끄덕였다.

따로 움직인다는 건 뭔가 전해줄 것이 있다는 뜻이고, 관도를 통해 산서로 간다는 것은 사천관로(四川官路)를 통해 움직인다는 것이었다.

산동은 복건관로(福建官路)다. 중간 지점에 있는 강소(江蘇)를 거치게 된다는 것이다.

'팽가 뒤엔 청성파와 남궁세가가 있었지!'

현 장씨세가의 상황을 생각하던 능시걸의 머릿속에 두 문파가 떠올랐다.

광휘가 오고 난 뒤 처음으로 장씨세가에서 행동을 개시했다.

모르긴 몰라도 이 일에는 광휘가 개입되어 있을 것이고, 그 수가 지금 상황을 타개할 수 있는 방법일 터였다.

"그리고 방주님, 당가에서 이상한 일이 일어났습니다."

그게 뭘까 골똘히 생각해 보던 방주에게 백효가 거듭 불렀다.

"그건 무슨 소리냐?"

"당가 사람 오십 명이 하루아침에 파문을 당했다는 소식입니다."

"…파문이라고? 확실한 것이냐?"

"일단 드러난 사실은 그렇습니다. 방도들이 의도를 파악하고 있지만 꽤 시일이 걸릴 것 같습니다. 아시다시피 당가는 워낙 성질이 거친 자들이라 쉽게 접근하기가……."

"어렵지. 강호 사람이라면 누구나."

사천당가.

단순한 이름에 불과하지만 그 이름만으로도 함부로 대할 수 없는 무게감이 있다. 특히나 사천 일대에는 당씨 성만 붙어도 시비를 거는 일이 전무하다.

그건 당문이 쓰는 암기와 독의 무서움 때문이기도 하지만, 그들의 성격과 기질 탓이 컸다. 당가가 피해를 입으면 그 피해를 반드시 백배로 갚는 것으로 유명했다.

이는 구파일방과 명가들도 예외는 아닌데, 일전에 화산파 후기지수 한 명이 당가 사람을 망신시키자 당가가 독으로 그를 중독시킨 사실이 드러났다.

만약 화산파 장로가 직접 찾아와 사죄하지 않았더라면 그 후기지수는 이미 저세상에 갔을 것이다.

이쯤 되니 정도인 중에서도 사파로 분류해야 한다는 사람들의 목소리도 있을 만큼 당가는 혈연에 지독하게 집착하고, 때때로 포악한 면모도 보이는 곳이었다.

이러다 보니 그들의 거주지인 당가산(唐家山)에서만큼은 전국 어디에나 있다는 개방의 거지들도 찾아보기 힘들었다.

"파문이라… 파문……."

능시걸은 턱을 쓸어내리다 눈을 반개하며 입꼬리를 올렸다.

"뭔가 짚이는 게 있으십니까?"

능시걸의 반응에 백효가 조심스레 물었다.

"당가의 파문은 몇 년에 한 명 나올까 말까 한 드문 일이다. 그런데 한 명도 아니라 수십 명이라고 했지?"

"그랬습니다."

"너는 그 이유가 무엇일 것 같으냐?"

"그것이 잘……."

능시걸은 웃으며 말했다.

"한번 생각해 보거라. 그 머리를 장식으로 들고 다니지 않는다면……."

"……."

의아해하는 백효의 반응에 흐뭇한 표정을 지으며 능시걸은 시선을 돌렸다.

일일이 가르쳐 줘서는 일머리가 늘지 않는다. 일파의 종주들이 어떤 계산에 따라 움직이는지 백효가 공부해 볼 좋은 기회라고 여긴 것이다.

그런 그에게 백효는 여전히 부복해 있었다.

"또 전할 말이 있느냐?"

"예. 하북 도지휘사가 움직이기 시작했습니다."

"벌써?"

능시걸의 미간이 좁아졌다. 우려하던 일이 벌어진 것이다.

지난번에 장씨세가가 도지휘사와 조우하고 이탈하는 과정에서 관군은 막대한 피해를 입었다. 금의위뿐만 아니라 많은 무장들이 죽임을 당했다.

팽가와의 연합은 그저 그들과 협력한다는 시늉일 뿐 실질적인 그들의 의도는 바로 이것이었던 것이다.

"결국… 움직이는 건가."

능시걸은 매섭게 눈을 뜨며 백효를 향해 물었다.

"군사를 어느 정도 일으켰느냐?"

"지금 추산하기로 삼천입니다."

"삼천……."

예상을 한참 웃도는 숫자였다.

삼천이라면 적어도 백호장 수십 명과 천호장도 포함되어 있을 것이다.

"삼천의 군사에 사관 하나와 금의위 위관 세 명을 추가로 파견했다고 들었습니다. 일이 이리되니 본 방이 그곳을 빠져나온 건 정말 현명한 선택이었던 것 같습니다. 장씨세가의 처지야 안타깝지만 우리가 관과 대적할 순 없는 일이잖습니까."

관병들과 싸운다는 건 나라에 칼을 겨눈다는 것을 뜻했다. 그것은 곧 대역죄였다.

백효는 그것을 언급한 것이다.

"네가 보기엔 내가 그 일 때문에 빠져나온 것 같으냐?"

"예? 아닙니까?"

"후후후."

하나 방주 능시걸의 행동은 어딘지 모르게 여유로워 보였다.

그는 더는 묻지 않고는 멀찍이 떨어진 서산 쪽을 바라보았다. 빛이 서서히 피어올랐지만 잔뜩 낀 구름 탓인지 조금 밝게만 느껴질 뿐이었다.

"제 뒤에 누가 있을 것 같습니까?"

"이제야 자네가 자신만만했던 이유를 알겠구먼. 뒤에 관이 있었다 이거지?"

문득 자신만만한 팽인호의 미소가 떠올랐다. 십만 방도를 이끄는 방주인 자신을 향해 전혀 위축되지 않던 그의 모습이.

그 생각에 능시걸의 고개가 끄덕여졌다.

"그럼 이제 내가 패를 보일 차례구먼."

능시걸은 팽인호를 그리며 입꼬리를 올렸다. 그가 가진 모든 패를 보았으니 이제는 이쪽이 내밀 차례였다.

"내 뒤에 누가 있는지를."

능시걸은 구름 뒤편에서 웃음 짓는 팽인호를 향해 느긋한 미소로 답해 보였다.

*　　　*　　　*

"도합 삼천의 병력 중 궁사 오백에 기병이 삼백이에요. 거기에다 백부장이 삼십 명, 천호장이 세 명 포함되어 있고 금의위 위관급 세 명이 추가 파견되었어요. 일개 성을 쓸어버릴 병력이에요."

서혜는 두려움 때문인지 말이 잘 나오지 않았다.

태어나 이토록 많은 군사가 움직인 것을 본 적이 없었다. 아니, 애초에 이런 병력과 싸운다는 상상도 해본 적이 없었다.

그런 병력을 온전히 장씨세가가 감당해야 한다는 사실을 믿기 힘들었다.

"더 없소?"

"네?"

"또 알려줄 내용 말이오."

덤덤히 묻는 광휘의 말에 서혜는 말문이 막혀 버렸다.

자신처럼 두려움에 떨진 않아도, 적어도 놀란 기색이라도 보일 줄 알았던 광휘가 너무나도 태연했기 때문이다.

"그럼 더 이상 없는 걸로 알겠소."

"대체……."

서혜는 멍한 눈으로 그의 반응을 살폈다.

광휘는 자신에게서 눈을 돌려 봉분을 바라보고는 이상한 소리를 했다.

"마침 잘되었구나. 언제 갚아줄지 고민 중이었는데 말이다."

"저기……."

서혜는 한 발 다가가 물었다.

"제 얘기를 제대로 들으신 게 맞나요?"

"관군 삼천이 장씨세가로 쳐들어온다는 말 아니었소?"

"금의위 위관급 세 명도 함께요."

"뭐, 그렇다고 했지."

"아……."

서혜는 다시 먹먹한 표정을 지었다.

분명 듣긴 들은 것 같은데 대체 이런 반응은 뭐란 말인가.

"몇 가지 묻겠소."

봉분을 바라보던 광휘가 그제야 반응다운 행동을 보이자 서혜는 고개를 끄덕였다.

"도지휘사가 관병을 이끌고 장씨세가에 며칠쯤 도착할 것 같소?"

"빠르면 보름, 늦어도 보름에서 하루 이틀 더 걸리는 정도예요."

팽가의 최후통첩 기일까진 이십 일.

관은 십오일 혹은 십육, 십칠일 사이에 쳐들어온다는 말이었다.

"만약 그들이 오는 도중 관의 장수들과 도지휘사의 목을 날려 버리면 진격을 멈출 수 있는 거요?"

"예?"

잠시 질문의 의미를 상기하던 서혜가 대답했다.

"무슨 의미로 묻는지 모르겠지만 제 대답은 불가예요. 장씨세가에 무사도 없지만 설령 막을 무사가 있어도 그들에게 대항하지 못해요. 나라에 대적하는 순간 장씨세가는 대역죄를 지은 가문이 되는 거니까요."

"장씨세가란 흔적이 없다면 어떻소?"

"예?"

서혜의 반문에 광휘는 대답했다.

"존재를 알 수 없는 자들이 관의 장수들과 도지휘사의 목을 날려 버리면 그들의 진격이 멈출 것인가 물었소."

"……"

서혜의 표정이 일변했다. 존재를 알 수 없다는 말의 의미를 생각한 것이었다.

"…아무래도 제 말씀을 잘못 이해하신 것 같아요."

광휘의 말은 사실 가능한 일이었다.

적들의 장수들과 최고 지휘자의 목을 날리면 관병들은 행동 불능이 된다. 지휘관 없이 싸울 수 없으니 당연히 본대로 복귀하게 되는 것이다.

그걸 서혜가 모를 리는 없었다.

꽤 침묵한 끝에, 그녀가 입을 열었다.

"천호장이 무려 세 명, 강호인으로 분류하면 최소 백대고수에 준하는 무장들이에요. 금의위 위관 세 명, 이들도 백대고수들이라 해도 손색이 없고요. 그런데 이게 시작이에요. 훈련된 궁사 오백은 백대고수 다섯은 능히 상대할 수 있어요. 기마대 삼백, 이 역시 백대고수 여섯에 맞먹고요. 거기에 주변의 사람 눈이 삼천, 수뇌부를 기습하는 와중에 끝까지 정체를 들키지 않는다고요? 이게 애초에 가능이나 할 법한……."

"가능하오. 그에 걸맞은 자들이 움직일 테니까."

광휘가 단언하듯 대답하자 서혜는 다시 말문이 막혔다.

이윽고 멍하니 있던 서혜가 되물었다.

"대협? 백대고수 스무 명을 처리하고도 종적이 잡히지 않을 만한 무인이라면 백대고수 최상위예요. 그것도 여러 명이 한번에……."

"모두 십대고수들이오. 숨진 명호와는 달리."

"…아!"

그 순간 서혜가 신음을 흘렸다. 뒤늦게 생각이 난 것이다.

광휘가 누구인지, 그리고 그가 말하는 십대고수가 누구를 뜻하는지.

'천중단!'

"사실 시기를 조율하고 있었소. 장 소저의 부탁도 있었고, 우리에게도 부담이 되는 일이기도 하니까. 하지만 일이 이리되니 더 거칠 것도 없지. 명호를 죽게 한 것은 다른 누구도 아닌 도지휘사와 그들이니까."

"……."

"보름은 짧은 시간이오, 중원뿐 아니라 세외 지역에 퍼져 있는 자들을 불러들이기엔. 그러니 하오문을 움직이는 소저의 능력에 달렸소."

이제껏 무기력하던 서혜에게서 천천히 열기가 피어올랐다.

천중단.

광휘가 소리를 낮춰 언급한 이들은, 천중단에서 활약하고 십대고수로 올라선 뒤 행적이 사라진 자들이었던 것이다.

"열흘이면 충분해요. 본 문의 모든 이목을 모은다면."

설핏.

서혜의 표정이 일견 싸늘하게 변했다. 묵객 앞에서는 결코 보여 주지 않는, 정보기관의 수장다운 냉혹한 살심이 어린 얼굴이었다.

광휘는 몇 발짝 움직여 서혜의 우측에 섰다. 그리고 짧게 말하며 그녀를 지나쳤다.

나직한 목소리였지만, 그녀에게는 천둥소리보다 크게 들렸다.

"모두 불러들이시오."

第六章

당가주의 결정

늘 평온한 일상이던 당가의 내원이 모처럼 분주했다. 십여 년
전 강호를 은퇴한 노천이 왔다는 얘기 때문이었다.

"독선 어르신이라니? 그게 정말인가?"

"허허, 무슨 일로 오셨는가?"

휴식을 취하고 있던 장로들이 제일 먼저 모습을 드러냈다.

외원 밖을 순찰 중이던 각주와 당주들도 급히 하던 일을 취
소하고 당가로 향했다.

당가의 당옥은 집안의 어른들이 모여 대소사를 처리하는 회
의로 쓰였다. 중요한 자리인 만큼 장로와 각주, 당주와 전주 등
당가를 대표하는 인사들만 찾을 수 있는 곳이었다.

다닥다닥.

당(唐) 자가 새겨진 진녹색의 가복을 입은 인사들이 문지방을 차례로 넘자 노천은 능청스럽게 그들을 맞이했다.

"다들 오랜만이구먼. 낯익은 얼굴들도 제법 보이고……."

"그간 강녕하셨습니까."

"오랜만입니다, 대형."

노천이 누구인지 아는 당가 사람들이 저마다 밝은 기색을 내비쳤다.

하지만 몇 걸음 다가서지 못하고 시선을 회피했다.

상거지의 몰골보다도 꾀죄죄한 옷차림새에서 나는 악취 때문이었다.

"아, 냄새? 개방 놈들과 같이 오래 있다 보니. 이해하게."

넉살 좋게 씨익 웃으며 노천이 주위를 둘러보았다. 자신이 아는 얼굴이 누구누구인가를 파악하기 위해서였다.

하지만 이내 인상을 찌푸렸다. 갑작스럽게 들이닥친 꼽추 노인 때문이었다.

"오셨습니까! 독선 형님!"

"…당의명(唐意明)? 네놈이 여긴 왜 왔느냐?"

"당연히 중사당(重死堂)의 당주니까 왔습죠."

"뭬야?"

구부정한 허리에 손을 올린 노인이 해맑게 웃었다.

"허, 염병. 본가에 인재가 그리 없나. 저놈이 왜 당가의 독(毒)을 대표하는 중사당의 당주가 된 게야!"

"허허, 섭섭합니다. 형님이 없는 그간 제가 얼마나 많은 수련을 쌓았는지 아십니까? 삼 년 전, 냄새만 맡아도 중독되는 최고의 절독을 제가 만들어냈습니다. 어디 시험해 보시겠습니까?"

덜컥.

당의명이 두툼한 옷깃 사이로 작은 목함 하나를 꺼내 들자 주위에서 기겁하며 제지했다.

"어어어… 뭐 하는 건가!"

"중사당 당주, 진정하고 빨리 닫게."

도처에서 한마디씩 쏟아내자 당의명은 머리를 긁적이다 머쓱한 표정을 지으며 다시 품속으로 가져갔다.

"아이고. 여전하군, 저 모자란 머리는."

노천은 그런 그를 보며 관자놀이를 눌러댔다.

터억. 턱.

문득 다른 사람들과 달리 자신의 지척까지 다가온 노인이 있었다. 팔목이 허벅지처럼 퉁퉁 부어 있고 손이 무릎까지 내려오는 특이한 신체였다.

"대형(大兄), 오랜만입니다."

"당의선(唐意線)? 네놈은 또 왜 여기 있어?"

"비암당(飛暗堂)의 당주 자격으로 왔습니다."

"네가 비암담 당주라고? 사람 머리 위의 사과도 못 맞혀 본가 사람 몇 명을 병신으로 만들어놓은 네가?"

"노력으로 극복했습니다."

"아, 지랄."

노천은 고개를 절레절레 저었다. 어찌 된 게 하나같이 모자란 놈들이 다들 요직을 꿰차고 있단 말인가.

'뭐, 모자란 놈들이기에 가능한 건지도 모르니까.'

당의선의 말은 웃어넘겼지만, 사실 일정 경지에 이르면 재능보다는 노력이 더욱 중요해진다. 그리고 원래 모자랐던 놈들이니, 천재들보다 노력하는 법만은 더 잘 알 거다 생각하니 그게 또 말이 되어 보였다.

그렇게 노천이 몇 명과 더 대화를 나눌 때였다.

쿵쿵쿵!

"가주께서 오십니다!"

문밖에서 북소리와 함께 누군가 소리치자 어지럽게 서 있던 사람들이 일순간 두 줄로 나뉘 갈라졌다.

그 사이로 한 노인이 점잖이 밝게 웃으며 걸어 들어왔다.

"정말 오랜만입니다, 형님."

"잘 있었소, 가주."

웃으면서 읍을 해 보이는 가주를 향해 노천도 밝은 얼굴로 읍을 해 보였다.

백발에다 눈썹이 짙고 평범한 체구보다 조금 마른 체형. 동작 하나하나에 기품이 묻어 나오는 이자가 바로 당가를 이끄는 가주 당의군(唐意君)이었다.

"참 매정하십니다. 십 년이 넘었나요? 그간 한번 찾아주지도 않으시고……. 아우, 정말 섭섭했습니다."

"미안하게 됐소. 강호를 은퇴했다고 해놓고 찾기가 참 민망하더이다."

당의군은 푸근한 미소로 몇 마디 더 나눴다.

"한데 무슨 일로 당가를 찾으신 겁니까? 단순히 인사차 들르
신 것은 아닐 테고."

간단한 인사가 끝나자 당의군이 조심히 물었다.

"아, 몇 가지 선물과 알려줄 것이 있어 왔소."

"선물과 알려줄 것이라… 들어보지요."

당의군은 노천 뒤로 걸어가 몸을 돌리며 한 발짝 물러섰다.

사적으로는 독선의 동생이지만 지금 그는 사천당가의 가주
다. 이제껏 강호를 주유하던 노천이 뜬금없이 돌아온 이유를
예상이라도 하는 듯했다.

그러자 당옥 안에 있던 모두의 시선이 노천에게로 향했다.

노천은 품속의 두꺼운 서책 세 권을 집어 들며, 좌중을 돌아
보았다.

"이건 첫 번째 선물이다. 당가를 떠난 십여 년간 전국을 돌며
조사한 약초와 독초가 기록된 비방이지. 독초에 따라 사람의
몸이 어떻게 반응하는지, 약초를 어떻게 쓰면 독이 되는지, 그
것들이 어디에 있는지, 언제 나는지, 세세하게 풀이해 놓았다."

"오오오."

"허어어."

곳곳에서 감탄이 터져 나왔다.

독선이라 불리는 당가의 기재가 기록한 비방.

전국에 퍼져 있는 개방과 함께 십여 년의 세월 동안 조사하

고 기록했다 하니 이는 가치를 따질 수 없는 보물과도 같았다.

노천은 또다시 품속에서 서책 두 권을 꺼내 들었다.

"두 번째 선물, 이건 침술이다. 내가 알고 있는 모든 독을 해독제 없이도 침술을 통해 해독하는 방법이 여기에 있지. 참고로 청살혈독이란 중독도 이 침술을 통해 해결한 적이 있다."

"아아아!"

"과연! 독선!"

이번에도 여기저기서 감탄이 터져 나왔다.

사실 모든 독에 해독제가 만능은 아니다. 해독제 역시 시일을 놓치거나, 부작용으로 인해 제대로 효과를 발휘하지 못할 때도 많기 때문이다.

그런데 해독제로 해독하는 것이 아닌 침술로 경맥을 빨리 돌려 독을 체외로 배출시키는 방법이라니.

이는 독을 주력으로 다루는 당가엔 정말로 귀중한 비급이었다.

"마지막으로 제일 귀한 선물이 될……."

노천은 한 손에 다섯 권의 서책을 들고 품속에 있던 하나의 서책을 더 꺼냈다.

"독충과 독초의 이독제독(以毒制毒: 독으로 독을 제거함)을 이용한 내공 증진법."

"예? 이독제독? 독을 통해서……."

"내공을 증진시킨다고요? 가능한 일입니까?"

노천의 말이 끝나기가 무섭게 전주, 각주, 당주들의 눈에 벼락이 쳤다.

"그래. 이미 임상시험을 거친 거니까 확실해."

노천은 주위를 둘러보며 재차 말했다.

"지금 본가 청비전(聽飛殿) 전주가 누구지?"

"접니다, 어르신."

호리호리한 노인들과 장년인 사이로 중년인이 한 발짝 걸어나왔다.

청비전은 당문의 정보 조직이다. 그 수장이 바로 이 중년인, 당유호(唐柳湖)란 자였다.

"하남에서 이름을 알린 곡전풍과 황진수에 대해서 아느냐?"

"하남 이십이수란 청호와 함께 그 근방에서는 제법 위명을 떨친 것으로 알려져 있습니다."

"그들의 무위 수위는 어느 정도였지?"

"등급을 나누긴 어려우나 둘 다 일류보다는 이류에 가깝습니다."

"그렇다, 이류지. 하나 그 둘은 여기에 적힌 탕약을 먹고 일류가 되었다."

웅성웅성.

곳곳에서 숙덕거리는 소리가 흘러나왔다.

"능자진에 대해서는 알고 있나?"

노천의 물음에 당유호는 계속 말을 이어갔다.

"화산파 속가 제자로 매화신수란 별호를 쓰는 잡니다. 두 사내들보다 더 유명하고 실력도 뛰어나지만 이류와 일류 사이를 벗어나지 못한다고 합니다."

"그가 이 탕약을 먹고 일류, 그 이상을 넘볼 수 있게 되었다."

"허……!"

"정말이란 말인가?"

사람들의 웅성거림이 더욱 커졌다.

얼마 가지 않아 몇 명이 노천을 향해 물었다.

"하나 백부, 언급한 이들은 강호에서도 드물지 않게 보이는 무사들이 아닙니까?"

"그렇습니다. 그 정도의 무공 성취는 당가의 비방으로도 할 수 있는 것들입니다. 물론 독선께서 말씀하신 약초보다 더 좋은 걸 써야 한다는 전제는 붙지만……."

"칠객이라면 어떠냐?"

"예?"

말문이 막힌 사람들을 향해 노천이 재밌다는 듯 웃으며 말했다.

"묵객 그가 이걸 먹고 절정의 경지를 넘어섰다면?"

"……!"

당옥 내에는 경악과 당황스러움, 놀라움과 흥분이 뒤섞여 있었다. 노천의 얘기는 파격을 넘어 당가 사람으로서도 충격으로 다가온 것이다.

칠객 같은 절정고수의 수준까지 올리는 영약. 이는 내공 증진뿐만 아니라 깨달음까지 동반하는 것이다. 전설의 공청석유나 가능한 일을 노천이 만든 탕약이 해낸 것이다.

"자, 자. 이 약이 어떤 효능이 있는지는 차차 확인해 보면 될 것이고."

노천의 뒤쪽에 있던 가주 당의군이 어수선하던 분위기를 돌리며 말을 이었다.

"이제 부탁하러 오신 내용을 들을 차례군요."

노천이 알려줄 내용이라고 했지만 당의군은 그것이 인사차들른 게 아니란 걸 알고 있었다.

"큼큼."

직선적인 표현에 노천이 무안한 듯 기침을 하며 입을 열었다.

"명호가 죽었다."

"……."

"염병. 명호가 죽었다고."

이를 갈며 내뱉은 신음에, 일순 사위가 침묵에 잠겨 들었다.

✳   ✳   ✳

"형님, 방금 명호라고 하셨습니까? 암표귀수(暗票鬼手) 명호가 맞습니까?"

가장자리에 서 있던 노인이 걸어오며 말했다.

부리부리한 눈매와 사뭇 대조되는 툭 튀어나온 광대뼈. 말할 때 언뜻 보이는 송곳니.

노천도 무시 못 할 위압감을 뿜어내는 이자는 당가의 일 장로였다.

"바로 그다."

"아!"

노천이 대답하자 일 장로가 몸을 조금 떨어댔다.

그도 그럴 것이, 명호는 그의 아들이자 가주에게는 조카가 된다. 뿐만 아니라 어릴 적부터 당가의 미래를 이끄는 기재로 불렸고 특히나 어르신을 잘 따라 누구나 다 좋아했던 사내다.

아니나 다를까, 명호의 말을 꺼내기가 무섭게 질문이 우수수 쏟아졌다.

"명호는 맹에서 천중단에 지원했다가 죽은 자가 아닙니까?"

"그렇습니다. 당가는 명호의 죽음을 직접 전해 들었습니다."

"명호, 그가 살아 있을 리가 없습니다."

"살아 있었어. 나도 처음엔 믿지 못했지."

노천이 읊조리듯 대답했다.

이후, 당가 사람들을 바라보며 말을 이었다.

"당연히 죽은 줄 알았는데 뻔뻔하게 살아 있더군."

"그렇다면 왜 본가로 오지 않은 겁니까?"

거듭되는 질문에 노천이 뭐라 하나하나 설명을 해줘야 할지 잠시 머뭇거릴 때였다.

갑자기 뒤에서 그의 말을 대신 답해줬다.

"지워져야 했으니까."

"……."

"그것이 맹주를 위한 길이었다."

"…가주? 가주께서는 알고 있었구려?"

노천의 말에 당의군이 조용히 고개를 끄덕였다.

하지만 그 대답이 오히려 당가 사람들의 혼란을 더욱 부추겼다.

"진정들 하시게!"

온몸이 들썩거릴 정도로 공력이 느껴지는 위압감.

웅성거림이 쉽게 잦아들지 않자 나온 일 장로의 사자후였다.

"계속 말씀하십시오."

"흠흠."

사적인 자리를 단번에 공적인 자리로 만들어 버린 일 장로의 대답에 노천은 머쓱한 표정을 지으며 말을 이었다.

"여튼 당명호는 살아 있었고 근자에 죽음을 당했다. 어차피 당가와 연을 끊는 것이 천중단의 입단 조건이긴 하지만 문제는… 그냥저냥 편안히 죽은 게 아니라는 거다. 그래서 내가 본 가로 도움을 청하러 온 게지."

그는 주위를 훑어보며 말을 이었다.

"청비전 전주."

"예, 말씀하십시오."

"현재 지금 맹과 팽가에서 어떤 일이 벌어지는지 전해 받은 것이 있느냐?"

노천의 말에 모두의 시선이 당유호에게로 집중되었다.

그는 잠시 뜸을 들이다 읍을 해 보이며 대답했다.

"최근 이상한 일들이 일어나고 있어 동향을 주목하고 있던 차입니다. 무슨 이유에서인지 맹과 관이 팽가에 부대를 파견했고 장씨세가란 이름 모를 가문에 대대적인 선포를 하였습니다.

사파와 결탁했다는 죄목입니다."

"장씨세가는 상계 쪽 집안이지."

노천은 그의 대답을 받으며 말했다.

"팽가는 그곳을 가지고 싶어 했고 말로 설득이 안 되자 무력을 썼지. 명호는 그곳에 식객으로 머물러 있었는데 그것이 골칫거리였던 게지. 결국 도성으로 유인해 명호를 죽인 게다."

"관과 맹이라고?"

"팽가가 당씨 사람을 죽였다고……!"

다들 의아하게 대화를 주고받을 때쯤 장년인이 나서며 예를 표했다.

"독선 어르신, 소인은 묵암전(墨暗殿)의 전주이며 이름은 당성호(堂星湖)라 합니다."

노천이 고개를 끄덕였다.

"당명호는 본 가에서도 특히 암기술에 능했던 아이입니다, 제가 가르쳐 줄 것이 없을 정도로. 그런 아이가 천중단에 들어가 지금껏 살아남았다면 절정고수를 뛰어넘는 고수가 됐을 터인데 웬만한 암수에 당했으리라고는 믿기 힘듭니다."

"팽가 사람 중 한 명이 현 조정의 당상관이 아니냐? 관에 첩자를 심어 적당히 불러낸 후 팽가가 온갖 더러운 수를 써서 제거한 것이야."

'대충 맞겠지?'

노천이 거침없이 대답하고 있었지만 드문드문 구멍이 나 있었다. 하지만 뭐 크게 틀린 것이 없었기에 그다지 신경 쓰지 않왔다.

노천이 잠시 고민하다 주위를 둘러보니 분위기가 묘하게 변해 있었다. 분노하는 자들은 보이지 않았지만 눈매가 변한 것이다.

특히나 과거 명호가 따랐던 당주, 그리고 오랜 시간 그를 가르쳤던 장로들의 표정이 눈에 띄게 두드러졌다.

"한 가지 짚고 넘어가도 되겠습니까?"

점점 살벌한 분위기가 이어질 때쯤 가주 당의군이 노천을 불렀다.

"말씀하시오."

"명호가 당문의 비기를 썼습니까?"

"......!"

조금은 경직된 말투.

가주 당의군이 직접 나서자 두 노인에게로 사람들의 이목이 쏠렸다.

이것은 그들 역시도 궁금해하던 것이었다.

당명호는 천중단에 몸을 담았다가 기록과 기억에서 지워진 사람. 그렇기에 상대가 그가 당문 사람이란 걸 모를 수도 있었다.

알고 죽인 것과 모르고 죽인 것. 이는 당가의 시각에선 큰 차이가 있기에 가주가 직접 질문을 던진 것이다.

'난 본 적이 없는데……. 염병, 대충 둘러대야지.'

노천은 속으로 생각했지만 겉으론 너무도 태연하게 대답했다.

"만천화우를 썼소."

가주의 눈썹이 꿈틀댔다. 노천은 그 순간을 놓치지 않고 말을 이었다.

"그것도 연거푸 세 번이나."

*　　　*　　　*

"커험……."

"큼큼."

노천의 말에 좌중의 분위기가 싸늘하게 변했다.

만천화우는 당가를 대표하는 최고의 암기술. 그것을 펼쳤다면 당가 사람임을 모를 수가 없었다.

"만천화우를 썼는데도 죽였다?"

이제껏 부드럽게 높임말을 쓰던 가주의 말투가 달라졌다.

"어디 죽인 것뿐이겠소?"

노천은 돌변한 가주의 기도를 지켜보며 태연히 말을 받았다.

"가주, 난 강호를 등진 사람이오. 명호가 당가를 알리고 죽었다고 하더라도 원래라면 여기까지 오지 않았을 게요. 분하고 원통하지만 그럴 수 있는 일이라 여겼을 거요. 강호는 그런 곳이니까. 하나!"

노천의 목소리가 커지기 시작했다.

"당가 무인 한 명을 상대로 팽가 무인 수십 명이 달려든 건 참을 수 없더이다. 거기에다 죽어가는 명호의 허벅지에 구멍을 내고 복부에 장창을 수십 번이나 찔러댔소! 인면수심도 어느 정도껏이지, 대체 이런 일이 어떻게 일어날 수 있느냔 말이오!"

좌중은 죽은 듯이 조용해졌다.

하지만 노천은 아랑곳하지 않고 거듭 소리쳤다.

"당가가 고작 이 정도였소이까? 만천화우를 분명히 보고도 수십 명이 달려들어 죽이고 시체까지 유린할 정도로……. 한때 이름만으로도 오대세가를 한발 물러서게 만들었던 일들이 당가가 아니오? 그 위세도 이젠 옛날 일이 되어버린 게요? 아니면 이 몸이 잘못 알았던 게요?"

가주를 자극하는 노천의 말은 분명 지나친 구석이 있었다. 하지만 누구도 거기에 대해 지적하지 않았다. 아니, 애초에 뭔가를 말하려는 동작도 없었다.

당옥 안은 완전히 소리를 차단한 듯 미약한 숨소리마저 들리지 않았다.

빠드득.

그저 침묵 속에서 이 갈리는 소리가 먼저 들려왔고.

으드득. 드드득.

뒤이어 뼈가 갈리는 소리, 바람을 입에 구겨 넣은 듯한 신음 소리가 점점 커지고 있었다.

저벅저벅.

그런 침묵 속에 가주 당의군이 단상에 올라갔다.

그리고 천천히 품에서 기다란 담뱃대 하나를 꺼냈다.

스으읍.

연초의 짙은 향이 당옥 안에 퍼지기 시작했다. 그때까지도 당가 사람들은 아무 말 없이 숨을 죽이고 있었다.

스읍, 쓰으읍.

그렇게 몇 번 장죽을 빨아대던 가주가 입을 열었다.

"독선, 다시 한번 묻겠으니 진실만을 대답하시오."

갑자기 동생의 말투가 변하자 노천은 본능적으로 가슴이 철렁했다.

"명호가 당가임을 알렸음에도 죽였다. 맞소?"

"…그렇소이다."

"거기에다 말로 표현할 수 없을 정도로 잔혹하게 죽였다. 맞소?"

"그렇소이다."

"또 거기에다 무인 하나를 떼로 몰아 죽였다. 맞소?"

"그렇소이다."

"그리고 그 정도라면 아마… 죽은 뒤까지 그 몸에 난자를 했을 터인데… 맞소?"

"그렇소이다."

빠각.

노천의 대답과 동시에 당의군이 장죽을 부러뜨리고는 싸늘히 입을 열었다.

"나가시오, 독선."

"…알겠소이다, 가주."

그는 읍을 해 보이며 곧장 뒤돌아섰다.

그가 밖으로 나가는 동안에도 당의군의 목소리는 계속 들려왔다.

"본가의 전주, 각주, 당주들은 모두 나가도록."

"가, 가주?"

"저희들도 이번 안건에 대해……."

"주둥이 놀리지 말고… 나가시오."

당의군의 목소리가 듣기 힘들 만큼 작게, 그리고 낮아졌다.

사위는 쥐 죽은 듯한 침묵이 퍼져 나갔고, 노천은 조마조마한 가운데 등골이 서늘해졌다.

'화났구나. 가주가 진짜로 화났어!'

의도했던 바이긴 하지만 너무 심하게 터진 모양이었다.

보통 사람들은 화가 나면 언성이 높아진다. 하지만 그의 동생이자 당문의 가주인 당의군은 화가 날수록 성정이 차분해지고, 어조가 낮아졌다.

지금은 거의 목소리가 들리지도 않을 정도였으니, 이는 당가를 나서기 전 수십 년을 함께 지냈던 노천도 처음 보는 일이었다.

우르르르르! 와르르르르!

사색이 된 당가의 실세들이 황급히 뛰쳐나왔다.

아무래도 가주의 성정은 노천이 집을 비운 십수 년간 더했으면 더했지 덜해지지는 않은 모양이었다.

'일단 지르긴 했는데… 괜찮으려나?'

언뜻, 전각 안의 그림자 속에서 선명히 피어오르는 녹광(綠光)을 보며 노천은 가슴을 쓸어내리고 있었다.

이제 와서 드는 생각인데, 모르는 걸 적당히 둘러댄 게 조금 무서웠다.

당문의 가주가 진짜로 화를 내면 무슨 사태가 벌어질지는 아무도 모르는 일이니까.

쾅!

노천이 나가는 순간 부서질 듯 문이 닫혔다. 아마도 장로 중 한 명이 분노를 참지 못하고 화풀이를 한 것이리라.

'생각해 보니 장로들의 성격도 만만치 않았지……'

노천은 서늘한 이마를 훔치며 발을 재게 놀렸다.

*　　　*　　　*

노천은 당옥 옆 내실 중앙 의자에 앉아 있었다.

당옥에서 그간 겪었던 마음의 응어리를 모두 털어냈으니 한결 후련할 법도 한데, 오히려 마음이 먹먹하고 쓰라렸다.

"염병, 오지게 운도 없는 놈."

노천의 눈가에 명호의 넉살 좋은 웃음이 그려졌다.

자신만 보면 헤헤거렸던 그 모습이 오늘따라 영 맘에 들지 않았다.

"에잉."

노천은 명호의 생각에 눈가가 축축해지자 급히 손으로 눈을 문지르고는 고개를 돌렸다.

"독선 형님, 정말 보고 싶었습니다."

'허······.'

내전 문을 열고 익숙한 노인과 이름 모를 사내 두 명이 걸어 들어오고 있었다.

"뒤의 놈들은 뭐냐?"

노천이 당의명 뒤를 따라 들어오는 사내들을 가리키며 물었다.

"아, 형님께 소개해 드리러 왔습니다. 제법 싹수가 보이는 놈들이라서."

중사당 당주 당의명은 뒤돌아 소리쳤다.

"인사드리거라! 본 가의 이름을 크게 날린 어른이시다!"

터억.

그의 말이 끝나기가 무섭게 한 명이 다가와 읍을 해 보였다.

"중사당 독조문 담당인 당고호(唐固湖)라고 합니다."

사내를 빤히 쳐다보던 노천의 시선이 그의 두 손에 머물렀다.

"이놈 손은 왜 이래?"

"독사장(毒沙掌)을 극성까지 익히다 보니 그리되었습니다."

당의명은 제자의 성취가 자랑스러운 듯 말했다.

강호의 무공 중에는 녹두나 모래로 두 손을 단단하게 만드는 철사장(鐵沙掌)이란 것이 있다.

당가의 독사장도 이와 비슷한 수련을 하는데, 차이점이라면 철사장과는 달리 독수(毒水)에 손을 넣고 수련하기에 손에 독이 스며든다는 것이다.

나중에 그 손으로 공격을 하게 되면 상대는 스치기만 해도 중독이 된다.

"손은 뭐 그렇다 치고… 배는?"

노천은 여전히 의심을 풀지 않은 눈으로 물었다.

배가 산처럼 튀어나온 것도 특이했지만 보통 사람의 몇 배나 되는 것처럼 퉁퉁 부어 있었기 때문이다.

"그게… 너무 급하게 익히다 보니 간에 손상이 좀 왔나 봅니다. 험험."

당의명의 말에 노천은 눈살이 찌푸려졌다.

간이 손상을 받으면 복강 안에 복수가 가득 차 배가 부어오를 수 있다.

죽을 날 받아놨다는 위험한 선고인데도 당고호는 자랑스럽다는 듯 으쓱거리며 대답했다.

"손은 눈보다 빠른 법이지요."

'숨이나 좀 쌕쌕거리지 말고 말하거라.'

노천은 목구멍까지 말이 올라왔지만, 너무 뿌듯해하는 그들에게 초를 치지는 않았다.

풀썩.

그때 그 옆에 가만히 서 있던 샌님 같은 녀석이 바닥에 쓰러졌다. 그러고는 바르르 몸을 떨어댔다.

"이놈은 뭐냐?"

노천이 물었다.

"별것 아닙니다. 가만 두면 알아서 일어납니다."

사실이었다.

잠시 몸을 떨던 사내가 천천히 일어나 고개를 숙여 보였다.

"이, 인사가 늦었습니다. 당승호(唐昇湖)라고 합니다. 중사당의 비방 기록을 담당하고 있습니다."

노천이 영 못 미더운 얼굴로 바라보자 당의명이 대답했다.

"중사당에 새로운 독초가 들어오면 이 녀석이 직접 먹어봅니다. 독에 내성이 있는 본가의 사람이 어느 정도 버틸 수 있는지 시험하는 것이지요. 엊그제 남만에서 풍뎅이 하나를 들여왔는데 그놈이 아직 소화가 덜 됐나 봅니다."

'허허허.'

노천은 말문이 막혀 버렸다.

이건 뭐 죽지 않으면 좋고, 죽으면 할 수 없고의 수준이지 않은가.

그 역시 나름 무식한 방법의 효용을 잘 알고 있었지만, 이 정도로 무식하게 시행하지는 않는다. 새삼 자신이 왜 당가를 떠난 이후 연통을 넣지 않았는지 기억이 나는 상황이다.

"그리고 형님께 긴히 드릴 말씀이 있습니다."

멍한 표정으로 있던 노천에게 당의명은 품속에서 뭔가를 꺼내 들었다.

주먹만 한 풀뿌리의 약초 하나가 흔들거리고 있었다.

"이건 신영초(神英草)라는 겁니다. 사천의 산이란 산은 다 뒤져 최근에 발견한 귀한 독초이지요. 이 작은 뿌리 한 가닥을 잘라내 물에 녹이면 능히 백 명을 죽일 수 있는 독물이 만들어집니다."

멍하니 바라보는 노천을 향해 그는 비릿하게 웃음을 지으며 말했다.

"듣자 하니 겁대가리를 상실한 팽가의 놈들이 일을 벌인 것 같은데… 허락하시면 제가 사람을 보내 우물에 이걸 풀겠습니다. 절대 눈치채지 못하리라 보증하지요. 이 뿌리 하나로 팽가 놈을 한 번에 모두 끝내 버리겠습니다."

"허……."

노천은 혀를 찼다. 그냥 듣기엔 화끈하고 시원해 보이지만 이는 실로 무시무시한 일이었다.

우물에 독을 타다 당문의 소행임이 밝혀지면?

하루아침에 무림공적이 되어도 할 말 없는 악독한 짓이 아닌가.

"독천 형님."

머리를 부여잡던 노천이 옆으로 돌아갔다. 문 귀퉁이쯤에 서 있던 한 노인이 손짓을 해댔다.

"가주께서 찾으십니다."

"그래, 일단 가세."

당의명이 자리에서 일어나는 노천의 소매를 슬쩍 붙잡으며 말했다.

"형님, 한마디만 해주십시오. 그럼 제가 은밀히 움직여 팽가의 우물에……."

"뭐 해, 안 가고!"

노천은 버럭 소리를 지르며 도망치듯 일어섰다.

＊　　　＊　　　＊

당옥에는 이미 당가 실세들이 모두 도착해 기립해 있었다.

노천이 그런 시선을 받으며 단상 앞에서 걸음을 멈추자 가주가 입을 열었다.

"이번 안건에 대해 상의한 결과를 말하겠다."

그는 단상에서 진녹색의 당지(唐紙: 색이 누런 종이) 한 장을 들고 있었다.

얼핏 보면 아무렇지도 않은 듯 노기 하나 없이 또박또박 차근히 말이 이어졌다.

"본 문의 식솔인 당명호가 죽었다곤 하나 팽가, 관과 맹이 개입된 이 사건에 대해 본 가는 자세한 내막을 알지 못한다. 만천화우를 썼다곤 하나 이 역시 그들이 당가란 사실을 알았는지, 그리고 정말로 옳은 일을 하는 중이었는지 알 수 없다. 따라서 이번 사건에 대해 당가는 개입할 명분이 없다."

"……?"

가주의 말을 듣던 노천은 뭔가 잘못 돌아가고 있음을 느꼈다.

자신이 당옥을 나올 때만 해도 분명 가주는 명호의 죽음에 분노하고 있었다.

그런데 지금 하는 말은 전혀 딴판이 아닌가.

"설사 당명호가 자신이 당문의 식솔임을 알렸다 해도 본 가가 맹과 관에 피해를 입힌 격이니 오히려 당가의 가주로서 책임을 져야 함이 옳다."

가주는 거기에 한술 더 떠서 맹과 관을 대변하는 발언까지 연이어 쏟아내고 있었다.

뿌득!

노천의 이가 악물렸다. 하나 가주는 그가 끼어들 틈을 주지 않았다.

"이에 당가는 중립을 견지하고 완전한 진상을 파악하기 전까지 그들의 처사를 용인하며, 팽가와 관, 맹에 끼친 폐에 대해 당문은 스스로 책임을 진다. 본 문의 제자 중 오십 명을 파문하는 것으로 매듭짓고자 하며……."

"가주!"

결국 더는 참지 못한 노천이 노성을 토해냈다.

"대체 이게 무슨 소리요! 관과 맹을 위해 팽가에 협력하겠다니! 거기에다 오십 명을 파문… 그들은 명호를 죽인 자들이란 말이오!"

노천이 뭐라 함에도 가주는 신경 쓰지 않는 듯했다.

탁.

당지를 탁자에 내려놓고는 단상을 내려와 문 쪽으로 걸어 나가고 있었기 때문이다.

"가주! 이것이 내가 알고 있는 당가가 맞소?"

노천이 거듭 소리치자 가주의 발걸음이 천천히 느려졌다.

"명호가! 당가의 식솔이 팽가에 능욕당하며 죽었소! 한 명이 죽었으면 백 명을 죽이는 게 우리 당가요! 그런데 이 결정은 대체 뭐냔 말이오? 이게 내가 알고 있던 당가가 맞느냐 이 말이오!"

"백배로 갚으라고 하셨습니까?"

노천의 울부짖음에 가주는 걸음을 잠시 멈추었다. 그러고는 천천히 뒤돌아 재차 입을 열었다.

"그럼 잘못 알고 계신 겁니다. 우리 당가는 노 형께서 말씀하신 그런 곳이 아닙니다."

감정을 추스르지 못한 노천을 가주는 무심한 얼굴로 바라보았다.

이내 별다른 대답 없이 고개를 돌리며 당옥을 빠져나갔다.

"허어!"

노천은 비분강개하며 입술을 파르르 떨었다. 그의 분노는 곧 한 노인을 향했다.

"일 장로! 명호는 당가 사람이며 천중단에 들어간, 자랑스러운 당신의 아들이오! 그런 그 아이가 팽가 무리에 처참하게 난자당한 사실에도 불구하고 어찌 이런 결정을 한단 말이오! 철혈냉군(鐵血冷君)이라 불리던, 내가 알던 일 장로가 맞는 거외까?"

"……."

일 장로는 대답하지 않았다. 그저 눈을 가늘게 뜨고 있었다.

다른 장로들 역시 가주가 자리를 비운 단상만을 무심하게 바라보고 있었다.

결국 노천은 신음을 터뜨리며 망연자실한 표정을 지었다.

"아……."

믿었고, 의심치 않았던 당가였다.

그런데 모양새를 보아하니 맹과 관이 신경 쓰여 꼬리를 만 형국이었다.

"원한을 품으면 어느 누구도 용서치 않는다는 당가가… 염병, 당가가 대체 어쩌다가 이렇게 되었단 말이냐……."

노천은 자리에 주저앉아 버렸다.

그 어느 곳보다 굳게 믿었던 당가가, 겁먹은 개처럼 꼬리를 마는 행동을 하자 충격이 너무나 커서 서 있을 수도 없었다.

그러던 그때, 그의 등 뒤에서 나지막한 목소리가 떨어져 내렸다.

"그 실행으로, 이 자리에서 가주 당의군이 명하니 당의명과 당의선, 당의비 등 삼당의 당주들을 모두 파직한다."

"……?"

노천의 고개가 반사적으로 뒤로 돌아갔다.

언제 올라갔는지 당의명이 단상 위에서, 가주가 읽지 않은 글귀를 마저 읽어가고 있었던 것이다.

"또한 오각의 각주들, 육전으로 구성된 전주 전원을 예외 없이 파문한다. 뿐만 아니라 그들을 따르는 실무자, 일급 호법 등도 모두 파문하여 당문의 기강을 바로 세운다. 이들은 오늘부로 당문의 사람이 아니며 진상이 밝혀질 때까지 당문에 한 발짝도 들일 수 없다."

"뭐, 뭐? 오각의 각주와 육전의 전주……?"

노천은 저도 모르게 말을 더듬었다.

당의명과 당의선, 당의비(唐意緋).

이들은 중사당, 비암당, 조쇄당(造鎖堂)의 삼당으로 이루어진 당가의 기둥들이었다.

거기에 오각과 육전 역시 삼당과 함께 당가를 받들고 있는 핵심 조직이었다.

"지, 지금 무슨 일이 일어난 게야?"

돌아가는 상황이 너무 이상하게 느껴져서 노천은 어이가 없었다.

가주가 오십 명의 무인들을 파문한다고 한 말만 해도 그로서는 충격이었다.

한데 그 결정이 당문의 일개 무인들이 아니라 전원 요직에, 그것도 최고의 실세들과 핵심 인사만을 골라서 파문해 버리다니?

"형님, 가주께서 내린 지침의 의미를 아시겠습니까?"

멍한 표정으로 있던 노천에게 당의명이 선언문을 들고 느릿하게 내려오며 말했다.

"하면⋯⋯?"

"예. 가주께서는 당가를 대표하는 고수 전원을 파문하신 겁니다."

"⋯⋯!"

노천은 그제야 눈을 부릅떴다.

구대일방, 오대세가를 대표하는 맹이 관여된 사건.

당가의 이름으로 장씨세가에 도움을 준다면 훗날 일이 잘되든 못되든, 반드시 이 일에 대한 대가를 치르게 될 것이다. 그래서 가주는 아예 파문이라는 극단적인 방법을 선택한 것이다.

"당가의 핵심 전력을 노천 형님께 드린 거란 말입니다. 맹의 일이라도 제지받지 않고 마음대로 움직일 수 있게 말이지요."

당의명이 느릿하게 살기 뚝뚝 돋는 어조로 입을 열었다.

상계 집안인 장씨세가와 달리 당문은 뼛속까지 무가 집안.

그 말은 주요 직책에 있을수록 실력이 뛰어나다는 것을 뜻했다.

당가에서 가주와 장로를 제외한 우선순위로 오십 명.

이건 당가의 핵심이 아닌 모든 전력이라 해도 믿을 만했다.

"백배로 갚으라고 하셨습니까?"

"그럼 잘못 알고 계신 겁니다. 우리 당가는 노 형께서 말씀하신 그런 곳이 아닙니다."

"그래, 내가 착각했네. 고작 백배 가지고 갚으려고 했다니……."

마지막 가주의 말을 떠올린 노천이 씨익 웃었다.

당문을 건드린 죗값.

알고 보니 가주의 말은 백배로 갚지 않는다는 뜻이 아니라 고작 백배밖에 되지 않느냐는 의미였던 것이다.

"문주, 출발 안 하시렵니까?"

문득 걸걸한 목소리가 들려왔다. 이제껏 침묵하고 있던 일 장로였다.

"…문주?"

노천의 얼굴이 해괴하게 씰룩거리자 일 장로가 태연하게 되물었다.

"하루아침에 가문에서 파문을 당한 늙은이와 젊은이가 오십이나 되오이다. 당연히 앞에서 이끌어주실 분이 필요하지 않소이까. 강호에 독선으로 이름을 날리신 대형이 아니면 누가 문주를 맡겠소이까."

"…뭐, 나중에 '복귀'할 때까지 임시직이겠습니다만."

당의명이 씨익 웃으며 일 장로의 말을 거들었다.

일 장로가 다시 말을 받았다.

"그러고 보니 문주께서 장씨세가와 연줄이 있다 하셨지요. 그 가문이 제법 돈이 많다더군요. 그런 반면 지금은 꽤 곤경에 처해 있고요. 하루아침에 가문에서 쫓겨난 사람이 오십이나 되니… 한동안 그쪽에서 밥을 얻어먹는 게 어떨까 싶습니다만."

"이놈이 나이 처먹고 실성을 했나."

노천은 어이가 없어 실소했다.

뻔히 보이는 수작을 깔고 있으면서도, 맹이나 관에 들이댈 변명을 미리부터 차곡차곡 준비하는 모습에 어이가 없었다.

하기야, 이런 놈이니 가주를 휘하에서 보좌하는 일 장로씩이나 되었겠지 싶었다.

"자넨 참 그 성질머리 그대로구나."

노천은 감정을 거의 드러내지 않는 일 장로를 보고 고개를 끄덕였다. 그는 화가 나면 얼굴이 더 무표정해지는, 가주와 같은 부류였으니까.

"뭘요, 성질 많이 죽었습니다. 옛날 같았으면 가주의 명도 듣지 않고 하북으로 달려갔을 텐데."

"크크큭……. 염병! 하긴. 삼십 년 전에 화산파 일대제자한테 한 대 처맞고는 화산 전체에 독을 깔아버린 게 자네였지?"

"말은 확실히 하십시다. 깝죽거리다 저에게 죽은 화산파 일대제자한테라고 말이지요."

살기를 머금은 서슬 퍼런 눈동자에 난처한 기색이 보이자 노천이 손사래를 쳤다.

"거, 알았네. 같이 늙어 가는 처지에 서로 너무 이러지 말지."

노천이 화해의 웃음을 보이던 그때, 말수 적은 노인이 한 발짝 나왔다.

"형님, 당가는 명가입니다. 그러니 너무 잔혹하게 살수를 뿌리지 마십시오."

이 장로였다.

"살수를 뿌리지 말라니?"

"적당히 수준에서 손을 봐줬으면 해서 말입니다."

"……."

"한 삼백 정도가 어떨까 합니다."

"허허허."

노천은 또다시 고개를 절레절레 저었다.

이 장로는 일 장로보다 더 말수가 적은 자였다. 그래서인지 그의 잔혹함은 일 장로보다 오히려 더했다.

목소리만 들으면 중후한 저음이지만, 그의 얼굴은 흉측했다. 본래 이 장로는 중사당 출신으로, 독을 너무 많이 다루는 바람에 얼굴이 반쯤 녹아내렸다.

그 때문에 같은 당문 사람들도 얼굴을 마주 보기 힘들어할 만큼 지독한 독인이었다.

"참고하겠네."

노천은 짧게 대답하고 고개를 돌렸다.

그 순간.

"형님, 빨리 가십시다. 애들 다 모아놨습니다."

"독뱀하고 독충도 두둑이 챙겼습니다."

"명을 내려주십시오!"

순간 사방에서 말없던 전주, 각주, 당주들이 고개를 숙여왔다.

'팽가야, 너희들이 무슨 짓을 저질렀는지 곧 알게 될 게다.'

당가의 최정예를 바라보는 노천.

그의 얼굴에 어느새 흐뭇함이 그려져 있었다.

第七章

소집 명령

정오가 넘어가는 시각.

서혜는 책상에 앉아 지면으로 받은 보고서를 읽고 있었다.

* 구문중

—천중 막부단 소속

—직위/별호: 단주/불귀검

—강소 양주(揚州) 유서관(柳西官)이라는 곳의 학사로 근무 중

—한 시진 내로 접촉할 예정

* 방호

—천중 막부단 소속

—직위/별호: 부단주/신비혈랑

—감숙 평량(平凉) 빈민가에 의원으로 기거 중

—세 시진 내로 접촉할 예정

* 염악

—천중 막부단 소속

—직위/별호: 부단주/일도파산

—대별산(大別山) 녹림 노관채(老關寨) 소속

—다섯 시진 내로 접촉할 예정

* 웅산군

—천중 막부단 소속

—직위/별호: 조장/신권무적

—북방 고신 지역의 설원(雪原)

—사흘 내로 접촉 예정

화르르륵.

서혜는 읽은 보고서를 한쪽에 놓인 등불에 가져다 댔다.

이렇듯 극비 중에서도 극비 문서는 보고를 받자마자 없애 버리는 것이 기본이었다.

"웅산군이란 자가 제일 걸리는구나."

종이가 전부 타들어갈 무렵 서혜가 읊조리듯 말했다.

대부분 사내들은 쉽게 연락이 닿는 곳에 있었다. 강소와 대별산은 중원 내에 있고 감숙이 세외 지역이긴 해도 그리 떨어진 곳은 아니기 때문이다.

그런데 설원은 천하의 하오문으로서도 쉽사리 접근하기가 수월하지 않았다.

거리도 거리지만 극한의 추위와 시시각각 변하는 환경에 생존부터 걱정해야 하는 곳.

그곳에서 웅산군이 어디에 머무르는지 일일이 탐문하는 수밖에 없었다.

'본 문 최고의 연락망을 가동했으니… 믿는 수밖에.'

사락.

서혜는 다른 보고서를 향해 눈길을 돌렸다.

천중단의 소식과 더불어 새롭게 들어온 정보였다.

―당가 가주가 파문했다는 소문이 알려짐. 자세한 내용은 추후 보강.

"파문이라고?"

서혜는 자신의 눈을 의심했다. 그리고 혹여나 잘못 본 건 아닌지 보고서를 다시 한번 훑어보았다.

"대체 무슨 일이지?"

당가의 파문은 실로 이례적인 일이다.

혈족에 누구보다 민감하게 반응하는 당가이니 더욱 이해할 수 없었다.

거기에다 한 명도 아닌 무려 오십 명. 대체 당가에 무슨 일이 있었던 것일까?

똑똑똑.

서혜가 조용히 고민에 빠져 있던 중에 문을 두드리는 소리가 들렸다.

"들어오세요."

덜컥.

문이 열리자 그곳으로 시선을 돌리던 서혜의 눈이 커졌다. 들어온 자는 바로 광휘였다.

"무슨 일이 생긴 건가요?"

"아니오. 잠시 할 얘기가 있어서 왔소."

"그래요."

광휘가 한쪽 의자에 앉을 때 서혜는 창가로 걸어갔다. 우연인지 창가 밑에 한 청년이 벽에 기댄 채 나른하게 앉아 있었다.

"사람들을 물리거라."

"옙."

곧 하오문 문도인 청년이 대답과 함께 사라지자 서혜는 광휘 맞은편 자리에 앉으며 슬며시 그를 바라봤다.

평소처럼 무심한 표정의 광휘.

그 모습을 힐끗 쳐다본 서혜가 말했다.

"혹시 어제 새벽에 말씀하신 천중단의 일이 염려되어 오신 건가요?"

"그건 알아서 잘하리라 믿소."

"하면 무슨 일로……."

"시간이 맞지 않소."

"예?"

서혜의 물음에 광휘는 조용히 시선을 내리며 말했다.

"최후통첩에서 말한 날까지 십구 일이 남았소. 관이야 어떻게 손을 쓴다고 하더라도 거리상 해남파가 도착하기 전에 팽가와 조우할 가능성이 높소."

"그건 그래요."

서혜는 광휘의 말에 고개를 끄덕였다.

도지휘사의 문제 때문에 짚고 넘어가지 않았지만, 그것 역시 해결해야 할 일 중 하나였다.

하북과의 거리는 물경 수천 리에 달한다. 아무리 해남파가 빨리 온다고 하더라도 열흘.

이 공자와 묵객이 해남파에 당도하는 시간까지 계산하면 한 달도 사실 불가능에 가까웠다.

"그렇지만 어쩔 도리가 없어요. 관군도 벅찬 마당에 그들의 진격을 어떻게 막겠어요?"

"소저께선 저들의 약점이 뭐라고 생각하시오?"

"약점요?"

서혜는 당황하며 눈을 동그랗게 떴다.

약점.

생각해 본 적 없는 말이었다. 그저 맞서 싸울 일만으로도 벅찬 상황이기에 거기까지 생각이 미치지 못한 것이다.

이윽고 광휘의 담담한 목소리가 흘러나왔다.

"뛰어난 무사가 도합 천에 가까운 병력. 하지만 그 내면을 보면 전부 그렇지는 않소. 관과 맹, 팽가와 달리 단순한 이익으로 뭉친 협력관계인 곳이 있으니까."

"......"

"화월문과 천외문이 그렇다는 것이오."

순간 서혜는 광휘가 무슨 말을 하려는지 눈치챘다.

"본진이 비었다는 말씀을 하고 싶은 건가요?"

"그렇소."

서혜의 눈이 조금 커졌다. 하지만 그것만으로 모든 의문이 해소되지 않았기에 그다지 놀란 기색은 아니었다.

"비웠다 하더라도 지금 상황에 어떻게 할 방법이 없지 않나요?"

"혹 문주도 같이 따라온 거요?"

"아뇨. 문주는 움직이지 않았어요."

"그럼 그를 죽이면 되겠구려."

서혜의 눈이 커졌다.

본진에 급습해 그를 죽인다. 생각지도 못한 말이었다.

광휘의 말대로 문주가 죽는 일이 벌어진다면 화월문과 천외문의 병력은 본문으로 돌아갈 것이다.

그게 아니더라도 적어도 시간은 충분히 벌 수 있다. 팽가의 병력이 반으로 쪼개지는 것이니까.

"관도 그렇소. 백 명의 관병들을 팽가로 보낸 지부대인, 그의 목을 베어버리면 관병은 관으로 복귀할 수밖에 없을 것이오."

"공격을 하려면 적기는 지금이란 말이군요."

서혜는 차분히 말을 이었다.

"하나 대협, 화월문과 천외문은 정사지간을 대표하는 자들이에요. 지부대인 역시 뛰어난 호위무사들이 즐비한 부(府)의 수장이고요. 그들을 죽이려면 적어도 백대고수 수준의 고수가 필요해요. 뿐만 아니라 종적을 들키지 않아야 해요."

"......"

"관군의 시체에 검술이나 도법으로 특징적인 흔적이 나타나도 안 돼요. 장씨세가에서 공격했다는 걸 드러내는 꼴이니까요. 하지만 현재 장씨세가엔 그럴 만한 인물들이 없어요."

서혜의 말에 광휘가 천천히 고개를 끄덕였다.

"하오문의 서 소저도 제대로 알지 못하니 그 부분에서는 문제가 없을 듯하구려."

"제가 모르는 고수라도 있다는 건가요?"

서혜는 눈을 동그랗게 뜨며 되물었다.

광휘는 내리깔던 눈을 그제야 들며 말했다.

"파불이라고 들어보았소?"

*   *   *

푸드덕푸드덕.

비둘기 한 마리가 창가로 날아들었다.

끼익.

기다렸다는 듯 창문이 열리며 한 노인이 비둘기를 낚아채 발에 묶인 종이를 떼어냈다.

—혼란이 사흘째 이어짐. 백 명에 가까운 사람들이 장씨세가 내원을 이탈.
—호위무사 광휘가 돌아옴.
—내각에서 서찰을 급파. 청성파, 남궁세가로 추정 중.
—묵객과 장웅이 며칠째 보이지 않음. 무슨 이유인지는 조사 중에 있음.

"쯧쯧쯧."
서신을 읽어가던 팽인호가 가볍게 혀를 찼다.
"무슨 일이오, 팽 장로?"
등 뒤에서 누군가 그를 부르는 소리가 들리자 그는 서신을 접었다.
"난감한 소식을 전해 들어서 말입니다."
그러고는 서신을 든 채로 팽인호가 뒤돌아섰다.
"소식? 무슨 소식이오?"
"장씨세가가 청성파와 남궁세가에 협조 요청을 보냈다고 합니다."
"허허허. 협조 요청이라."
육십 줄은 되어 보이는 노인은 어깨까지 내려온 수염을 쓸어내리며 헛웃음을 흘렸다.

그러자 맞은편에 앉아 있던 노인도 자못 진지한 표정으로 대답했다.

"장씨세가도 나름 억울한 면이 있는 것 같구려."

그들을 바라보던 팽인호의 입가에 미미한 미소가 흘렀다.

직접 부르지 않았음에도 팽가를 돕겠다고 찾아온 이들이 바로 청성파 청운 도장과 남궁세가 남궁백 장로였던 것이다.

"소인, 괜한 걱정이 듭니다. 장씨세가의 음모에 남궁세가와 청성파도 자칫 흔들리지 않을까……."

팽인호는 짐짓 굳은 표정을 지으며 말을 이었다.

"아시겠지만 그곳에는 비상한 머리를 가진 장련이란 여인이 있으니, 혹여나 술수를 쓸 수도 있지 않겠습니까?"

"팽 장로가 한 말이 전부 사실이라면 전혀 그리 생각하지 않아도 될 거요. 공명정대한 일이라면 청성파는 당연히 협조할 것이오."

그 말이 끝나기가 무섭게 청운 도장이 말을 받았고 뒤이어 남궁백 장로도 말을 이었다.

"본인이 여기로 오기 전 본 가에 팽가의 입장을 누누이 일러 주었다오. 그러니 그들의 요구에 절대로 응할 리는 없을 테지요. 아니, 아예 서신을 거들떠보지도 않을 것이오."

"두 분의 말씀만으로도 든든해집니다."

팽인호는 예를 차리며 고개를 숙였다. 이후, 방 안을 훑고는 말을 이었다.

"어쨌든 먼 길에도 불구하고 이렇게 몇 번이고 찾아주셔서 감사드립니다. 이 일이 끝나면 팽가는 남궁세가와 청성파의 은혜를 잊지 않을 것입니다."

"은혜라니. 어찌 그런 말을 하시오."

"우린 은혜를 바라고 여기 온 것이 아니오."

남궁백이 인상을 굳히고 청운 도장의 언성이 높아지자 팽인호가 손을 저었다.

"압니다. 당연히 어려움에 처한 본가에 대한 측은지심이란 것을 제가 어찌 모르겠습니까. 하지만 그냥 가신다면 제 마음이 너무 편치가 않습니다."

"그 얘긴 나중에 합시다."

"남궁백 장로 말씀이 맞소. 사안이 아직 끝나지 않은 것을."

두 노인이 인상을 굳히자 팽인호는 속으로 혀를 찼다.

교묘하게 공명정대함을 내세우지만 분명 세속의 이익 역시 밝히는 자들이다. 그렇지 않다면 이 시기에 굳이 찾아오지 않았으리라.

'팽가가 힘이 생기는 것을 두려워하는 것이겠지.'

하지만 팽인호는 속내를 드러내지 않고 오히려 미소로 화답했다.

"그럼 먼저 들어가 보겠소이다."

두 노인은 자리에서 일어서며 곧장 방을 나갔다.

팽인호는 창가로 고개를 돌렸다.

"결국엔 이렇게 될 일이었습니다."

방 안에 홀로 있던 그는 누군가를 떠올리며 혼잣말로 중얼거렸다.

"굳이 찾아 나서지 않아도 그들이 이렇게 정보를 물어 오기도 하지요."

현재 청성파와 남궁세가뿐만 아니라 장씨세가 역시 그 일부는 팽가에 동조하고 있었다. 스스로 팽가의 심복을 자처하며 적극적으로 소식을 알려온 것이다.

"이것이 힘의 차이입니다. 아무리 보호하려고 해도 그 기반이 부실하면 무너지는 법이지요."

적이 어떻게 나올지는 불 보듯 뻔했다. 군이 항복 선언을 받을 필요도 없을 만큼 현 장씨세가는 급속도로 분열되고 있었다.

"내 뒤엔 누가 있을 것 같나?"

살포시, 노인의 목소리가 들려온다.

자신감이 깃든, 마치 자신의 모든 것을 꿰뚫어 보는 듯한 그의 눈빛과 함께.

"누가 있습니까? 대체 누가 있는 겁니까? 혹시 광휘란 자, 그 무사만 믿고 있는 겁니까? 크하! 크하하! 으하하하하!"

팽인호의 웃음은 조금씩 커져갔다. 그러다 종국엔 주체할 수 없을 정도로 미친 듯이 웃어댔다.

그러던 어느 순간 뚝 하고 멈추더니 매섭게 눈을 떴다. 노려보는 눈가엔 어느덧 살기가 피어오르고 있었다.

"능시걸, 당신은 졌습니다."

*　　　　*　　　　*

방천은 나무숲 아래에 꽤 오랜 시간을 서 있었다.

장씨세가 외곽에서, 지대가 높은 곳인 내원의 모습이 한눈에 보였다.

"형님, 최근 장씨세가 분위기가 심상치 않군요."

참선을 끝내고 내려온 두 노승 중 방윤이 넌지시 물었다.

그 역시 장씨세가에 관심이 없다곤 하나 현 내원의 분위기를 모를 수가 없었다.

헐레벌떡 뛰어가는 사람, 삼삼오오 모여 얘길 나누는 장면이 자주 목격됐기 때문이다.

"한번 알아봅니까?"

"우리가 개입할 사안이 아니다."

방곤이 넌지시 묻자 방천은 고개를 저었다.

"잊지 말거라. 우리가 여기엔 온 것은 폭굉 때문이다. 그분의 부탁이 없다면 설령 장씨세가가 위기에 빠지더라도 움직이진 않는다."

대형의 말에 두 노승은 일제히 읍을 해 보였다.

그의 말은 다시 한번 자신들이 이곳에 온 이유를 되새기게 하고 있었다.

"누가 옵니다."

때마침 방곤이 아래에서 느껴지는 인기척에 입을 열었다.

방윤과 방천의 시선이 자연스럽게 그곳으로 향했다.

"시주?"

광휘가 나타나자 세 노승은 모두 의아한 시선으로 변했다.

"무슨 일이 있으십니까?"

방천이 한발 나서서 묻자 광휘가 고개를 끄덕였다.

"부탁할 일이 생겼소."

"말씀하시지요."

"팽가가 움직이기 시작했소. 맹과 정사지간이라는 화월문과 천외문 그리고 관병까지 모두 합세한 상황이오."

"흐음."

방윤과 방곤은 짤막히 신음을 흘렸다. 그제야 최근 일들이 어찌 흘러가는지 깨닫는 그들이었다.

"소승들이 무얼 하면 좋겠습니까?"

방천은 나직이 물었다.

"화월문과 천외문의 문주, 패주의 지부대인을 제거해 주시오. 그들이 없어지면 팽가에 모인 두 문파의 병력과 관병들이 자연스럽게 빠질 것이오."

"본진을 쳐서 병력을 회군시킨다라……"

방천은 잠시 읊조리다 재차 물었다.

"시주, 혹 이번 일이 폭굉과 관련이 있는 겁니까?"

"물론이오. 팽가를 물리쳐야만 그 뒤에 몸을 숨기고 있는 자들을 불러낼 수가 있소."

"단순히 병력을 회군시키는 것에 그칠 것입니다. 이후, 장씨세가가 그들의 병력을 감당할 수 있습니까?"

"해남파가 도와줄 것이오."

"해남? 방금 해남이라고 하셨습니까?"

조금 당황한 방천의 물음에 광휘가 고개를 끄덕였다.

"그렇소. 할 수 있겠소?"

두 노승은 조용히 침묵하며 방천의 대답을 기다렸다.

방천은 잠시 하늘을 힐끗 올려다보더니 대답했다.

"단순히 병력을 회군시키는 효과를 노린다면 좀 더 확실한 방법을 쓰는 게 좋겠습니다."

"…어떤?"

"효시(梟市)라고 들어 보셨습니까?"

효시.

목을 베어 모두가 보게끔 높은 곳에 매달아놓는 것.

문주의 목이 대문에 걸리면 충격이 몇 배는 클 거란 얘기였다. 최소한 병력이 미친 척 진군하지는 못할 것이란 그의 판단이었다.

"스님께서 그걸 하실 수 있겠소?"

광휘는 걱정스럽게 물었다.

사람을 죽인 뒤 효시를 하는 일은 복수심이 가득한 강호의 무인 혹은 사파나 할 법한 짓이었다.

아무리 파불이라지만 그들 역시 한때 부처를 모신 자들이 아닌가.

"아불입지옥 수입지옥(我不入地獄 誰入地獄)이란 말이 있습니다. '내가 지옥에 들어가지 않으면 누가 지옥에 들어가랴'라는 뜻입니다."

방천이 광휘를 향해 반장을 하며 말을 이었다.

"저희가 파불이 된 것은 소림에서 단순 계도로 해결할 수 없는 일들을 하기 위해서입니다. 이로 인해 사람들의 목숨을 더 살릴 수 있다면 주저 없이 할 것입니다."

광휘는 잠시 두 노승을 바라보았다.

그들 역시 승낙한 듯 반장으로 예를 표하자 광휘는 고개를 끄덕였다.

"말씀 잘 알겠소. 기한은 보름이오. 너무 빨리 처리하면 수습한 뒤 곧장 장씨세가로 올 것이고, 너무 늦게 처리하면 미처 소식이 닿지 않을 수 있소."

적당한 시간.

갑작스러운 환경 변화에 팽가가 병력을 움직이지 못할 만한 시간. 그것이 필수였다.

"언제쯤 출발하면 됩니까?"

방천의 물음에 광휘가 짧게 대답했다.

"지금 가시오."

*　　　*　　　*

새벽빛이 밝아오는 시각.

금빛 비단옷을 입은 장년인이 관에 놓인 시체 한 구를 내려다보고 있었다.

"도기(刀氣)라……"

그의 시선은 잘려 나간 유 위관의 목과 손이 아닌 허벅지로 향해 있었다.

너무나 매끈하게 잘린 형태.

이는 단순한 날이 아닌 웅축된 기(氣)라는 것을 직감한 것이다.

"묵객이었소."

때마침 그 옆으로 활을 든 중년인이 다가와 말했다.

운 위관으로, 과거 장련과 명호에게 활을 쏜 장본인이었다.

"확실한가?"

가늘게 뜬 눈과 서늘한 말투에 운 위관이 잠시 머뭇거리더니 대답했다.

"사실 그때… 상황이 어렵다고 판단해 몸을 뺀 상황이었소. 하지만 분명 묵객이 온 걸 두 눈으로 보았소."

운 위관은 힘 있게 대답하지 못했다.

동료들이 죽어가는 와중에 몸을 뺐다는 말을 자백하는 것이기 때문이다.

"흠."

운 위관은 제법 켕겼지만 다행히 장년인은 주검의 상태를 확인하기에 여념이 없었다. 그가 걱정했던 질책이나 책망은 들려오지 않았다.

"운 위관."

허리를 구부린 채 한참 주검을 확인하던 장년인이 일어섬과 동시에 입을 열었다.

"아무리 당대 칠객이 뛰어나다 하더라도 이토록 정밀한 도기를 사용한다는 얘기는 들어본 적 없네. 더구나 수십 명의 궁사와 관병과 함께 금의위 위관 다섯이 그 자리에 함께 있었네."

"……"

"묵객이 천하제일고수라도 된다는 건가?"

장년인의 물음을 듣자마자 운 위관은 머리가 쭈뼛쭈뼛해짐을 느꼈다.

지금 장년인의 물음 속엔 이 사건의 핵심과 함께 자신에 대한 문책 또한 들어 있음을 깨달았기 때문이다.

상황이 어렵다고 판단해 몸을 뺐다고 했으니 묵객이 그만한 실력자란 얘긴데 그게 말이 되느냐라는 물음이었다.

확실히 그럴 만했다. 지금 입을 연 초명(礎明)은 금의위 서열 사 위이며 금의위를 가르치는 교두 위관이었으니까.

"다른 한 명이 더 있었겠지."

운 위관이 말하기 직전 다른 쪽에서 금빛 복장의 사내가 걸어오며 말했다.

금의위 서열 육 위 송자익(宋字益)으로, 금군(金軍)의 행동 규율을 책임지고 있는 자였다.

"죽은 유 위관과 정 위관의 시체를 보니 한쪽은 도(刀)에, 다른 한쪽은 창에 찔려 죽었네. 사인을 봐도 동일 인물은 아니었어. 그렇지 않은가? 운 위관?"

"…맞는 말씀이오."

송 위관이 묻자 운 위관은 그를 향해 고개를 끄덕이며 그제야 설명하기 시작했다.

"그는 엄청난 신위를 보이는 고수였소. 청살혈독에 맞고도 신 위관과 한 위관을 해했으니까."

"호오."

초명의 눈이 가늘어졌다.

청살혈독이 어떤 독인지 아는 그였기에 더욱 놀라움이 큰 듯했다.

"모두 이리 와보게."

그때였다.

다른 쪽에서 들리는 장년인의 목소리에 초 위관과 운 위관의 시선이 그리로 쏠렸다.

"무슨 일인가, 진(眞) 위관?"

초명은 자신과 같은 나이 대인 장년인, 진사중(眞事重)을 향해 물었다.

그는 주검이 된 신 위관의 상태를 살펴보는 중이었다.

"사인을 발견했네. 죽은 신 위관의 몸에 낯익은 살인 무예의 흔적이 보이네."

초 위관과 송 위관, 운 위관이 동시에 바라보자 그는 나직이 말을 이었다.

"상대가 팔룡검의 허수추평을 썼네."

"뭐라고?"

"……!"

초명이 눈을 가늘게 떴고, 송자익이 눈앞의 시신을 보며 상처 부위를 더듬었다.

"확실해. 허수추평의 검로는 독특해서 다른 것과 헷갈릴 일이 없네."

진사중의 말에 초명은 조용히 기다렸다.

이윽고 송자익이 손을 떼며 운 위관을 향해 물었다.

"하면 청살혈독을 맞은 그자가 광휘란 말인가?"

"그자는 아니었소."

운 위관이 고개를 저으며 말했다.

"예전에 먼발치에서 광휘를 본 적이 있소. 분명 그는 아니었소. 그와 같이 있던 다른 사내였소."

"뭐, 당연히 그렇겠지."

초명의 대답에 운 위관의 미간이 꿈틀댔다. 기분 탓인지 몰라도, 마치 '네가 광휘와 만났다면 이렇게 살아 있지 못했을 거다'라는 말로 들리지 않는가.

"광휘란 이름이 나와서 말인데 굳이 이렇게까지 해야 하나 싶소."

반발심 때문인가, 운 위관이 그동안 느꼈던 속내를 꺼내기 시작했다.

"무슨 말인가?"

진사중의 물음에 운 위관이 대답했다.

"삼천의 군병들을 소집한 것 말이오. 난 도저히 이유가 뭔지 모르겠소. 고작 일개 세가 하나를 치는 데 왜 이리 많은 관병들을 모으라 청을 한 것이오?"

군사를 모은 건 도지휘사지만 그 이면에 사관이라는 자와 금의위의 입김이 있었다는 것을 운 위관은 알고 있었다.

"자넨, 우리가 여기에 온 이유가 뭐라 생각하는가?"

진사중이 질문했다.

잠시 생각에 잠긴 운 위관이 말했다.

"당연히 광휘란 일개 무인을 잡기 위해서 그리 많은 군병을 모은 건 아닐 테고……."

"맞아. 그것 때문이네."

"…방금 뭐라고 하셨소?"

초명의 말에 운 위관의 시선이 그에게로 향했다.

어처구니없는 상황에 그의 얼굴이 황당함으로 물들어 있었다.

"당상관의 부탁으로 그를 처리하기 위해 온 것이네. 그가 장씨세가의 핵심 인물이니까."

"허… 실로 어이없는……."

운 위관이 말을 채 잇지 못하고 얼버무렸다. 대체 이들은 무슨 얘길 하고 있는 것일까?

"여기들 계셨소이까."

때마침 문이 열리고 무장을 한 세 명의 관병이 밀실 안으로 들어섰다.

"무슨 일인가?"

송자익이 앞서 묻자 관병 한 명이 앞으로 나서더니 읍을 해 보였다.

"도지휘사께서 찾으십니다."

"곧 가지."

"그럼."

대화가 끝나자 관병은 급히 나갔다.

이윽고 송자익이 손을 저으며 앞장서 걸어 나갔고, 뒤이어 진 사중이 따라 나갔다.

여전히 움직이지 않는 운 위관.

그를 슬쩍 본 초명이 뒤늦게 몸을 움직였다.

"그가 천하제일고수라도 된다다이까?"

운 위관이 참지 못하고 아까 들었던 말을 고스란히 되돌려 주었다.

초명이 발을 늦추며 뒤돌아보았다.

"자넨 언제 승급을 했지?"

"오 년 되었소."

"그래, 오 년이라면 아직 상황을 제대로 파악하지 못하겠군. 그가 누구인지도."

"무슨 말이오?"

운 위관이 목소리를 높이자 초명이 냉담히 말했다.

"어쨌든 곧 알게 될 걸세."

"……."

"당상관이 무슨 생각으로 우릴 여기에 보냈는지. 왜 우리가 그를 신경 쓰는지를."

*　　　*　　　*

"오셨소이까."

도지휘사는 방문을 열고 들어오는 금의위를 맞이했다.

직급상 도지휘사가 신분이 높더라도 금의위 위관을 함부로 대할 수는 없었다.

방에는 그 외에도 세 명의 관인도 함께 기립해 있었다. 천호장들로 군사 천 명을 지휘하는 무장이었다.

"시신을 최대한 그대로 보존하라 명했는데 별다른 문제는 없으셨습니까?"

"신경 써주신 덕분에 사인을 알아내는 데 도움이 되었소."

"도움이 되었다니 다행입니다."

금의위와 도지휘사가 몇 마디 나누며 자리에 앉을 때였다.

"다들 모이셨군요."

얼굴을 부채로 얼굴을 반쯤 가린 미공자 한 명이 들어왔다.

이번 계획을 추진하고 만든 운단서(雲檀瑞).

사관의 직급으로 알려졌지만 실은 과거였고, 현재는 도독첨사(都督僉事) 아래서 실무를 담당하는 수장인 각사난중(各司郎中: 정오품)의 직무를 맡고 있었다.

"자리에 앉아주시길 바랍니다."

운단서는 단상에 올라가며 말했다.

사람들이 모두 자리에 앉자 그는 긴 두루마리를 가지고 들어온 뒤 모두가 잘 보이는 곳에서 펼쳐 들었다.

"그럼 제가 계획한 전략을 말씀드리겠습니다."

"운 각사…… 전략이란 게 뭐 있겠소? 그냥 싹 쓸어버리면 되는 게 아니오?"

운단서의 말에 도지휘사가 피식 웃으며 너스레를 떨었다.

오군도독부(천하의 군대를 관장)에 청을 넣어 군사를 모으고 병부(군정을 주관하는 기구)에 인근 군사를 출병하란 명을 받아냈으나 사실 그는 이런 방식이 달갑지 않았다.

고작 일개 상계 집안을 상대로 너무 많은 군대를 모았다고 생각했기 때문이다.

"그건 또 그렇지가 않습니다."

운 각사는 밝게 웃으며 말을 흘렸다.

"군대를 일으킨 목적은 장씨세가 집단뿐만 아니라 호위무사, 즉 광휘란 자를 잡기 위해서입니다. 거기에 예측할 수 없는 변수도 있지요."

"개방과 모용세가가 빠져나간 지금 변수라고 해봤자 구룡표국뿐이오. 그리고 호위무사는 훌륭하신 금의위 분들이 알아서 잡을 터인데 뭐가 그리 걱정인 것이오?"

운 각사의 말에 도지휘사는 더욱 이해할 수 없다는 듯 말했다.

"광휘란 자가 천중단 출신이란 걸 아시면 이해하는 데 조금 도움이 되실 겁니다."

"천중단? 그가 천중단 출신이었소?"

"그렇습니다. 최근에 병부 밑의 각사난중이란 직무를 맡긴 했지만 몇 달 전만 해도 제가 조정의 사관으로 근무를 했었지요. 도지휘사께서도 그리 알고 계실 테고요."

그 말에 도지휘사의 반응이 확 달라졌다.

그 역시 천중단이 어떤 곳인지, 어떤 인물들이 있었는지 알고 있었다. 과거에 관이 무림맹의 무부들을 부려 은자림의 적도들을 색출했던 업무에 그 역시 관여된 적이 있으니까.

"무슨 말씀인지 알겠으나, 제아무리 천중단 출신이라 하더라도 천호장 두 명이면 충분하오. 그들 역시 강호에 나가면 능히 백대고수라 불리는 자들이오."

도지휘사가 뒤쪽을 바라보며 흐뭇해하자 천호장 셋이 짧게 고개를 숙였다.

누가 보기에도 강건한 눈빛. 그곳에서 강렬한 기광이 흘러나오고 있었다.

"대인, 천중단 출신이 왜 대단하다고 일컬어지는지 아십니까?"

운 각사가 또다시 그를 불렀다.

도지휘사의 고개가 그에게 고정되자 이윽고 입을 열었다.

"과거의 백대고수가 거의 다 죽어버렸기 때문입니다."

"그게 무슨 뜻입니까?"

도지휘사가 고개를 갸웃거리며 물었다.

"현 중원에서 백대고수의 실력이 과거 백대고수와는 차이가 있다는 것을 말씀드리는 겁니다. 쉽게 말해."

운 각사는 진중한 눈빛을 띠며 말했다.

"즉, 현재 십대고수의 실력이 과거에는 그저 백대고수 정도밖에 되지 않았다는 얘깁니다."

"크흠."

도지휘사가 짧게 침음했고 운 각사는 계속 말을 이어나갔다.

"한때 조정의 사관이었던 제가 파악한 천중단은 기습, 유인, 살인에 특화된 집단이었습니다. 사파 척결단이라 불리는 곳이지요. 그 내면을 더 들여다보면 잠입, 암살에 특화된 집단도 있었습니다. 바로 살수 암살단입니다."

굳이 자리에 있을 필요가 없다고 여긴 도지휘사가 방을 나가고, 운 각사는 금의위 넷과 천호장 세 명이 앉아 있는 자리에서 설명을 이어나가고 있었다.

"광휘란 자는 살수 암살단이었습니다. 몸을 숨기고 적진에 잠입하여 상대를 쥐도 새도 모르게 죽이는 것이 그의 특기였지요."

"그 말은 우리가 장씨세가에 도착하기 전에 그가 손을 쓸 가능성이 있다는 것이구려."

금의위 하나가 고개를 끄덕였다.

"하지만 그건 또 재미있는 일이 되지. 그가 나타나는 걸 미리 알고 사전에 준비해서 제거해 버리면 장씨세가를 날리는 것은 매우 쉬운 일이 될 터."

또 다른 금의위 하나가 말을 받았다.

"그렇습니다. 따라서 행군 시와 주둔 시 모두 원진(圓眞) 형태를 유지할 것을 권합니다."

스윽.

운 각사가 두루마리를 펼치자 그곳에는 둥근 원을 중심으로 서른 개의 그림이 그려져 있었다.

"만약 광휘가 암습해 온다면, 당연히 최고의 지휘관을 노릴 테니 도지휘사께서 가장 가운데에 위치하는 것이 좋겠지요. 그 주위를 금의위 분들께서 경계하시고, 천호장이 주변을 받치는 형국입니다."

그는 설명을 계속 이어나갔다.

"신호 체계를 빠르게 하기 위해 십호장급 이상은 모두 신호탄을 가지도록 지시해 놓았습니다. 신호탄이 터지면 기마병이 따라가 그의 움직임을 늦추고 궁사들은 금의위와 함께 움직이면 됩니다."

간단한 설명이었지만 상당히 효과적인 방법이었다.

아무리 강한 무인이라 하더라도 결국은 일개 무인이다. 삼천 명의 군사 속을 파고들어 금의위의 눈을 속이고 도지휘사를 암습하기란 불가능하기 때문이다.

"더는 없나?"

초명이 묻자 운 각사가 고개를 끄덕였다.

"알겠네."

드륵.

초명이 자리에서 일어나 방을 나갔다. 진사중도, 그리고 송자익도 그렇게 자리를 빠져나갔다.

뒤이어 천호장도 빠져나가자 운 각사는 가지고 온 두루마리를 정리하기 시작했다.

"난 뭐 또 대단한 전술이라도 있을 줄 알았더니……."

아직 채 나가지 않은 운 위관이 입꼬리를 올리며 말했다.

미공자의 시선이 그리로 향하자 운 위관이 웃으며 말했다.

"아무리 생각해 봐도 참 쓸데없는 짓이군."

"……?"

"상대는 고작 한 명이야. 그 한 명을 상대로 다들 이게 뭐 하는 짓인가?"

하나같이 맘에 드는 것이 없었다. 다른 금의위들도 그렇지만 조정의 사관이라는 자가 내려와서 하는 행동이 고작 이따위라니.

"어쩌면 그래 보일 수도 있겠군요."

부채를 부치며 지그시 웃는 미공자.

운 위관은 그런 반응에 고개를 저으며 뒤돌아섰다.

"그리고 자네 말이야."

뭔가 생각이 난 듯 운 위관이 운 각사에게 다시 말을 붙였다.

"오늘 점심쯤 출정을 떠날 건데 복장이 그게 뭔가?"

다들 출정 준비에 여념이 없는데 운 각사만큼은 옷차림이 화려했다. 마치 귀빈을 맞이할 때 입는 옷차림처럼.

"혹시 못 들으셨습니까?"

"뭘 말인가?"

"저는 안 갈 생각입니다."

운 각사의 대답에 운 위관이 고개를 갸웃거렸다. 도지휘사까지 움직이는 와중에 그가 가지 않는다는 게 이해가 되지 않은 것이다.

"왜지?"

"흐음……."

부채를 몇 번 부치다 말했다.

"글쎄요, 왜일까요."

"……."

무슨 뜻인지 파악하려는 운 위관의 매서운 눈빛에 운단서는 창가로 넌지시 고개를 돌리며 피식 웃어 보였다.

"곧 아시게 될 겁니다."

第八章

은둔 고수

희미한 등불이 방 안을 비추는 저녁.

장련은 흰 수건을 조심스레 내려놓으며 생각에 잠겼다.

그녀가 이마 말에 수건을 놓은 사람은 장원태.

여긴 가주의 거처였던 것이다.

'아버지…….'

팽가의 사건 이후 장원태의 몸은 꾸준히 악화일로를 걷고 있었다.

중간중간 기력을 끌어내어 업무를 보긴 했지만 그건 어디까지나 정신력으로 버티는 것일 뿐.

가뜩이나 장씨세가 내원의 상황에 힘들어하던 그는 관군이 몰려온다는 얘기에 그 자리에서 쓰러졌다. 그리고 벌써 닷새가

지나도록 일어나지 못하고 있었다.

'이렇게나 힘든 걸 버티고 계셨던 건가요, 아버지.'

장련은 문득 눈물이 맺혔다.

팽가와 관(官)과 맹(盟).

하나하나만 해도 엄청난 압박을 느끼게 되는 상대다. 한데 그들 셋이 몰려들어 오는 압박에 장씨세가의 가주는 몇 번이고 피를 토하는 심려를 거쳐야 했다.

그리고 지금 장련은 그 무게가 얼마나 큰 것이었는지 새삼 깨달았다. 다름 아닌 그녀가 그것을 지고 있었으니까.

"련이냐?"

문득 눈가를 가늘게 떨며 장원태가 장련을 불렀다.

"몸은 좀 어떠세요?"

울음을 급히 삼키며 장련이 장원태의 손을 잡았다.

"좋구나. 많이 나아졌다."

스윽.

"아버지, 아직……."

장원태가 몸을 일으키자 장련이 손사래를 쳤다.

"괜찮다."

장원태는 그녀의 손을 무르고 느릿한 자세로 침상에 앉았다.

잠시 고개를 돌려 창가를 보던 그는 나직이 입을 뗐다.

"내가 누운 동안 시일이 얼마나 지난 것이냐?"

"최후통첩까지 열흘이 남아 있어요."

"도지휘사 쪽은?"

"오늘 출병 소식이 들려왔습니다."

"집안이 많이 혼란스럽겠구나."

"……."

장련은 말없이 고개를 숙였다.

혼란스러운 정도가 아니라 지금은 거의 파탄이 날 지경이었다.

현재 장씨세가는 이백여 명에 가까운 사람들이 떠나거나 사라진 상태였다. 앞으로도 얼마나 떠날지 알 수 없었다.

가뜩이나 흔들리는 사람들을 선동해서, 장씨세가를 떠나 팽가에 충성하자는 '대세론'도 심심치 않게 퍼지고 있다고 했다.

"팽가는 몰라도 관군의 진격은 어떻게든 제가 막아볼게요."

다부진 대답에 장원태의 고개가 장련에게로 돌아갔다.

"각 성의 지부, 지주, 지현의 대인들, 안찰사(按察司)의 관료, 포정사(布政司) 관료들. 그들에게 매해 엄청난 공물을 바치고 있는 게 본 가예요. 제아무리 도지휘사가 본 가를 친다고 하지만 그들의 실익 역시 무시할 수 없을 터."

장련의 눈에 빛이 어렸다.

"그들이 본 가가 당하는 것을 가만히 보고 있지만은 않겠지요. 다른 사람들의 도움 없어도 해볼 만하다고 생각해요."

장원태는 장련을 흐뭇한 시선으로 바라보았다.

대안치고는 제법 훌륭했다.

명은 반정으로 일어난 국가다. 때문에 태조 주원장 이래로 꾸준히 병권을 분리해서 관리하는 것이 위에서의 첨예의 관심

사였다.

장씨세가가 이제껏 '선물'을 바쳐온 대상에는 도지휘사에게 예속되어 있는 지부와 지주도 있지만 그와 분리된, 그리고 때론 그들을 견제하는 안찰사와 포정사 사람들도 있다.

장씨세가가 사라지면 이제껏 매년 올라가던 선물이 사라질 것이고, 그건 이익을 탐하는 다른 관료들에게도 재미가 없어지는 일이 될 터였다.

"이런 때에 누워만 있다니 가주로서 참 부끄러워지는구나."

"아버지… 무슨 그런 말씀을 하세요."

장련이 목소리를 올리며 말했지만 장원태는 여전히 흐뭇한 미소로 바라보고 있었다.

"아직도 개방과 모용세가를 많이 원망하고 있느냐?"

"예?"

"네가 조금 전에 '다른 사람들의 도움이 없이도'라고 하지 않았느냐."

반박하려던 장련은 흠칫 몸을 떨더니 이내 말했다.

"원망하지 않는다고는 못 하겠어요. 언제는 지켜준다고 해놓고 위험에 처하기 무섭게 발을 뺐으니까."

"그러긴 했지."

장원태는 고개를 끄덕였다.

과거 개방이 빠져나가던 내원 상황이 떠오른 것이다. 하지만 그는 거기서 허허롭게 긴 한숨만 내쉬었다.

"흔히 일파의 수장쯤 되는 자들은 말이다, 범인이 보는 것과는 좀 더 다른 것들을 바라보곤 한단다."

의미 모를 말에 장련의 시선이 장원태에게로 향했다.

"난 아직도 믿고 있다. 대국을 바라보는 그의 안목과 본가에 남은 믿음직한 무사들을. 그러니……."

장원태가 장련을 바라보며 부드럽게 웃음 지었다.

"모든 것을 혼자 짊어지려 하지 말거라."

"…네."

모처럼 아버지가 격려해 주는 말이다. 장련은 웃으며 그 말을 받고, 장원태의 이마에 젖은 수건을 다시 한번 올려주었다.

'대체 무얼 믿으신다는 건가요, 아버지……'

하지만 입으로 올린 말과는 다르게 그녀의 속내는 바작바작 타들어가기만 했다.

솔직히 겁이 났다. 그리고 그 겁이 난다는 말을 꺼내기가 무서울 정도로 현 상황은.

정말로 암울했기 때문이다.

'이런 때에 옆에 있어주면 좋을 텐데.'

장련은 답답한 마음에 자꾸만 빈손을 움켜쥐고 또 움켜쥐었다.

손을 잡고 싶고, 힘들다고 투정 부리고 싶은 사람이 있었다. 하지만 그는 벌써 며칠째 얼굴을 보기 힘들었다.

*　　　*　　　*

비석을 세워 놓은 숲속.

한 사내가 눈을 감은 채 검을 잡고 서 있었다.

원래는 나한승의 수련 장소였지만 그들이 떠나자 다른 사내가 이곳을 쓰고 있었던 것이다.

'칠검······.'

돌멩이 하나가 올라가자 광휘의 눈앞에 환영이 어른거리기 시작했다.

일정 시간 기다리던 광휘가 이윽고 검을 움직였다.

파파팟. 파파팟. 파파팟. 파파팟.

엄청난 속도로 휘어지는 괴구검.

그 움직임은 돌멩이가 바닥에 닿자마자 거짓말처럼 멎었다.

스스스스.

"한 번이······."

비석에는 수많은 칼질의 흔적이 남아 있었지만 광휘는 기억했다.

일곱 번을 회전하고 두 개의 비석을 칼로 찔러 넣었다. 마지막 비석을 찌르지 못하고 멈춘 것이다.

"거의 다 따라잡은 건가. 아니면 이만큼이나 남은 건가."

며칠 동안 수련에 몰두했지만 그다지 나아진 것은 별로 없었다. 여전히 칠검 끝자락에서 검을 멈출 수밖에 없었고 다른 초식도 마찬가지였다.

'그나마 바뀐 거라면······.'

비석을 찌르는 생각을 하자 나타나던 환영.

처음엔 꽤 많은 숫자가 움직였지만 지금은 단 하나였다. 이제는 거의 흐릿해져 제대로 보이지 않을 정도였다.

그렇게 광휘는 나한승의 거처에서 내려오는 길에 서혜를 만났다.

거기서 뜻밖의 얘기를 들을 수 있었다.

"말씀드리지 않은 것이 있어 왔습니다."

광휘가 고개를 끄덕이자 그녀는 말을 이었다.

"묵객께서 해남으로 떠날 때 제게 알려주신 말씀이 있습니다. 명호를 죽인 자가, 예전에 장련 소저를 저격했던 궁사일지 모른다고."

서혜가 들고 온 화살 한 대를 꺼내자 광휘의 눈이 날카롭게 변했다.

"얼굴은 본 적이 없다고 하셨지만 극독에 당하셔서 내공을 운기하지 못했다고 하셨습니다."

광휘가 화살을 건네받고는 유심히 내려다보다 말했다.

"그놈이군."

꽈직.

화살이 반으로 꺾이며 광휘의 얼굴이 구겨졌다.

생각해 보면 수백 명의 관군에 둘러싸여 있다고 하더라도 명호는 그리 쉽게 죽을 자가 아니었다.

이제 보니 당시 화살을 쏘고 몸을 숨겼던 궁사. 그의 활에 당한 모양이었다.

"확실히 기억해 두겠소."

광휘가 화살을 바닥에 던져 버리고는 발걸음을 옮겼다.

그러다 잠시 멈칫하더니 뒤이어 말을 이었다.

"한데……."

"……."

"대원들은 어찌 되었소?"

"오고 있을 겁니다. 아니, 어쩌면……."

서혜는 광휘를 향해 지그시 웃어 보이며 말을 이었다.

"이미 와 있는지도 모르지요."

*　　　*　　　*

똑똑똑.

"들어오세요."

장련의 거처 앞에 선 광휘가 고개를 갸웃거렸다.

장련의 목소리가 어딘지 모르게 이상하게 느껴졌기 때문이다.

끼이이익.

문을 열고 들어가자 아니나 다를까, 장련은 뭔가를 바쁘게
끼적이고 있었다.

평소라면 자리에서 일어서서 맞이할 그녀이지만 지금은 그런
여유가 없어 보였다.

헝클어진 머리. 눈에 띄게 어두워진 낯빛. 거기다 충혈된 눈
까지.

터억.

광휘는 말없이 한쪽 벽에 기대 가만히 그녀가 돌아보기를 기

다렸다.

그러기를 반 각.

광휘는 문득 그녀를 다시 바라보다 그녀가 쓰고 있는 서류들을 바라보았다.

'포정사(布政使)?'

한 글귀에 시선이 머문 광휘가 고개를 갸웃했다.

포정사는 민정과 재정을 주관한다. 그곳과 관계된 것이라면 각 관청과 정부 기관과 관련된 문서들인 것이다.

"잘 있었소?"

광휘가 슬쩍 말을 걸자 순간 장련의 손동작이 천천히 멎었다.

하지만 이내 다시 손을 놀려 서류에 집중하며 짧게 대답했다.

"네."

광휘는 그런 반응을 보며 더는 묻지 않았다.

초조하고 급해 보였다.

관군이 장씨세가로 오고 있다는 얘길 들은 지 나흘째. 뭔가를 준비하는 것처럼 보였기에 건드리지 않았다.

슥슥슥.

"걱정 마세요, 무사님."

한참 뭔가를 끼적대던 장련이 그제야 입을 열었다.

"이번엔 누구의 도움 없이 제 손으로 관군들을 돌려보낼 거예요."

그녀가 광휘를 바라보며 말을 이었다.

"단순한 추측이 아니에요. 본 가가 본 가의 뒤를 봐줄 정도로 고위 관료들을 많이 알진 않지만 이번 일은 확실히 다를 거예요."

"……."

"그들에게 장씨세가가 필요한 이유는, 소유한 재력이 아니라 매해 창출해 내는 금전이니까요. 장씨세가가 없어지면 매해 바치는 공물의 양이 적어질 테고 공물에 민감한 고위 관료들이 결코 좌시하지 않을 테죠. 예상대로 관부의 여러 조직에서 협조와 공조하겠다는 서류를 받았어요. 또한 오늘 점심쯤 일 장로를 통해 포정사 관료들에게도 확답을 받았고요."

"……."

"그러니까 제 말은 아무리 도지휘사라 해도 이들을 무시할 수 없을 거란 말이에요. 그러니 무사님은 저와 장씨세가를 믿고……."

"믿소."

"……."

"난 장련 소저를 믿소."

광휘가 짤막히 대답하자 장련의 표정이 미묘하게 변했다.

하지만 이번에도 장련은 책상으로 고개를 돌리고선 겹쳐진 종이 중 한 장을 꺼내 들며 다시금 집중하기 시작했다.

"이렇게 며칠 동안 있었던 게요?"

광휘가 말을 걸자 장련의 동작이 느리게 움직였다.

"붓글씨는 삐뚤삐뚤하고 눈은 새빨갛게 충혈되어 있어서 물어본 것이오."

"사흘 정도 된 것 같아요."

사흘.

그녀는 출병 소식을 들은 이후로부터 거의 잠을 자지 않았던 모양이다.

"눈을 좀 붙이는 게 어떻겠소?"

장련이 재차 종이를 집어 들자 광휘가 말했다.

"괜찮아요. 아직 할 일이 많아요."

"관군이 장씨세가에 도착하려면 시간이 좀 있소."

"그러니까요. 그러니까 더 철저히 조사를 해서……. 아?"

장련이 눈을 부릅떴다.

갑작스럽게 다가온 광휘가 그녀의 팔을 잡아당긴 것이다.

다다닥.

졸지에 광휘의 손에 붙들린 장련은 침상까지 이동해 버렸다.

"누우시오."

"무사님, 아직 해야 할 일이……."

"몸 상태를 보니 어차피 곧 쓰러질 터. 이왕 쓰러질 거면 여기서 쓰러지는 게 더 낫지 않겠소."

"……."

장련은 아니라고 하려다 굳어진 광휘의 얼굴을 보고는 포기했다.

사실, 뭐라고 반박할 힘도 없었다. 아버지 간병과 직무를 같이하며 밤을 새우다 보니 말할 힘도 없을 정도였다.

"무사님."

자지 않겠다고 생각했는데, 막상 누우니 어지러움과 피로감이 확 밀려왔다. 장련은 모기 소리처럼 작게 입을 열었다.

"말하시오."

"무사님은 무섭지 않으시죠?"

"그게 무슨 소리요?"

"항상 그 표정 그대로라서 말이에요. 무슨 일이 일어나든 어떤 사건이 있든 단 한 번도 그런 모습을 보이시지 않으셨잖아요."

"……."

잠시 생각해 보던 광휘가 말을 꺼냈다.

"과거에 좀 많은 일들을 겪었소."

"많은 일들을 겪은 사람들은 안 무서워지나요?"

"아니, 무감각해진 거요."

퍼뜩.

예상외의 대답에 장련이 눈을 떴다.

"무서움도 계속 겪다 보면 감각이 점점 희미해지오. 그런 상황이 계속되다 보면 어느 순간 그런 감정도 잘 느끼지 못하게 되더구려."

"……."

"그래야 했소. 그래야 살 수 있었으니까."

문득 애달픈 얼굴을 해 보이는 장련의 눈을, 광휘는 손을 들어 강제로 감겼다.

"다른 이유도 있소. 걱정을 한 뒤 일이 잘 풀린 적이 한 번도 없소. 걱정은 걱정만 낳을 뿐이니."

"…듣고 보니 또 그러네요. 일을 많이 하면 일솜씨가 늘고, 눈칫밥을 먹다 보면 눈치가 늘고, 걱정을 많이 하면 걱정이 느는 거죠."

"알아들었으면 이젠 주무시오."

광휘의 말에 그제야 장련은 눈을 감았다.

✻　　　✻　　　✻

거처를 나온 광휘는 천천히 걸으며 하늘을 올려다보았다.

맑았다.

어두운 밤이었지만 구름 없는 하늘은 정말 오랜만에 보는 것 같았다.

스륵.

광휘는 장포를 벗었다.

과거 장련의 부탁으로 상비청에서 받은 두꺼운 외의.

광휘는 그것을 눈앞에 보이는 나뭇가지에 걸었다.

휘이이잉.

때마침 부는 바람에 검은 옷깃이 펄럭였다. 장포를 입기 전에 걸치는 검은 피풍의였다.

스윽.

광휘는 슬쩍 자신이 머물던 거처로 고개를 돌렸다. 구마도를 들고 갈까 생각해 본 것이다.

하나 곧 고개를 내저었다.

거대한 도를 멘 채 움직이는 건 제약이 많이 따른다. 특히나 지금은 방어가 아닌 암습을 해야 하는 시기다.

저벅저벅.

광휘의 발걸음이 정문 쪽으로 향했다.

곧 피비린내가 진동할 걸 예감하듯 한여름인데도 바람이 왠지 모르게 스산하게 느껴졌다.

그렇게 내원을 지나 외원 문 앞에 당도할 때였다.

"……"

문득 광휘의 시선이 옆으로 돌아갔다. 나무 옆에 서서 조용히 숨을 죽이고 있는 여인 때문이었다.

서혜였다.

끄덕.

묵례를 하는 서혜를 본 광휘가 고개를 끄덕이고는 몇 걸음 더 걸어갔다. 그러곤 외원 입구에서 두 팔을 벌려 문을 열었다.

드르르르륵.

거대한 문이 열리자 곧 잘 다져진 땅이 보였다. 군데군데 초소 격으로 지어진 건물 몇 채가 눈에 들어왔다.

평온해 보였지만 광휘는 이미 눈치챘다.

바로 옆 처소의 지붕 위, 건물의 외벽, 길게 뻗은 소나무 뒤편, 자신이 걸어갈 길을 막고 선 사람이 있다는 걸.

"단장을 뵙습니다!"

"단장을 뵙습니다!"

"단장을 뵙습니다!"

"단장을 뵙습니다!"

정면의 사내가 무릎을 굽히자 좌우 옆에 서 있던 자들도 함께 무릎을 굽혔다.

절제하듯 잔잔히 울리는 목소리. 하나 범인에게 느껴질 수 없는 위압적인 기도.

이들이 바로 천중단 대원들이었다.

"왔느냐."

광휘는 담담한 얼굴로 주위를 바라보았다.

"시간이 없으니 내가 앞장서겠다."

광휘는 어깨를 들썩이며 눈을 감았다.

지붕 위의 방호와 건물 외벽에 몸을 숨긴 염악, 그리고 소나무 뒤편에 있던 웅산군, 정면에 있던 구문중의 위치가 눈에 그려진 것이다.

"따라와라."

파르르르.

대답이 끝나기가 무섭게 광휘의 몸이 허공으로 치솟으며 구문중의 머리 위를 넘어갔다.

그와 함께 부복하고 있던 대원들의 몸도 거짓말처럼 사라졌다.

강호 최고의 경공술이라는 이형환위(移形換位)가 다섯 번이나 펼쳐지는 순간이었다.

*   *   *

사박사박.

어두운 밤하늘, 산속을 거닐던 관병 다섯의 발소리가 스산하게 퍼져 나갔다.

그들의 뒤쪽, 산등성이 밑에는 수십 개의 막사가 횃불을 밝히고 있었다.

출병 임무를 띠고 온 지 나흘째.

장씨세가를 코앞에 두고 삼천에 달하는 병력이 평지 한 곳에서 주둔 중이었다.

"내 참, 이해를 못 하겠습니다. 고작 일개 세가를 치기 위해 이 많은 병력이 움직인 겁니까?"

"그것뿐이겠습니까. 황실 최고의 직속부대라는 금의위까지 오셨습니다. 대체 무슨 일이 있는 겁니까?"

수하 한 명이 불평을 늘어놓자 기병대 백호장이 호통을 쳤다.

"어허, 이놈들! 여긴 군중이다!"

군병들이 찔끔하고, 십호장도 군기가 바짝 들어 정신을 차리고 주위를 둘러보기 시작했다.

순찰은 주둔지와 이십 리 떨어진 이곳까지 말을 몰고 순시를 하고 있었다.

하지만 군병들은 물론이고 그들을 감독해야 할 십호장 역시 저도 모르게 자꾸 주변 경치를 대충대충 보고 넘기게 되었다.

'후우, 말을 달리면 그냥 하루 거리인데…….'

느려 터진 보병까지 챙기며 평지에서 일일이 숙영지를 건설하며 오다 보니 이틀이나 더 지체되었다.

십호장 역시 이해가 가지 않았다. 일개 세가를 치는 데 무려 삼천이란 군사와 함께 금의위까지 대동하고 가라니. 이쯤 되면 지나친 것을 넘어 경악할 정도인 것이다.

"그만큼 우리가 모르는 중요한 일이란 뜻이다. 그러니 더욱 긴장하고 임무에 집중해라."

백호장은 으레 지휘관이 할 법한 얘길 하고는 주위를 둘러보았다.

"휴식한다."

제법 주위를 다 훑었다 여겼을 무렵 백호장이 수하들에게 말하고는 몸통이 잘려 나간 나무 밑동에 주저앉았다. 그러고는 허리에 찬 검으로 턱을 괴고는 조용히 눈을 감았다.

아니나 다를까, 긴 시간 답답함 때문인지 기다렸다는 듯 수하들이 떠드는 목소리가 들려왔다.

"한데 그건 그렇다 쳐도 왜 장씨세가는 어떠한 항복 표시도 하지 않는 거지?"

"애초에 항복이 먹히지 않으니까 그러지. 감히 관병을 죽여놓고 무사할 거라고 생각하는 거야?"

"세가이니 반반한 여식들이 많다던데… 계집질은 할 수 있는 거지?"

"막아도 할 거야. 이럴 때 아니면 언제 이런 경험해 보겠어?"

관병들의 대화가 자연스럽게 문란해질 때쯤 백호장이 시선을 돌리며 말했다.

"잡담은 거기까지. 지나치게 나태해지지 마라."

"…쳇."

"칫."

수하들은 저마다 표정을 일그러뜨리며 신음을 내뱉었다. 그 제야 자신들의 상관이 누구인지 인지했기 때문이다.

"휴시 끝. 마지막으로 돌아본다!"

"옙!"

잠깐의 쉼이 끝나고 백호장의 말에 관병들이 빠르게 일어섰다.

다들 십호장과 오십 명을 통솔하는 총기(總旗)라는 직책을 가진 관인들이라 움직임이 기민했다.

사박사박.

횃불을 든 관병들의 눈이 빠르게 주위를 훑고 있었다.

산이라 치기엔 가볍게 오르는 수준이었지만 나무들이 많아 생각보다 주위를 조사하는 데 어려움이 따랐다. 그러다 보니 지금 이 시간까지 조사를 하고 있었던 것이다.

"한데 소문 들으셨습니까?"

순시 중 복장을 점검하던 백호장 옆으로 십호장 한 명이 다가오며 말했다.

"뭘 말이냐?"

"아는 동료에게 들은 얘긴데 장씨세가에 엄청난 고수가 있다고 합니다. 군사를 일으킨 것은 사실 그를 잡기 위해서라고 합니다."

"고작 한 명을 잡기 위해? 미친놈. 미친 소리도 적당히 하거라."

"혹시 모르는 거잖습니까. 무림인들이야 워낙 신출귀몰하다는 얘기가 있으니까요. 흔히 말하는 백대고수 그런 자들 말입니다."

"백대고수? 지랄하는군. 강호인들이야 워낙 빈말을 좋아하는 거 모르나?"

"하지만……."

"만약에 정말로 있다면 내가 죽여주마, 이 칼로."

백호장은 어깨를 으쓱이며 말했다.

철컥.

칼집을 내미는 백호장의 표정에 십호장이 침을 꿀떡 삼켰다.

관병들 사이에서 광검(光劍)이라 불리는 그의 별명이 이제야 생각이 난 것이다.

스슥.

"응?"

갑자기 십호장의 고개가 뒤쪽으로 움직이자 백호장이 고개를 갸웃거렸다.

"무슨 소리 안 났습니까?"

"소리? 무슨 소리?"

"저기 저쪽인 것 같습니다만……."

십호장의 말에 백호장은 손수 말을 돌리며 주위를 살폈다.

빽빽하게 들어선 나무.

횃불로 그는 좀 더 가까이 사물을 비췄다.

나뭇가지 사이로 바람에 나부끼는 잎들, 바닥에 깔린 잡초들.

전혀 변화가 없자 그는 고개를 돌렸다.

"이놈들하곤. 나태해지지 말랬지, 누가 소심해지라고 했느냐?

바람 이는 소리에 고작……."

혀를 차며 뒤를 돌아보던 백호장의 표정이 점점 굳어졌다.

없다. 방금 전까지만 해도 등 뒤에 있던 십호장과 자신을 호위하던 관병 일곱 명이 사라진 것이다.

마치 잠시 눈을 돌린 사이에 꺼지기라도 한 것처럼.

"이, 이 무슨……?"

그때였다.

슥.

바람과 함께 손바닥이 눈앞에 아른거리며 시야가 거메졌다.

으득.

그는 아무 말도, 어떤 것도 보지 못한 채 목이 꺾여 버렸다.

치이이익.

쓰러진 그의 앞으로 검은색 피풍의를 두른 사내가 나타나, 떨어진 횃불을 밟아 껐다.

툭. 툭.

손 하나가 쓰러진 그의 품을 뒤져 영패를 챙겼다. '십사호'라는 영패에 병력 규모를 대충 헤아려 본 그는 곧 고개를 끄덕였다. 광휘였다.

"가자."

타타타탓.

말이 떨어지기가 무섭게 달빛에 드리워진 남색 피풍의 네 개가 흩날렸다.

동시에 피풍의 속에 음각된 글자가 허공에 펼쳐졌다.

막부단(幕府團)

세상에 지워졌던, 잊혔던 그들이 강호에 모습을 드러내는 순
간이었다.

第九章

기습 침투

몸을 낮춘 광휘가 전방을 주시했다.

일정한 간격을 유지하며 주위를 훑는 관병들의 모습이 눈가를 스쳐 갔다.

막사와의 거리가 오십 장 이내로 좁아지자 관병들은 더욱 많아졌고 대략 열 걸음당 한 명꼴로 보였다.

'일거에 모두 끝내야 한다.'

스윽.

느린 동작으로 광휘가 검을 세웠다.

수는 대략 오십 명.

대원 한 명이 열 명을 맡는다고 하더라도 한순간에 제거하기 쉽지 않은 숫자다.

하지만 그들을 죽이지 않고서는 막사 깊숙이 침투할 시간을 벌 수 없다.

'먼 거리부터.'

광휘는 가장 먼 거리에 있는 병사들부터 눈여겨보기 시작했다. 한둘씩 죽여 나간다면 결국 문제가 되는 건 마지막에 제거할 자들이기 때문이다.

'들고 있는 무기.'

창(槍)과 검(劍) 등 제각각 무기를 든 관병을 구분하고.

'보는 방향.'

먼 거리에 있는 병사들의 시선이 이곳과 정반대인지 파악하며.

'움직이는 동선.'

상대의 반응에 대한 예측이 동시에 이루어져야 한다.

'변수도 고려해야 해.'

오십 명의 관병 무리가 쓸려 나가는 와중에 이곳을 발견할 수 있는 다른 관병 혹은 천중단 대원이 죽이지 못하는 관병. 그들을 제압하기 위해선 자신이 더욱 빨리 움직여야 한다.

스윽.

어둠 속, 몸을 낮춘 광휘가 손을 들자 대원들의 눈이 번뜩였다.

천(川) 이(二) 전법.

신호를 내리면 세 명은 세 갈래로 뚫고, 두 명은 두 갈래로 가르며 일시에 쓸어버릴 것이다.

팟.

슥.

손을 내린 광휘가 질풍처럼 달려들었다.

그에 맞춰 천중단 대원들의 몸이 환영처럼 변했다.

순간적으로 몸을 날려 위치를 바꾼다는 경신법, 이형환위가 이름 모를 숲속에서 펼쳐지고 있었다.

*   *   *

관병들이 꼬꾸라지는 건 삽시간이었다.

요란하지도 않았다. 아주 미약하게 목이 꺾이는 소리만을 남긴 채, 둑이 무너지듯 점점 쓰러지고 있었다.

투툭. 툭. 툭.

눈 깜짝할 사이 이십여 명이 바닥을 뒹굴었다.

그때쯤 관병들도 뭔가 낌새를 느끼기 시작했다.

파파팟.

그 순간.

이미 육안으로 보이지 않을 정도로 움직이던 천중단의 속도는 거의 두 배로 빨라졌다.

또한 공격 전술도 변했다. 한 대원을 제외하고 모두 병기를 꺼내 든 것이다.

좌악.

"컥!"

쇄액!

"응? 윽!"

푹!

"어? 헉!"

세찬 칼질이 관병의 목을 베고 지나갔다.

점점 고개를 돌리는 사내들이 많아지자 살수는 더욱 매서워졌다.

짧은 사이 수십 명이 죽고 몇 명만 남았다.

우측 가장 멀리 있던 대원 하나가 뜻하지 않게 관병 한 명과 눈이 마주쳤다.

패애애액.

"적이……. 컥!"

그의 입에서 음성이 조금 새어 나오던 그때.

검 하나가 그의 가슴을 관통했다.

광휘가 괴구검을 던져 그의 복부를 관통한 것이다.

"급하더라도 이런 상황에선 권기(拳氣)를 쓰면 안 된다."

광휘는 목소리를 내리깔며 말했다.

"죄송합니다, 단장."

거대한 거구의 복면인이 고개를 숙였다.

"응 형답지 않게 무뎌졌어."

"무뎌질 수밖에. 손에 피 안 묻힌 지가 몇 년인데?"

복면인 둘이 저마다 한마디씩 했다.

"단장, 이놈들 이런 걸 가지고 있습니다."

쓰러진 관병의 품을 뒤지던 복면인 하나가 광휘에게 뭔가를 내밀었다.

광휘는 막대 같은 물건을 보고는 미간을 찌푸렸다.

"신호탄?"

함정이라는 단어가 떠올랐다.

막사를 원(圓)의 대형으로 유지한 것. 그리고 느리게 진군하는 관군들의 움직임 역시 그런 추측을 뒷받침해 주었다.

"어떻게 합니까?"

같은 생각을 했는지 체구가 작은 복면인이 광휘를 향해 물었다.

"계획을 바꾼다. 침투해서 시선을 끌어라."

"동시에 움직여야겠군요."

무슨 뜻인지 알아들은 복면인들이 고개를 끄덕였다.

혼선.

관병들은 자신들이 습격해 오는 것도 방비하고 있었다. 그래서 고작 오십여 명의 관병들 중에 신호탄을 가진 자가 다섯이나 되었다.

이 정도로 신호 체계가 잘 잡힌 이들을 그냥 처리하는 건 위험하다.

그렇다면, 오히려 그것을 역이용하면 된다.

"가라."

"옙."

말이 끝나기가 무섭게 복면인들은 막사 안으로 삽시간에 이동했다.

서걱.

광휘는 쓰러진 관병의 몸에서 검을 꺼내 들었다. 그러고는 옷을 털며 읊조리듯 말했다.

"한숨 푹 자고 나면 좀 괜찮아질 게요."

누군가에게 말하는 듯했지만 주위에는 아무도 없었다.

막사 근처에 가장 많은 인원이 있었던 만큼 굳이 다른 정찰조가 오지 않은 것이다.

"세상이 달라져 있을 테니까."

광휘는 입꼬리를 올리며 빠르게 이동했다.

※   ※   ※

'서른 명.'

막사 안으로 들어온 광휘는 수를 가늠하고 움직이기 시작했다.

광휘가 움직일 때마다 자고 있던 관병은 축 늘어지며 조용히 시체가 되었다.

푹. 푹. 푹.

칼은 가급적 사용하지 않았다.

동작이 크고 칼을 회수해야 하는 부담감 때문에 오로지 사혈을 짚어 그들을 죽음으로 몰았다.

하지만 아무리 조심스러워도 원치 않는 상황은 발생하는 법.

잠결에 광휘와 눈이 마주친 사내는 입이 틀어 막힌 채로 가슴이 뚫려 버렸다.

"거기 없느냐."

반 각이 지났을 때일까.

잠결에 깨어난 관병 한 명이 큰 소리로 말했다.

"거기 누구 없느냐."

여전히 대답이 들려오지 않자 그는 짜증을 내며 자리에서 일어섰다.

축축.

그는 몇 걸음 걷지 않아 뒤로 물러섰다. 갑자기 발끝에서 기분 나쁜 끈적임이 느껴진 것이다.

"아!"

순간, 그는 신음을 흘렸다. 누워 있는 관병의 손이 이상하게 축 늘어져 있는 걸 발견한 것이다.

'적이다.'

그는 번쩍 정신을 차리곤 구석진 곳으로 걸어가 무언가를 뒤졌다. 이후 막대기 같은 모양을 들고선 급히 막사 밖으로 나가 손을 허공에 뻗었다.

하지만 신호탄을 터뜨리지 못하고 천천히 뒤돌아봤다. 등 뒤에서 서늘하게 인기척이 느껴진 것이다.

"괜찮다. 터뜨려라."

온몸에 피를 묻힌 채 의자에 앉아 지그시 바라보는 괴인.

그의 서늘한 말투가 백호장의 온몸에 소름이 돋게 했다.

"너무 긴장할 것 없어. 그때까지 죽이지 않을 거니까."

*   *   *

'긴장 때문인가…….'

억지로 자리에 눕혔지만 장련은 좀처럼 쉽게 잠이 들지 못했다.

피곤함이 극에 달해도 긴장이 풀리지 않으면 잠은 오지 않는다. 누구보다 광휘는 그것을 잘 알았다.

불안감 그리고 긴장으로 인한 피로 때문에 자꾸만 몸을 비트는 장련에게, 광휘는 말했다.

"소저, 난 이 싸움이 끝나면 더는 칼을 들지 않을 생각이오."

"네?"

꾸욱.

장련이 눈을 뜨려는 것을 광휘가 다시 눌러 버렸다. 이럴 때는 가만히 잡담이라도 나누는 것이 도움이 된다. 그런 생각으로 그는 낮게, 작게 말을 이었다.

"그냥 눈 감고 들으시오. 누군가를 죽이는 것도, 누군가를 지키기 위해 칼을 쓰는 것도 더는 하지 않을 생각이오."

"음……."

살짝 버둥거리던 장련이 이윽고 조용히 광휘의 말을 들었다.

"그리되면 난 꽤나 쓸모없는 사람이 될 거요. 소저가 그동안 봐서 알겠지만 난 누구와 쉽게 친해지지도 못하고 할 줄 아는 것도, 가진 것도 거의 없소."

"무사님······."

"지금은 사람들 눈에 아주 대단해 보이겠지만 내가 검을 놓게 되는 그날부터 아무도 날 거들떠보지 않을 거란 말이오. 무인이 칼을 버리면 그 순간 무인의 생명은 끝나는 거니까."

말하다 말고 광휘는 잠시 천장을 바라보았다.

장련이 언젠가 했던 말.

자신을 좋아한 적이 있느냐고 물었던 그 말.

'그러고 보니 이건 그때의 그 답인 건가.'

장련이 과거의 일을 떠올리는 사이 광휘는 말을 이었다.

"만약 그날이 오게 되면 소저도 확실히 알게 될 게요. 지금 내게 느끼는 그 감정은 진심이 아니라 단순히 고마움 때문이라는 걸."

그녀를 원하지 않는 것이 아니다. 아니, 애초에 그 문제를 짚기 전에 자신은 그녀와 어울리지 않는 사람이었다.

피에 물들고, 업이 쌓이고, 몸은 한때 폐물 직전까지 갔었다. 정신마저 때때로 붕괴되는 모습도 보였다.

이런 자신이 그녀의 옆에 있기에······.

그녀가 아니라 누구도 자신 옆에 있기에······.

"그럼 그땐··· 제가 지켜 드릴게요."

"······?"

문득 광휘의 눈이 조금 커졌다.

장련이 한 말은 그가 생각도 하지 못한 것이었다.

"아무것도 할 줄 몰라도 상관없어요. 꼭 도움이 되지 않아도 괜찮아요. 이 전쟁이 끝난 뒤에도 본 가가 건재하고 무사님이 옆에 계신다면……."

새근새근.

억지로 눕혀두고 눈을 감긴 것이 효과가 있었던 것일까.

천천히 장련의 숨소리가 고르게 변해갔다. 꿈결에 빠지는 듯 장련이 잠꼬대처럼 종알거리며 말을 이었다.

"그땐 제가… 무사님을 지켜줄… 테니까……."

"……."

새근새근.

잠들었다. 완전히 정신을 잃었다.

광휘는 쓴웃음을 지으며 이불을 고쳐주고는 자리에서 일어섰다.

저벅저벅. 탁.

막 나가려던 광휘의 시선이 자연스레 책상 쪽으로 향했다.

수백 장의 종이들.

책상 위를 가득 채우고도 부족했는지 방 안 곳곳에 흩어져 있었다.

"무사님, 우리에게도 고수가 있었으면 좋겠어요."

바삭. 바삭.

광휘는 방 곳곳에 널브러진 종이들을 하나씩 모으기 시작했다.

책상 위와 밑, 수납장 위.

모든 서신과 문서를 빠짐없이 한곳에 모으고는 한쪽에 놓인 등불의 불씨에 종이 한 장을 가져다 댔다.

"백대고수 말고요. 정말로 강한 고수 말이에요. 그 존재만으로도 아무도 건들 수 없는, 옆에 있다는 것만으로 누구도 함부로 할 수 없는 그런 고수가… 그런 고수가… 우릴 지켜줬으면 좋겠어요."

화르르르.
종이가 하나씩 옮겨 붙기 시작했다.
두 장, 세 장, 열 장……
불꽃이 종이를 태우며 계속 양을 늘려갔다.
"그리될 게요."
화르르륵.
광휘는 수십 장, 수백 장에 한꺼번에 불을 붙이고는 창문을 열고 밖으로 던져 버렸다.
화르륵! 푸득!
불은 점점 거세지며 남은 종이를 빠르게 태워 버렸다.
"내가 그리되게 만들 테니까."

＊　　　＊　　　＊

저벅저벅.
막사 안으로 이름 모를 복면인이 걸어 들어오고 있었다.

아직 잠이 채 들지 않은, 횃불이 켜져 있는 막사였음에도 불구하고 복면인의 발걸음은 한없이 느긋했다.

"명호가 죽었다고?"

"저놈 누구야?"
"뭐야?"
순시를 마치고 들어온 관병들이 소리치며 말했다.
슬금슬금 일어나는 자, 한쪽에 놓인 무기들을 집어 드는 자.
느릿하게 움직이면서 막사 안의 사내들은 복면인의 행동을 주시하며 제각기 나름의 준비를 취하고 있었다.

"하오문 수뇌부 출신인가? 뭐 어찌 됐건 그 말로 날 어디론가 불러내고 싶었다면 자넨 실패한 걸세. 그를 죽일 수 있는 자, 강호에서도 열 손가락에 겨우 꼽힐 정도니까."

"누구냐! 여긴 군중이다! 허가받지 않은 자는 즉참해도 할 말이 없을 터!"
특히나 투구에 깃털이 꽂힌 사내는 더욱 민감하게 반응했다.
무기를 급히 집어 든 관병부터 이미 무기를 들고 적의를 드러낸 사내들까지. 그런 그들의 시선을 받은 채 복면인은 막사 중앙에 걸어가 멈췄다.

"오해하셨군요. 제가 여기에 온 건 어떤 의도라기보다 그저 알려 드리기 위해서입니다. 관(官)과 연계된 팽가의 음모로 암표귀수 명호가 죽었고, 장씨세가 호위무사의 부탁으로 이렇게 온 것입니다."

스윽.

구문중의 눈이 주위를 훑고 있었다.

'쉰다섯.'

백 명을 수용할 수 있을 정도로 큰 막사였지만 병기를 들고 선 관병들 때문에 싸울 공간이 턱없이 부족했다.

그럼에도 구문중의 움직임은 너무나 느긋했다.

"장씨세가 호위무사? 그가 누군가?"

"과거 유역진이라고 불리셨던 분입니다."

"다 왔느냐? 더 부르려면 불러라."

더는 막사로 들어오는 관병들이 없자 구문중의 고개가 조금 들어졌다.

어처구니없는 상황 때문인지 대답이 들려오지 않았다.

"다 왔는가 보군."

구문중은 씨익 입꼬리를 올려 보았다. 그러고는 검대(劍帶)를 슬쩍 잡아 보이며 말을 이었다.

"그럼, 시작하지."

"하압!"

슈슈슈슈슉!

그의 말이 끝나기 무섭게 날아드는 날카로운 창 촉 여섯 개.

옆구리로 날아드는 그것들을 그는 고개도 돌리지 않은 자세로 검집째 휘둘렀다.

차차차차찻.

창대 하나가, 뒤이어 오는 창대를 일시에 밀어내며 바닥을 내리쳤다.

"창날의 길이는 약 9촌, 장창의 길이는 일반적으로 일 장 오 척이다. 장병(長兵)이기 때문에 검(劍) 같은 단병을 쓰는 상대와는 거리 확보가 우선이다. 그러지 않으면……."

슥.

구문중이 손을 놓고 곧장 자루를 잡자 칼날이 빠져나왔다.

그 동작을 거의 시간의 간격 없이 해내고는 검을 옆으로 휘둘렀다.

촤아아악.

창대를 잡고 있던 관병의 목 여섯 개가 일시에 바닥에 떨어졌다. 당연히 그들의 몸도 자리에 엎어졌다.

"이렇게 되는 거다."

"이히힉!"

"흑!"

여섯의 목이 떨어지자 관병들은 본능적으로 뒷걸음질 쳤다. 근처에 있던 사람들은 주춤 멀어졌고, 관병들의 얼굴이 얼음장처럼 굳어졌다. 졸지에 다시 전열을 가다듬느라 시간이 걸렸다.

"창병은 뒤쪽으로 물러서라."

복면인의 무위를 본 백호장 연휘(連輝)가 상황을 직접 지휘하기 시작했다.

대여섯 명이 물러나자 또다시 십여 명이 달라붙었다. 칼을 소지한 자들이었다.

"왜, 무슨 할 말이 남았나?"

"그게 아니라 어떤 일을 해야 하는지 듣고 가시는 게 좋을 것 같아서……."

"필요 없다."

"…예?"

"무슨 임무인지, 어떤 일인지 알 필요 없다고. 그분께서 불렀다면 당연히 가야지."

"일개 무인이 겁 없이 다수가 모여 있는 곳에 왔을 때 몇 가지 주의해야 할 것들이 있다."

구문중은 바닥으로 시선을 내린 채 말문을 열었다.

그사이 칼을 든 무인 십여 명이 구문중을 향해 접근하고 있었다.

"상대에게 선수(先手)를 양보하지 말며."

촤아악.

말이 끝나자마자 구문중의 검이 섬광처럼 오른쪽으로 뻗어나갔다. 그리고 순식간에 세 명의 목이 날아갔다.

"공격해!"

막사 안의 유일한 백호장인 무상(貿想)의 뒤늦은 외침에 그제야 관병들의 칼날이 상대를 향해 찔러 들어갔다.

캉! 캉! 캉!

세 번의 쇳소리가 들리는가 싶더니 세 명의 목도 허공으로 치솟았다. 눈의 속도가 소리를 따라가지 못한 것이다.

"공격 방향이 단조로우면 쉽게 파훼당하며."

구문중을 향해 또다시 날아온 칼날들.

그는 뒤로 슬쩍 물러선 뒤 좌우로 휘둘러 목을 날렸다.

툭툭.

두 명의 목이 허공으로 치솟았다.

"상대 검의 속도와 동선을 계산하고."

카카카카카캉!

저돌적으로 날아온 여덟 개의 칼날.

원을 그리듯 돌리는 구문중의 검에 일순간 튕겨 나갔다.

"오히려 시간에 간격을 두고 검을 찔러야 확률이 높아지지."

패애애애액!

몸을 돌리며 재차 휘두르는 검에 관병들의 목이 허공에 떴다.

"으으으……."

"아아……."

삽시간에 스무 명 가까이 되는 관병들이 죽자 비명들이 도처에서 흘러나왔다.

특히나 백호장 연휘는 자기도 모르게 몸을 흠칫 떨어대고 있었다.

상식을 파괴하는 쾌검이다. 아니, 단순한 쾌검이라기보다 느려졌다가 빨라지는 완급 때문에 체감상 더욱 빠르게 느껴진다. 검의 궤적 따위는 읽을 수조차 없다.

"고작 한 명이다! 모두 달려들면 죽게 되어 있어!"

연휘가 소리침에도 관병들은 꿈쩍하지 않았다.

눈앞에서 어떻게 죽어가는지도 모르고 스무 명 가까이가 쓰러졌다. 아무리 이쪽의 숫자가 많아도 반사적으로 두려워하는 것이다.

커억!

결국 백호장은 혼란을 다스리기 위해 수하 한 명의 목을 베어버리며 괴성을 질렀다.

"물러서면 군법으로 다스리겠다!"

"흐야야얍!"

"하하합!"

여기저기서 또다시 지르는 외침.

칼을 든 자, 창을 든 자 할 것 없이 수하들이 전의를 쥐어짜내고 있었다.

"하지만 무엇보다 가장 중요한 것은."

구문중은 약속이나 한 듯 동시에 뛰어오는 관병들을 향해 검을 뻗으며 말했다.

"상대를 봐가며 덤벼야 하는 거지."

관병들이 주위를 포위하며 너 나 할 것 없이 득달같이 달려들었다.

일순 복면인은 등 뒤의 피풍의를 잡아 얼굴을 가렸고, 곧 그의 모습이 사라질 정도로 그대로 쓸려 나가는 듯 보였다.

칼질 소리가 몇 번 들리는 듯하더니 주위가 잠잠해졌다.

'끝인가?'라고 생각하는 찰나.

패애액 패애액! 쇄애액 사아악!

피 안개가 사방을 뒤덮으며 치솟아 올랐다. 모든 사내들이 사방으로 튕겨 나가며 바닥에 피를 뿌렸다.

"이게 대체……."

뚝뚝.

피풍의로 떨어지는 핏물들을 치우며 복면인이 서서히 고개를 들었다.

순간 그와 눈이 마주친 연휘의 얼굴이 사색이 되었다.

눈알이…….

눈을 뜨고 있었지만 눈알이 보이지 않았던 것이다.

"매, 맹인?"

말 한마디를 내뱉은 그때.

패애애액.

창졸간 날아온 그의 검에 연휘의 눈앞은 어둠으로 변했다.

*   *   *

"아, 뜨거어어!"

"으아아아!"

동쪽 방향 막사에서 불길과 함께 비명 소리가 울려 퍼졌다.

"컥!"

"억!"

뒤이어 튕겨 날아가는 사내들.

몇 명은 그 자리에서 절명했고, 또 다른 사람들은 곧 죽어도 이상하지 않을 정도로 온몸이 너덜너덜한 상태였다.

"대체 무슨 일이 벌어지고 있는 거야?"

큰 막사답게 불길이 생각보다 뜨겁고 강했다.

퍽!

그래서인지 둔탁한 소리와 함께 또다시 사람들이 튕겨 날아 왔지만 관병들은 접근할 수 없었다.

"궁사들을 불러라!"

막사 주위, 백호장 한 명이 소리쳤다.

"컥!"

"으허헉!"

그사이 계속되는 비명 소리.

주변이 있던 관병들은 피가 끓는 표정으로 불에 타고 있는 막사를 바라볼 수밖에 없었다.

"크큭."

막사 안은 아비규환 그 자체였다.

갑자기 나타난 복면인은 관인들을 너무나 쉽게 제거해 버 렸다.

"괜찮아. 아직 많이 남아 있으니까."

불길이 일며 나타난 이름 모를 복면인. 그의 행동에 살아남은 여덟 명의 관병들은 안색이 굳어졌다.

그들이 느끼는 감정은 엄청난 공포, 그 자체였다. 결국 공포심을 이기지 못한 십호장 하나가 소리쳤다.

"네놈이 무슨 짓을 하고 있는지 알고 있느냐!"

"잘 알고 있어."

스윽.

복면인이 한 발짝 걸어오며 말하자 다들 흠칫했다. 또다시 시작하려는 것이다.

"하앗!"

"타앗!"

관인 다섯이 공포를 이겨 내려는 듯 덤벼들었다.

탁! 탁!

그 순간 복면인의 장창이 두 관병의 창을 날려 버렸다.

쇄액! 쇄액!

두 명의 관병 목을 날려 버린 뒤, 몸을 회전함과 동시에 다시 창대를 휘둘러 마지막에 날아오는 창을 내려쳤다.

"윽!"

창대에 타격을 받은 관병의 몸이 무너졌다.

그러자 복면인은 재빠르게 달려들어 지체 없이 발목을 잘라 버렸다.

"악!"

졸지에 십호장 넷과 백호장 한 명만이 남았다.

"이 정도로 뭘 놀라고 그래."

그을린 얼굴로 바라보는 사내들을 향해 복면인이 넌지시 말을 건넸다.

"너희 동료들이 한 짓을 따라 한 것뿐인데……."

그는 처음으로 비릿한 웃음이 흘려 보였다.

＊　　＊　　＊

끼이익.

관 뚜껑이 열리자, 두 사내의 눈은 관 속에 반듯하게 누워 있는 시체에게 고정되었다.

비릿한 냄새가 몰려왔지만 그들 중 누구도 인상을 쓰는 자가 없었다.

"왜 굳이 열어보자는 겐가."

무덤을 파헤치고 관을 열자 막부단 부단주, 방호가 씁쓸한 듯 웃음 지었다.

언뜻 보면 동자승처럼 귀여운 얼굴이었으나 진지한 얼굴에는 범상치 않은 기도가 서려 있었다.

"확인을 해야지. 명호가 어떻게 죽었는지."

또 다른 막부단 부단주 염악이 경직된 표정으로 말했다. 그러고는 썩어가는 명호의 몸을 아무렇지 않게 살피기 시작했다.

"이 개새끼들……."

썩어 가는 피부를 손으로 짚던 염악이 결국 화를 참지 못하고 읊조렸다.

척 보기에도 성한 곳이 없었지만 꼼꼼히 살펴보니 시신의 상태가 더욱 끔찍했던 것이다.

"몸에 난 구멍이 서른 개가 넘어. 칼질은 그보다 더 많군. 온몸의 근육이란 근육은 모두 찢어졌고 관절도 잘렸는지 보이지가 않으니까."

"대체……."

참상에 말문이 막힌 방호가 한참을 지켜보다 말을 이었다.

"대체 명호가 어떤 잘못을 저질렀기에 이런 짓을 한 게지?"

말투는 부드러웠다.

화가 날수록 오히려 냉정하게 가라앉는 심성 탓이다. 하지만 분명 그의 눈에도 짙은 살심이 서려 있었다.

으드득!

이빨이 으스러질 듯이 악물고 있는 염악을 보고 방호는 고개를 돌려 보았다.

가장 밝고 긍정적이었던 사내, 천중단 모두가 좋아했던 사내였기에 더 가슴이 아팠다.

"이봐, 서혜라고 했나?"

이윽고 염악이 말문을 열자 한쪽에 물러서 있던 여인이 다가왔다.

"예."

"지금 당장 명호가 죽던 당시 관병의 신상을 알아볼 수 있나?"

"그건 어려워요. 시간도 너무 없고요. 아시겠지만 출병 중이기도 하고요."

"모두 일일이 조사할 필요 없어. 어차피 도지휘사 무리들이야. 그런 관병들은 한데 모여 있거든."

그 말에 서혜가 눈에 이채를 띠며 말했다.

"그럼 찾기 쉽겠군요. 현 삼천의 병력이 출병한 이후 주둔 시 병사들을 정해 막사에 머무르고 있다고 들었거든요. 위치는 충분히 알려 드릴 수 있어요."

"고맙군. 이 은혜는 나중에 갚지."

"그 말, 기억할게요."

서혜는 입가에 미소를 띠며 뒤돌아섰다.

"어찌할 텐가?"

서혜가 시야에서 사라질 때쯤 방호가 염악을 향해 물었다.

"갚아주어야지. 당가다운 방법으로."

"당가다운 방법이 뭔지 알고 하는 소린가?"

"이봐, 난 녹림 출신이야. 부처를 모시는 네놈보다야 내가 낫지."

염악이 피식 웃으며 말을 이었다.

"이 복수는 내가 가장 적합해."

＊　　　＊　　　＊

쇄애액.

기회를 포착한 십호장 네 명이 동시에 연환 공격을 펼쳤다.

스스슥.

염악은 물러서다 불길이 이는 곳까지 다가가자 본능적으로 바닥을 슬쩍 바라보았다.

쇄액쇄액!

일순간 기회를 포착했다고 판단한 십호장 넷의 검이 빠르게 따라갔다.

좌우, 위아래로 일시에 요격해, 세 명이 당해도 한 명만은 치명적인 부상을 입힐 목적이었던 것이다.

그때 믿기지 않는 일이 일어났다. 염악이 옆을 스쳐 가는 검을 밟고 뛰어오른 것이다.

뒤늦게 날아온 세 개의 검은 허공을 그었고, 이미 그들의 등 뒤로 이동한 염악.

오른손에 칼과 창대를 쥐고 사방으로 네 명의 사내를 요격했다.

"커커컥!"

"으허허헉!"

"으아아악!"

툭. 툭. 툭. 툭.

몸이 축 늘어진 그들을 불에 집어 던져 버린 복면인.

그렇게 천천히 뒤를 돌아보았다.

"하아아압!"

마지막으로 남은 백호장이 죽자 살자 뛰어들었다.

쿡!

하나 그의 앞에서 검을 뽑기도 전에 아래에서 뭔가가 솟구쳐 오르며 묵직한 것이 아랫배를 꿰뚫었다.

창을 던진 것이다.

"좀 더 빨리 움직였어야지."

고통에 몸부림치는 그를 가볍게 무시하고 그의 옷을 뒤졌다.

"신호탄을 챙겨야지……."

이후 미처 챙기지 못한 다른 관병들의 옷을 뒤지며 기다란 막대 나무를 찾아냈다.

광휘가 말했던 일대의 혼란.

그것은 바로 신호탄을 제각기 위치에서 쏘아 상대를 교란하는 일이었다.

"괜히 막사에 불을 질렀나……. 생각보다 많지 않구먼."

아쉬운 듯 입맛을 다지는 염악.

엄청난 도약으로 막사 기둥을 밟고 솟구쳐 올라갔다.

그때였다.

파파파파팟.

기다렸다는 공중으로 솟구쳐 오른 스무 명의 궁사들.

도약력은 상대적으로 낮았지만 동료를 밟고 올라섰기에 제법 높은 위치까지 뛴 채로 활시위를 겨눈 채 나타난 것이다.

염악은 비릿한 웃음을 흘리며 어깨에 멘 커다란 대도, 참마도(斬馬刀)를 꺼내 들었다.

이후, 팽팽한 활시위에서 화살이 날아오자 그의 참마도가 섬광을 뿜어냈다.

촤아아아악.

광채가 사방으로 퍼짐과 동시에 일제히 부러지는 화살들. 동시에 궁사들의 목도 허공으로 흩날렸다.

'아차. 단장께서 흔적을 남기지 말라고 하셨는데……'

파파팟.

순간 염악의 몸이 눈부시게 빨라졌다.

환영이 일며 쓰러지는 궁사들의 시체를 하나도 빠짐없이 불길이 이는 막사로 던져 버렸다.

타앙!

동시에 들고 있던 신호탄을 한 발 쏘았다. 그러고는 주위를 메우고 있던 관병들의 눈을 피해 더욱 안으로 파고들었다.

第十章

적의 심장부

"누구냐?"

어둠 속에서 낯선 얼굴의 관병이 다가오자 막사 주위를 둘러보던 십호장이 짐짓 경계를 하며 외쳤다.

"본인은 백호장 임훈이라는 사람일세."

오 척 정도의 단신에, 투구에 달린 흰 깃털.

그 모습을 본 십호장 종익(鐘翼)은 급히 고개를 숙였다.

"알아보지 못해서 죄송합니다."

"허헛. 괜찮네. 배정된 구역을 마음대로 넘어왔으니 당연히 날 알아볼 수 없었겠지."

상대는 화를 내기보다 넉살 좋게 웃었고, 그로 인해 종익의 경계가 한결 누그러졌다.

"한데 여긴 어떻게 오신 겁니까?"

"아, 부탁을 하나 하려고 왔네."

중년인은 종익에게 한 걸음 다가가 나직이 말했다.

"신호탄을 최대한 많이 모아서 내게 주게."

"신호탄요?"

"어헛. 목소리가 크네."

백호장은 주위를 훑더니 목소리를 더욱 낮추며 말했다.

"자네도 알다시피 단시간 내 많은 양의 신호탄을 준비하기 위해 무척 고생하지 않았나. 때마침 천호장께서 급히 구한다고 언질을 줘 여길 온 걸세."

"예? 천호장께서 직접 말씀하셨습니까?"

"그래. 그러지 않고서야 내가 여기까지 왜 왔겠나?"

백호장은 한 발 더 다가서며 말을 이었다.

"워낙 극비인 얘기네. 천호장께서 실수로 양을 잘못 계산하신 모양이야."

"한데 어느 천호장께서……."

고개를 끄덕이던 종익이 어느 시점에서 다시 갸웃거렸다.

"뭐야, 지금 내 말이 의심스럽다는 겐가? 그리 못 믿겠으면 따라오게. 직접 찾아뵙고 말씀드리지."

"아, 아닙니다. 그럴 리가 있겠습니까."

그는 손사래를 치며 말했다. 그러고는 곧장 수거해 보겠다고 말하며 황급히 막사 안으로 향했다.

그렇게 일각쯤 흘렀을 때였다.

십호장 종익이 급히 나오며 말했다.

"여섯 개입니다. 많이 구하지 못했습니다. 십호장 이상만 소지할 수 있는 터라⋯⋯."

"음, 좋아. 수고했네. 내 자네를 잊지 않음세."

백호장은 어색한 분위기를 깨고는 그의 어깨를 툭툭 치며 뒤돌아섰다.

그렇게 그가 몇 발짝 걸을 때였다.

"저기, 백호장님."

'이런, 눈치챘나?'

백호장의 표정이 어두워졌다. 하지만 내색하지 않고 매우 자연스러운 동작으로 뒤돌아섰다.

"뭔가?"

"제 이름은 종익입니다."

"⋯⋯?"

"그냥 그렇다고요."

그는 매우 조심스러워하며 고개를 숙였다.

백호장, 방호는 그제야 그 의미를 깨닫고는 재차 밝아진 표정으로 고개를 끄덕였다.

"종익이라. 알겠네. 내 자네 이름을 꼭 기억해 두지."

＊　　　　＊　　　　＊

"대체 이건⋯⋯."

천호장 허천도(許天挑)는 눈앞에 벌어진 광경에 한동안 입을 다물지 못했다.

바닥에 널브러져 있는 수십 명의 관병들.

생각지도 못한 곳에서 이런 현장을 발견한 것이다.

"대장, 혹시 적이 벌써 들어온 것이 아닐까요?"

한 백호장이 그의 앞으로 다가와 말했다.

그의 뒤쪽에는 관병 스무 명이 잔뜩 진중한 얼굴로 바라보고 있었다.

"그럴지도 모르겠군."

"말씀하시면 전군에 알리겠습니다."

"아니, 잠깐 기다려."

"예?"

말을 타려던 백호장의 시선이 그에게로 향했다. 하나 그의 물음에도 허천도는 아무 말 없이 앞을 주시하고 있었다.

'뭔가 있다.'

주위는 횃불 하나, 인기척 하나 없을 정도로 어둡고 조용했다.

그러나 그는 느낄 수 있었다. 다른 자들이 들을 수 없을 정도로 작은 인기척이었지만, 분명 사람의 기척이었다는 것을.

"그럼 싸울 준비를……."

"억!"

그때 쿵 하는 소리와 함께 채 말을 잇지 못한 백호장이 삽시간에 시야에서 사라졌다.

너무나 빠르게 일어난 일이라 허천도는 잠시 멍한 표정이 되어 버렸다.

"적이다!"

챙, 챙, 챙, 챙!

상황을 파악한 관병들이 경계 태세를 갖추며 천호장 주변을 뺑 둘러쌌다.

허천도 역시 검 자루를 잡고는 매섭게 주위를 훑고 있었다.

'왼쪽? 아니면 오른쪽인가?'

그의 등골에 땀이 또르륵 떨어졌다.

삽시간에 백호장이 죽어나갔다. 자신을 겨냥했다면 분명 일격을 당했을 만큼 매서운 공격이었다.

'오른쪽?'

흐릿한 뭔가가 다가오자 그는 빠르게 반응하며 검을 휘둘렀다.

하지만 늦었다. 백호장 한 명이 또다시 쿵 하는 소리와 함께 나가떨어져 버린 것이다.

"뭐야? 당한 거야?"

"대체 무슨 일이 일어난 거야?"

관병들은 극심한 혼란에 빠지기 시작했다.

천호장인 허천도 역시 어이가 없을 정도인데 고작 십호장 직책을 가진 이들이 침착함을 유지할 리는 없었다.

'망할!'

허천도는 짜증이 났다.

두 번이나 모습을 드러냈음에도 불구하고 상대의 얼굴은커녕 움직임조차 좇지 못했다.

점점 손끝으로 퍼지는 무력감이 공포를 만들어내고 있었다.

스윽.

검을 세운 그의 얼굴이 붉어졌다. 내공을 사용해 모든 집중력을 끌어올렸기 때문이다.

'이번에 승부를 지어야 한다.'

남은 관병은 스물셋. 무예를 익힌 백호장 둘과 십호장들로, 나름 날쌔고 민첩한 자들이었다.

'이번엔 어디냐?'

일촉즉발의 상황.

팽팽한 긴장감이 공기마저 얼어붙게 만들 때였다.

'정면이다!'

순간 흐릿한 인기척을 포착.

허천도가 있는 힘을 짜내 검을 휘둘렀다.

'걸렸……'

그 순간.

거짓말처럼 환영이 일며 눈앞의 사내가 사라졌다.

퍼퍼퍼퍼퍼퍼퍽!

그리고 거의 동시에 등 뒤에서 둔탁한 소리가 엄청나게 들려왔다.

꿀꺽.

검을 들고 서 있던 허천도가 침을 삼켰다.

등 뒤로 느껴지는 서늘한 한기.

그는 두려움을 누르며 조심히 뒤를 돌아보았다.

"헙!"

그의 불길한 직감은 정확했다.

조금 전까지 있었던 관병들이 어디로 갔는지 완전히 사라져 보이지 않았던 것이다.

허천도의 눈에 피풍의를 둘러쓴 거구가 들어왔다.

'권사다……'

그를 정면으로 보진 않았지만 허천도는 알 수 있었다. 상대의 손에 아무 병기도 들려 있지 않다는 것을.

"이이익."

지금이 기회라 느낀 허천도는 급히 검을 휘둘렀다.

휘휘휘휘휙!

여섯 번의 호선을 그리며 날아가는 검.

그의 검술에 복면인은 느릿한 동작으로 반응했다.

캉!

그리고 허천도의 검이 멈췄다.

정확히는 검이 뭔가에 걸린 듯 상대의 얼굴 앞에서 더는 움직이지 않았다.

허천도는 원인을 찾기 위해 시선을 집중했다.

'이게 대체……!'

이윽고 그는 이유를 깨달았다. 자신의 검이 상대의 두 손가락에 잡혀 있다는 것을.

검에 잘려 나가리라 생각했던 손가락이 오히려 검날을 잡아

버린 것이다.

"말도 안 돼. 어떻게 검을 손가락으로… 그것도 검기를 실은……."

웃음을 짓던 허천도의 표정이 천천히 굳었다.

검기를 발출할 실력은 되지 않았지만 분명 검에 실었다. 한데 어떻게 복면인이 잡은 것인가.

"설마 금강불괴(金剛不壞)?"

절정고수를 뛰어넘은 자들이 쓰는 최고의 외가기공.

금강석처럼 신체를 단단하게 만들어 적의 어떠한 공격도 방어해 낸다는 금강불괴가 아니고선 지금 이 상황을 설명할 수 없었다.

"아냐."

하지만 복면인은 고개를 저었다.

허천도가 숨을 들이켜는 순간, 삽시간에 달려들었다.

이번에도 그는 상대의 움직임을 보지 못했다. 아니, 애초에 허천도는 그의 모든 움직임을 볼 수 없었다.

"언가권이라 불리는 권법이지."

그는 웅산군, 한때 중원 제일권으로 불리던 최고의 권사였기 때문이다.

*   *   *

파앗!

"어엇?"

"어어어?"

동쪽에서 신호탄 하나가 피어오르자, 막사 밖에 나와 있던 관병들의 고개가 위로 올라갔다.

"적이 나타났다!"

그리고 여기저기서 들려오는 외침.

근처 관병들은 즉각 신호가 난 곳으로 달려갔고, 멀리 떨어져 있던 관병들 역시 분주히 움직이기 시작했다.

도지휘사 근처의 관병들도 예외는 아니었다.

그렇게 조금 시간이 흘렀을까.

소란이 이는 것을 들었는지 도지휘사 장대풍이 걸어 나오며 물었다.

"적이 온 것이오?"

이미 나와 있던 금의위 초명이 고개를 끄덕였다.

"동쪽입니다."

"허허헛. 드디어 발각된 모양이구려."

적이 나타났는데 너무나 태연하게 반응을 해서일까.

장대풍의 느긋한 말에 다른 금의위 둘의 인상이 굳었다.

그들의 반응에 도지휘사는 머쓱한 표정을 지으며 말했다.

"곧 포획될 것 같으니, 그럼 난 느긋하게 기다리겠소."

여전히 사태를 낙관하며 뒤돌아서는 장대풍.

그러던 차에 무슨 일인지 그의 발걸음이 멈췄다.

피유유융!

신호탄 하나가 다시 솟아오른 것이다. 이번엔 서쪽이었다.

"저게 뭐요?"

도지휘사가 당황한 얼굴로 금의위를 바라봤다.

여전히 대답 없는 얼굴의 금의위들.

그는 문득 사내 한 명을 떠올리며 고개를 끄덕였다.

"그래, 묵객이 있었지."

"묵객뿐이 아니오."

"뭐요……?"

피유유융!

신호탄이 또다시 터졌다. 이번엔 남쪽이었다.

하지만 그것이 끝이 아니었다.

피유유융!

계속 터지는 신호탄이 북쪽에서도 날아오르고 있었다.

파앙!

조금 더 거리가 가까운 동쪽에서 신호탄이 터졌다.

파앙! 파앙! 파앙!

서쪽에서, 남쪽에서, 북쪽에서 연달아 터지기 시작했다.

이윽고.

파파파파파파파파팟!

어느 방향 할 것 없이 무수히 많은 신호탄이 터져 버렸다. 그것도 거리를 두고 계속 터지고 있었다.

"저게 뭐요? 대체 몇 명이 안으로 들어온 것이오?"

점점 심각한 얼굴로 변하는 장대풍의 말에도 금의위들은 여전히 대답이 없었다.

날카로운 눈초리를 보이는 초명.

진사중과 송자익은 눈에 힘을 주며 신호탄을 바라보고 있었다.

그때였다.

핏.

한적해진 공터의 막사 사이로 세워진 횃불 하나가 꺼졌다.

"아아."

십여 명밖에 남지 않은 병사들은 주위를 급히 둘러보았다. 하지만 불길이 꺼진 원인을 쉽게 찾을 수 있었다.

핏. 핏. 핏.

불이 꺼진 것을 자각할 때쯤 근처 막사 앞에 세워놓은 횃불이 또다시 꺼졌다.

그리고 그것이 시작이었다.

핏. 핏. 핏. 핏. 핏. 핏.

오른쪽을 돌며 꺼지기 시작한 횃불은 삽시간에 주위 모든 불빛을 꺼뜨려 버렸다.

챙! 챙! 챙!

순간 검을 꺼내 든 금의위 셋은 도지휘사의 곁을 둘러쌌다.

남은 병사들도 창을 꺼내며 주위를 경계했다. 적이 왔다는 걸 감지한 것이다.

"누구? 웅?"

툭.

주위를 둘러보던 그들과 조금 떨어진 곳에서 퍽 하며 사람이 바닥에 떨어졌다.

적이나 주위의 동정을 살피기 위해 임시로 지은 망루(望樓)에서 사람이 떨어진 것이다.

"위쪽에 사람이 있다!"

도지휘사의 손가락이 망루 위로 향했다.

그의 말대로 피풍의를 날리는 사내가 감시병을 제거하고 그곳에 있었다.

누구 할 것 없이 살기를 내뿜은 금의위.

신호탄 때문에 얼마 없는 병사들도 잔뜩 긴장하고 있었다.

"바람이 참 시원하군."

광휘는 하늘을 올려다보며 말했다. 그러고는 금의위를 향해 고개를 숙이며 말을 이었다.

"다들 인상들 펴."

"……."

"마침 날도 좋은데 말이야."

*   *   *

스윽.

운 위관은 막사 한편에 몸을 숨긴 채 기회를 엿보고 있었다. 비록 주위가 짙은 어둠으로 변했지만 그는 활시위를 놓지 않았다.

그에겐 흐릿하게 보이는 잔상만으로도 표적을 잡을 수 있는 능력이 있었다.

지이이익.

운 위관은 무릎을 꿇은 자세로 활시위를 잡아당겼다.

목표는 망루 위, 태평한 자세로 금의위와 말을 나누고 있는 사내였다.

*   *   *

"말로만 듣던 자를 직접 보게 되니 영광이군. 본 무관은 삼만 금군과 금의위를 지도하는 초명이라고 하네."

도지휘사를 경계로 서 있던 무장 한 명이 걸어 나왔다.

광휘의 시선이 그에게로 향하자 초명은 재차 입을 뗐다.

"금의위가 왜 이곳에 왔는지 궁금하겠지. 대충 맞네. 자네를 막기 위해 온 게야. 하지만 그에 앞서 자네와 대화하기 위함이 더 크네."

황제의 직속 기관인 금의위. 거기다 황궁을 경계하는 삼만 금군의 교두라면 서열이 대단히 높은 자였다. 물론 실력도 황궁 안에서 손가락에 들 만큼 고수일 터였다.

"우린 자네가 과거에 무슨 일을 했는지 잘 알고 있네. 조정에 어떤 도움을 줬는지, 그것이 얼마나 값어치가 있는 일인지. 해서 조건을 하나 제시할 테니… 진지하게 들어주겠나?"

"이보시오. 지금 무슨 말을 하는 것이오?"

옆에서 도지휘사가 표정이 일그러지며 항변했다. 지금 상황에서 협상을 하려는 태도 자체가 이해할 수 없는 행동이었다.

하지만 옆에 있던 송자익이 잡아끌자 더는 말하지 못했다.

"장씨세가에 식객으로 머물면서 그간 말 못 할 억울함이 있었다지? 의도치 않게 무림 세력과 엮였고 그 과정에서 관군에까지 피해를 입게 한 일 말일세. 충분히 이해하네. 그건 나라도 어쩔 수 없었을 걸세. 그렇기에 책임을 지라는 얘긴 더더욱 하지 않겠네."

듣고 있던 도지휘사의 얼굴이 더욱 일그러졌다. 어처구니없는 상황에 말문이 막혀 뭐라 하기 힘들었다.

비단 초명뿐만이 아니었다. 한 명의 금의위가 자신을 제지하고 다른 금의위도 말없이 그의 대화를 듣고 있는 것으로 봐서 처음부터 이것이 그들의 목적인 듯했다.

"여기서 싸움을 그친다면 관군은 물러나 주겠네. 오대세가라는 팽가 역시 관과 밀접하게 연관된 자들. 우리가 나서서 그들의 야욕을 저지시켜 주겠네."

"……"

"뿐만 아니라 장씨세가의 영역 안에 있는 물품들의 관세를 절감해 주겠네. 또한 운송 물자에 대한 관병의 대규모 지원. 다른 무림 세력과의 마찰로부터 우리가 지켜주겠네."

그의 제안은 파격 그 이상이었다. 관병을 죽인 것도 대역죄인데 그것을 눈감아줄뿐더러 앞으로 장씨세가의 상계 쪽에서도 전방위 지원을 약속한다는 얘기였다.

시간이 조금 흘렀는지 새벽빛이 서서히 군영을 밝히던 때에 초명이 광휘 쪽을 지그시 바라보며 말을 이었다.

"어때? 이 정도면 자네도 충분히 만족할 만한 제안……."

"두 가지를 가져오면 생각해 보지."

"……?"

광휘는 품속에서 뭔가를 꺼내 들었다.

푸르스름한 빛 속에서 반쯤 잘린 화살 한 촉이 초명의 눈에 띄었다.

"하나는 명호를 죽인 금의위의 목. 그리고 네놈 뒤에 숨은 도 지휘사의 목."

꿈틀.

광휘의 말에 초명은 눈썹이 역팔자로 휘어졌다.

최대한의 예우를 해주었다. 거의 굴욕적인 거나 다름없이 납 작 엎드려서 대우를 해주었다.

하지만 상대는 이쪽이 보인 성의는 아랑곳하지도 않고 제 말 만 했다. 오히려 도발까지 하는 모양새였다.

"꼭 이렇게까지 해야겠나? 우리의 제안을 거절하는 순간 어 떤 일이 일어날지 자네는 상상도 하지 못할 걸세. 그러니……."

하나 그는 분노를 꾹꾹 눌러 담으며 마지막 대화를 이어나 갔다.

"싫으면……."

빠각.

광휘가 들고 있던 화살대를 부러뜨렸다.

"그 입 다물어."

패애애애액.

광휘의 말이 끝나기가 무섭게 파공성이 들렸다.

쇄액!

광휘는 검 자루를 잡으며 단번에 위로 쳐올렸다. 자신을 향해 날아오는 것을 보지도 않고 그어 올린 것이다.

깡!

쇳소리와 함께 날아온 뭔가는 허공으로 날아갔다.

사람들이 뭔가가 날아왔다는 것을 거의 인지하는 순간 이미 시야에서 사라져 버린 것이다.

광휘의 고개가 천천히, 조금 떨어진 막사 쪽으로 움직였다.

화살대를 잡은 채 믿을 수 없다는 얼굴로 바라보는 운 위관을 정확히 바라본 것이다.

"쥐새끼가 여기 있었군."

"운 위관을 지켜라!"

초명의 외침과 함께 두 위관이 빠른 속도로 달려 나갔다.

궁사 운 위관 역시 광휘가 움직이는 것을 보고는 급히 몸을 웅크려 막사 옆을 빠져나가며 크게 도약했다.

'헉!'

잠시 주위를 둘러보던 그의 눈에 파랑이 일었다.

정말 짧은 시간.

고작 한 호흡 정도 흐른 시간인데, 이미 지척까지 사내가 다가온 것이다.

"이건 내 몫이다."

"크악!"

삽시간에 휘두르는 광휘의 검에 운 위관의 다리 하나가 잘려 나갔다.

퍼억.

바닥에 그대로 엎어진 그가 고통에 온몸을 부르르 떨었다.

"그리고 이건……."

휘리릭.

때마침 허공으로 날아든 세 명의 금의위.

하나 그보다 더욱 빨리 당도한 건 검기(劍氣)였다.

타탓.

이미 검기를 예측한 광휘가 허공으로 뛰어올랐다. 그사이 지척까지 다가온 금의위 셋이 검을 찔러 넣었다.

채채챙.

세 방향에서 한 번에 칼의 부딪침이 일어났다.

그 순간.

"컥!"

"윽!"

"헙!"

광휘가 재차 몸을 돌며 검날을 채찍처럼 후려쳐 버리자 어깨를 맞은 초명의 몸이 뒤집히며 삼 장이나 날아갔고, 동시에 달려든 두 위관의 몸도 공중에서 떨어져 나갔다.

단류십오검 삼초 반로타검(反路打回).

검 면 치기도 생소한데 속도가 한계 이상으로 뻗어 나오자 방비 따위 할 시간이 없었다.

쾩!

"커억!"

이후 땅으로 떨어진 광휘가 운 궁사의 팔을 검으로 찍어버렸다.

찰나의 순간에 활을 겨누던 그의 동작을 봉쇄시켜 버린 것이다.

"이건 장련 소저의 몫."

"아악. 크아악."

오른팔이 잘려 나가자 얼굴을 일그러뜨리며 고통스러워하는 운 위관.

그를 향해 광휘가 검날을 아래로 잡았다.

"그리고 이건……."

파파팟.

또다시 달라붙는 세 명의 금의위.

각기 세 방향에서 달려들자 광휘의 몸도 빠르게 회전했다.

카카캉!

광휘의 일 장 주위로 불꽃이 터져 나왔다.

각기 다른 각도로 찔러 들어오는 금의위 칼날과 열다섯 번의 부딪침.

사방에서 날아든 금의위의 모든 공격을 모두 파훼해 버리고 있었다. 아니, 단순히 그것만이 아니었다.

카강!

광휘의 찌르기 검술에 송자익이 떨어져 나갔다.

카카캉!

거의 같은 간격으로 날아오는 검을 광휘가 잘라 버림과 동시에 휘두르자 진사중이 어깨를 베이며 쭉 밀려 나갔다.

퍼억.

마지막 초명의 검을 피한 광휘의 발차기에 그는 삼 장 이상을 날아가 버렸다.

"후우."

광휘는 다시 자세를 잡고, 쓰러진 운 위관을 바라보며 말했다.

"그리고 이건 명호의 몫이다."

콱! 콱! 콱! 콱! 콱!

"으아아아악!"

마구 찌르는 광휘의 칼날에 운 위관은 또다시 비명을 내질렀다.

얼굴에 피가 튀는 와중에서도 광휘의 눈은 사납게 일그러졌다.

그러다 천천히 비명 소리가 작아질 때쯤에 광휘가 움직임을 멈추며 말했다.

"남기고 싶은 말은?"

겨우 의식의 끈을 잡고 있던 운 위관이 웅얼거리듯 입을 열었다.

좌아아악.

하지만 입을 채 열기도 전에 운 위관의 목이 잘려 나갔다. 광휘가 틈을 주지 않고 그의 목을 잘라낸 것이다.

"들은 걸로 하지."

뚝. 뚝. 뚝.

목이 잘려 나간 운 위관의 시체.

온몸에 피를 가득 묻힌 광휘가 눈을 감았다. 씁쓸함과 허망한 기분이 밀려들어 왔다.

명호의 복수였지만 이미 죽어버린 명호를 생각하니 그다지 유쾌하지 않았다.

"이놈!"

쉭! 쉭쉭!

눈앞에서 동료 하나를 모욕적으로 잃은 초명이 검기를 날려왔다.

휘릭!

간단하게 몸을 비틀어 도약한 광휘의 눈이 부릅떠졌다. 바닥을 훑고 지나가리라 생각했던 기(氣)의 방향이 '꺾였다'고 느낀 것이다.

'이건?'

그 찰나에 갑자기 떠오르는 기시감(旣視感).

"초(秒)를 삼등분하면 '순간'이 되며, '순간'을 이십 등분 하면 '찰나'가 되고, 그 '찰나'가 바로 전광석화라 불리는 것이다."

동시에 눈앞에서 떠오르는 백중건의 한 줄기 글.

"허공이다! 지금 잡아!"

검기를 날리자마자 외친 초명.

그의 마음을 이미 짐작했는지 송자익과 진사중이 역시 빠르게 반응했다.

여전히 광휘는 뭔가에 홀린 듯 지금 떠오른 감상에만 집중했다.

"극한의 쾌검에 기를 담을 수 있는 것이 기본 바탕으로 돼야 한다."

잠입이 목적이었기 때문에 구마도를 가지고 오지 않은 광휘였다. 허공으로 뛰어올라 디딜 땅도 없었다.

바닥에서 사선으로 광휘에게 날아가는 검기.

설상가상으로 만약을 대비해 두 명의 금의위까지 뛰어들며 검기를 날린 상태.

무슨 방법을 써도 살아남기 힘든 상황으로 보였다.

"속도는 모든 것을 극복한다."

광휘는 공중제비를 하듯 몸을 비틀며 검을 휘둘렀다.

빙그르르.

광휘의 모습에 초명의 입꼬리가 올라갔다.

검기는 미리 피하거나 같은 기운으로 상쇄시키지 않고는 한낱 인간이 받아낼 수 없는 기운이었다.

더구나 금의위 두 명도 검기를 쏘아내고 있었다. 이미 승부는 끝이 난 상황이라고 보았다.

'사량발천?'

그런 그의 얼굴이 곧 경악으로 변했다.

방향이 꺾이며 날아간 자신의 검기가, 거의 간극 없이 쏘아낸 두 위관의 검기까지 광휘가 휘두른 검에 날아가 버린 것이다.

"피해!"

초명은 일렁이는 기운 중 하나가 날아오자 기겁하며 몸을 틀었다.

진사중과 송자익 역시 느꼈는지 억지로 몸을 틀어댔다.

"악!"

"으헉!"

하나 신음을 흘리며 바닥에 고꾸라졌다. 각기 어깨와 허리를 스친 것이다.

"제길."

가까스로 검기를 피해낸 초명이 재차 자리에서 일어섰다. 하나 그 자리엔 이미 상대가 없었다.

"도지휘사 쪽이다!"

그는 충격적인 상대의 무공에 정신을 차릴 시간도 없이 빠르게 광휘를 뒤쫓았다.

＊　　＊　　＊

"빨리 안 구해 오고 뭐 하느냐!"

한쪽으로 도망친 도지휘사는 한 병사가 말을 구해 오길 기다렸다.

당시 남아 있던 관병들은 도지휘사의 몸을 감싼 형국이었다.

다다닥.

때마침 말 한 필이 그의 앞에 섰다.

"비켜!"

병사를 밀어내고 자리에 오르려는 도지휘사 장대풍.

그가 안장에서 몸을 일으키자마자 뭔가 바람이 쐐 하고 불었다.

"…어?"

그가 재차 고개를 비틀며 주위를 바라보고는 서늘한 얼굴로 변했다. 주위의 모든 호위병들이 쓰러져 있었기 때문이다.

"내려와."

말고삐 부근에서 나타난 사내.

온몸에 피를 묻힌 그를, 도지휘사는 그저 멍하니 바라보고만 있었다.

"처맞기 전에."

第十一章

전세 역전

도지휘사 장대풍은 잔뜩 긴장한 얼굴로 고개를 숙였다.

순응하는 것처럼 보였지만 그의 눈은 주변을 재빨리 훑고 있었다.

퍼억.

일순간 광휘의 주먹이 그의 얼굴에 내리꽂혔고 그는 말에서 굴러떨어졌다.

"눈알 굴리지 마라."

"이, 이놈이 내가 누군지……."

"악!"

퍼억.

두 번의 주먹질.

또다시 나자빠졌고 그의 얼굴에서 피가 줄줄 흘러내렸다.

"시끄러운 녀석."

꾸욱.

이후, 광휘가 얼굴을 감싸 쥔 도지휘사의 손을 낚아채고 목을 조여 기절시켰다.

"저기다!"

"도지휘사님이 붙잡혔다!"

그때 멀리서 병사들의 함성 소리가 들려왔다.

이히히힝.

광휘는 급히 도지휘사를 둘러멘 채 말을 타며 달려 나갔다.

부우웅. 부우웅. 부우웅.

때마침 뿔나팔 소리가 막사 주변에 울려 퍼졌다.

신호탄으로 혼선이 생겼지만 관군의 신호체계는 하나가 아니었다.

"이쪽이다!"

운 위관을 따르던 정예 삼십여 명의 궁사가 말을 타고 움직이다 광휘를 제일 빨리 목격했다.

그들은 광휘가 움직이는 동선을 빠르게 예측한 뒤 거리를 좁히며 급히 활시위를 들었다.

"준비."

"백호장님, 저 말에 도지휘사께서……."

백호장이 신호를 주자 조장 한 명이 걱정스레 말을 붙였다.

"이놈, 전투 수칙을 잊었느냐! 도지휘사께서 저놈에게 잡혀가면 결코 살아 돌아오실 수 없다!"

그 말에 조장이 얼굴을 일그러뜨리며 활을 꺼내자 궁사 열한 명도 침중한 얼굴로 같이 활을 겨눴다.

"쏴라!"

파파파파팟!

명령이 떨어지자마자 광휘를 향해 화살이 빗발쳤다.

타닷.

이히히힝.

광휘는 말을 옆으로 꺾으며 화살을 피해냈다. 하나 백호장은 그것 역시 예상하고 있었다.

그는 아직 쏘지 않는 스무 명의 궁사들을 향해 또다시 소리쳤다.

"쏴라!"

파파파파팟.

화살이 각기 특이한 궤도로 날아가며 광휘를 더욱 압박했다.

처음과 달리 말이 피할 수 있는 모든 동선을 계산해 화살을 쏜 것이다.

이히히히힝.

그 순간 광휘가 고삐를 잡아당기자 말이 크게 도약했다. 그러곤 공중으로 다섯 개의 화살을 쳐내며 그들의 영역을 삽시간에 벗어났다.

'저 인간은 대체……'

백호장은 멍한 얼굴로 사라져 가는 광휘를 바라보고 있었다.

실력도 실력이지만 순간적인 판단이 눈을 의심케 했다.

광휘란 자를 맞히지 못하더라도 말을 맞혀 그를 쓰러뜨리려 했는데 그것까지 예상했는지 말을 도약하게 한 다음 가장 위험한 화살만 제거해 버린 것이다.

부우웅. 부우웅. 부우웅.

"남쪽이다!"

때마침 군영 안, 나팔 소리가 연속해서 들려왔다.

세 번의 나팔 소리는 남쪽 경계가 허물어진다는 경고의 의미였다.

"어차피 붙잡히게 되어 있어."

선두에 선 정예 궁사들을 이끄는 백호장이 이를 갈며 말을 내뱉었다.

전방위에 있던 관군들은 차후 적에 대비해 자리를 지켰지만, 남쪽에 움직일 수 있는 모든 군사들은 모조리 투입되는 상황이다.

그는 제아무리 뛰어난 자라도 빠져나갈 수 없다고 단언하고 있었다.

삐이이익!

귀에 거슬리는 호각 소리가 다음 대열을 향해 퍼져 나갔다.

*　　*　　*

다다다닥.

"저놈이다!"

뿔나팔에 신속히 이동해 오던 관병들은 확인했다.

남쪽을 향해 질주하는 말 한 필. 도지휘사를 인질로 잡은 광휘가 내달리고 있었던 것이다.

'좌우 서른둘. 정면 스물넷. 궁사 스물아홉.'

광휘의 눈이 주위를 훑었다.

좌우를 막아선 서른 두 명의 관병, 정면 쪽에서 막아서는 스물네 명의 군사, 이후 마지막 경계를 두고 나타난 궁사 이십여 명까지 도합 구십에 육박하는 관군이 길을 차단하고 있었다.

"거창!"

촤라락.

이히히힝.

눈앞에 세워진 창진(槍陳)의 벽을 보고도 광휘는 더욱 고삐를 흔들며 속력을 냈다.

정면 돌파 하기로 마음을 먹은 것이다.

타탓.

그리고 어느 시점에 도지휘사를 놓아둔 채로 안장을 밟고 크게 도약했다.

"물러서!"

그 모습을 본 백호장 한 명이 소리쳤다.

위험인물이 멀어졌으니 지금 말을 쓰러뜨리려 했다간 의식 잃은 도지휘사가 낙마하여 큰 부상을 입을 가능성이 있었다.

쉭! 쉭! 쉭! 쉭!

공중에 떠 있던 광휘를 향해 궁사 스무 명이 활을 쏘아 댔지만 광휘의 움직임은 너무나도 빨랐다.

더구나 정면에 서 있다 달려 나오는 말 때문에 길을 비켜설 수밖에 없었다.

파파파파파팟.

때마침 몸을 낮추고 있던 사내 여섯이 궁사들의 어깨를 밟고 공중으로 솟구쳐 올랐다.

'무공을 익힌 자들.'

광휘는 주변을 감지했다.

민첩한 움직임과 함께 무려 이 장(6m)에 육박하는 도약력.

이런 상황을 위해 특별히 교육받은 무장으로 보였다.

휘리리릭.

광휘가 안장을 밟고 그들의 높이에 맞춰 도약했다.

이후, 몸을 팽이처럼 돌리며 사방으로 날아든 관병들 속을 파고들었다.

"잡았다!"

지켜보던 궁사 하나가 환희를 띠며 소리 질렀다.

전문 무예를 익힌 백호장.

침입한 적이 아무리 강하더라도 여섯 명을 모두 상대하게 되었으니 발이 묶였다고 판단한 것이다.

파파파파파팟.

하나 칼질 소리가 미약하게 들리는 짧은 순간 지켜보던 모든 이들은 말문이 막혀 버렸다.

공중에서 접전이 찰나에 일어났고, 백호장 여섯은 힘 한번 쓰지 못하고 공중에 나가떨어졌다.

그 속을 광휘가 뚫고 나온 것이다.

터억. 턱. 턱.

그럼에도 위기는 여전했다.

몸을 숨기고 있던 양가창법(楊家槍法)의 고수, 양자성(陽子聖) 천호장이 성명절기인 양가창을 들고 또다시 달려든 것이다.

슈슈슈슉!

그리고 약속이나 한 듯 일시에 날아오는 화살.

이것은 진(陣)이었다.

정확히 합을 맞춘 듯 좌우에서는 화살이, 정면에는 천호장, 그리고 그 뒤에서 무장 네댓이 긴 창대를 가지고 협공해 왔다.

광휘의 비릿한 미소가 언뜻 그들을 스쳐 지나갔다.

쩌저어어엉!

일순 빗줄기가 부챗살처럼 퍼지는 착란을 일으킬 때쯤.

날아가는 화살은 모두 튕겨 나갔고 창대를 찌르던 한 무인의 목이 허공에 치솟았다.

삽시간에 모든 상황이 종료된 것이다.

"허!"

"이런 일이……."

충격적인 장면을 목도한 병사들의 얼굴은 차갑게 굳어버렸다.

탁.

그사이 말의 안장에 착석한 광휘는 그들을 지나쳐 남쪽으로 질주했다.

"쫓아라!"

지휘관의 명에 따라 관군들은 흐트러진 진열을 다시 가다듬기 시작했다.

보병들은 힘차게 뛰어나갔고, 궁사들은 한쪽에 마련된 말을 타고 광휘를 뒤쫓았다.

＊　　　＊　　　＊

이히히힝.

몇 개의 막사를 지나고 군영의 남쪽 끝에 다다랐다고 생각했을 무렵, 광휘가 말을 멈춰 세웠다.

"……."

새벽빛이 점차 밝아오며 주위를 밝혔다.

엄청난 수의 창병이 벽처럼 앞을 가로막고 서 있었던 것이다.

광휘는 무표정한 얼굴로 느릿하게 말에서 내렸다.

이히히힝. 이히히힝.

이윽고 들려오는 말발굽 소리에 광휘의 고개가 뒤로 돌아갔다.

"잡았군. 어떻게든 도망가려고 발버둥 쳤는데… 말이지."

"이젠 도망치지 못한다."

송자익과 진사중이 말에서 내리며 말했다.

"결국 이렇게 될 일이었네."

초명 역시 말의 안장에서 내리고는 입을 열었다.

"여긴 삼천 군영이 자리 잡은 곳일세. 장판파(長坂坡)에서 단기필마로 십만 군세를 흔드는 조자룡이라도 여기서는 빠져나갈 수 없네."

광휘는 가만히 바라볼 뿐, 무슨 생각인지 대답이 없었다.

투룩. 투룩.

타고 있는 말이 불편한 듯 투레질을 했다.

"먼저 제안을 했으나 거절한 것은 자네네. 권주를 마다하고 벌주를 골랐으니 금의위에 검을 돌린 대가, 죽음으로 답하게."

광휘는 천천히 시선을 내렸다. 그러곤 다시 고개를 뒤로 돌렸다.

차차착.

매섭게 살기를 띠며 자기를 바라보는 병사들.

갑주를 입고 창대를 세워 공격 의도를 띤 관병들이 열두 명씩 간격을 띄운 채 세 개 조로 서 있었고 뒤쪽으로도 열 개 조가 더 있었다.

언뜻 광휘의 시선이 옆으로 움직였다.

뒤쪽의 금의위, 그와 함께 따라온 병사들도 상당했다. 전면과 후면이 막힌 것이다.

"제가 억울한 건 뭔지 아세요?"

문득 그런 상황에서 광휘의 눈에, 잠을 청하려고 침대에 누위 있던 장련의 모습이 스쳐 지나갔다.

두두두둑.

그사이 멀리서 말발굽 소리와 함께 수십 명의 기마병이 몰려왔다. 그들은 좌우 물샐틈없이 광휘 주위를 더욱 두껍게 막아서고 있었다.

일대는 창검의 숲으로 점점 변해갔다.

"자고 나면 계속 안 좋은 일들만 생긴다는 거예요."

타타타탓.

그것이 끝이 아니었다. 차츰 궁사까지 모여들자 심지어 후위의 방비까지 완벽했다.

기마병 뒤에 활시위를 들고 온 오십 명의 관병들.

운 궁사를 따르던 궁사들과 도중에 합류한 궁사들이었다.

"자고 나면 항상 안 좋은 일들만 생겼어요. 나는 지금도 버틸 힘이 없는데… 서 있기조차도 힘든데… 자고 나면 상황은 지금보다 더 나빠져 있어요."

푸드드득.

절체절명의 순간에도 병사들이 계속 몰려들고 있었다.

창병과 궁병의 숫자는 이미 삼백을 넘어 사백에 육박했고, 발빠른 기마병들도 백이 넘어가는 상황이었다.

"이젠 알아요. 어제도 힘든 날이었고 오늘도 그러했으니 내일도 당연히 힘들 거라고."

휙!

사방에서 횃불을 켜자 관군의 숫자가 더욱 확연하게 보였다. 근 오백에 달하는 관병들이 뿜어내는 기세는 상상 이상이었다.

시린 칼날 수백 개가 광휘 쪽을 향한 채 오로지 명령만을 기다리고 있었다.

그들 중심에 서 있는 광휘는 너무나 초라했다.

"아무리 발버둥 쳐도 이 상황이 달라지지 않을 거니까. 어떤 노력을 하더라도 변하지 않을 테니까. 그래서 더 자고 싶지 않았어요. 자는 게 너무 무서워요."

"깨끗이 자결하게. 그게 내가 취할 수 있는 예일세."

초명이 진지한 어조로 입을 열었다.

잠시 상념에 빠져 있던 광휘의 시선이 그에게 머물자 재차 입을 열었다.

"자존심을 내세워 봤자 자네가 얻는 건 없어. 오히려 그간의 공로를 인정해 이렇게까지 해주는 황실에 감사해야……."

"너희들의 어제는 어떠했느냐?"

"……?"

침묵하던 광휘가 입을 떼자 초명의 눈이 커지다 이내 미간이 찌푸려졌다. 쓸데없는 말싸움을 하고 싶지 않았기 때문이다.

"즐거웠겠지. 그저 이름 모를 상계 집안 하나를 없애는 건 일도 아니니까."

"이봐, 난 지금 자네와 말장난을……."

"그런데 어떤 사람들은 그렇지 않다. 힘들 때면 가끔은 좋은 날도 와야 하는데 계속 힘들어지는 날만 오지. 이 망할 세상은 늘 최악이라 느낄 때도 그 이상의 엿같은 경험을 하게 하니까."

'누굴 말하는 거지?'

초명이 눈을 가늘게 뜨며 잠시 광휘의 말에 귀 기울였다.

유언이라도 나와야 할 상황에 장씨세가를 언급하는 것도 특이한 일일진대, 그는 장씨세가가 아닌 다른 누군가의 고민을 털어놓는 것처럼 언급하고 있었기 때문이다.

"한 번쯤은, 그래도 한 번쯤은 아무리 최악이라도 좋은 날이 와야 하지 않을까 생각해서, 설령 그런 날이 오지 않는다고 해도 그렇게 믿으려고. 그래야 이 지옥 같은 현실을 이겨낼 수 있으니까."

"될 거라고 생각하나?"

혼자서 주저리 떠드는 것을 참지 못하고 송자익이 혀를 차며 끼어들었다.

그런 그를 쳐다보던 광휘는 천천히 시선을 떨어뜨렸다.

"그리될 게다. 이 시간 이후 즐거웠던 너희들의 오늘과 고통받던 사람들의 오늘은 완전히 뒤바뀔 테니."

"……."

"우리에게도 가끔은 그런 날이 있어야 되지 않겠나."

"저 미친 녀석의 소릴 듣고 있을 건가? 그만 쓸어버려!"

결국 참다못한 진사중이 나서며 말했다.

초명은 고개를 돌렸다.

그의 옆엔 기마병을 이끈 천호장 한 명이 말에 탄 채 그의 명을 기다리고 있었다.

초명이 슬쩍 고개를 끄덕이자 천호장이 외쳤다.

"쳐라!"

두두두두둑.

광휘를 완전히 둘러싼 상태로 기마병들이 달려들자 흙먼지가 일어났다.

좌우, 앞뒤에서 달려드는 기마병의 기백이 일대 장관을 연출했다.

그에 비해 광휘는 전혀 움직이지 않고 있었다.

그를 지켜본 초명의 눈이 점점 가늘게 변했다.

'저놈 대체 무슨 생각인가.'

제아무리 고수라 하더라도 단기필마로 백에 달하는 기마대를 정면으로 맞서지는 않는 법이다.

더구나 이들은 단순히 기마병들이 아닌 채찍과 창검으로 단련된, 적장이나 무림 고수를 상대하기 위해 조직된 하북 최고의 기마 부대다.

전열을 갖추고 신속하게 달려드는 기마병의 파괴력은 경험해 보지 않고는 결코 알지 못하는 것이다.

두두두둑.

십 장 내로 거리가 점점 좁아지고 있었다. 그럼에도 광휘는 그대로였다. 여전히 시선을 내린 채 땅만 주시하고 있었다.

*   *   *

"소저……."

여러 번 불렀음에도 장련은 깨어나지 않았다. 며칠 밤을 꼬빡 새웠으니 어쩌면 당연한 일인지도 모른다.

"너무 확신하지 마시오."

광휘는 정신을 잃다시피 한 장련을 뚫어지게 바라보았다.

처음 만났을 때 보았던 흰 피부. 그 아름다웠던 피부가 지금은 말도 못 할 정도로 많이 상해 있었다.

"소저가 바라고 기대하던 그날이, 절대 올 리 없을 거라 확신하던 그날이."

광휘는 장련의 얼굴을 쓰다듬었다. 그러고는 주먹에 힘이 들어가는 것을 애써 참으며 흐트러진 침요를 반듯이 덮어주었다.

"이미 와 있는지도 모르는 일이니까."

*   *   *

처억.

선발대 앞에 있던 기마병 한 명이 창을 세웠다.

그리고 광휘의 지척에 당도해 곧장 내려치려 한 것이다.

그때까지도 광휘는 그대로였다. 그저 담담히 서 있을 뿐이었다.

쏴악.

기마병의 낭창낭창한 창대가 아래로 빠르게 떨어졌다.

날카로운 창촉이 광휘의 가슴께까지 다가가는 순간, 갑작스러운 파동이 일어났다.

쿠앙!

"으허허헉!"

"커어억!"

일순 말 두 필이 공중으로 치솟았다.

이히히힝!

뒤이어 흙먼지와 함께 또 다른 두 필의 말도 함께 날아올랐다.

각기 다른 방향으로 떠오른 네 개의 기둥.

총 네 필의 말은 전방위에서 압박해 오던 말 스무 필 이상을 삽시간에 날려 버렸다.

푸르르륵.

크어어엉!

뒤에 조금 떨어져 따라오던 말들이 엉키며 주저앉았고, 쓰러지며 안장 위에 있던 기마 병사들도 같이 굴러떨어졌다.

한 사내를 향해 맹렬히 달려들던 기마군 수십의 대형이 단말 네 필에 초토화되다시피 한 것이다.

"힘은 여전하구먼."

자욱한 먼지 속에서 카랑카랑한 목소리가 들려왔다.

서서히 먼지가 걷히자 거구의 사내가 두 손을 내밀고 있었고, 그의 옆엔 단구의 무인이 서 있었다.

모두 기마병 복장인 것을 보니 아마도 그들 무리에 끼어 있다 나타난 것으로 보였다.

"숫자로 밀어붙이다니. 세월이 흘러도 저놈들은 할 줄 아는 게 이런 거밖에 없나?"

"군병이란 놈들 속성이 원래 그런 게지."

광휘 뒤엔 두 명의 갑주를 찬 무인들이 더 있었다. 앞뒤, 좌우에 모두 서 있었던 것이다.

"단장, 어떻게 할까요?"

단구의 복면인, 방호가 웃음기 넘치는 목소리로 물었다.

그제야 광휘의 시선이 올라갔다. 평소와 달리 촉촉해지던 그의 눈가가 어스름한 빛에 천천히 가라앉고 있었다.

감정을 절제하려는 듯 잠시 뜸을 들이던 광휘가 천중단 대원들을 향해 나직이 말을 이었다.

"모두 죽여라."

第十二章

반격

'기마병 사이에 잠입해 있었던가.'

흙먼지가 일어나는 상황에서도 초명은 또렷이 보았다. 기마병 무리 중 네 명의 사내가 말에서 내렸고 그중 거구의 사내가 홀로 주먹을 뻗었다.

횟수로는 네 번.

그저 단순해 보이는 주먹질에 네 필의 말이 무려 삼 장까지 날아갔고, 촘촘히 붙어 있던 기마병의 오 분의 일을 쓰러뜨려 버렸다.

"초 위관, 명을 내려주십시오."

그들의 등장으로 오백에 가까운 군병들의 기세가 한풀 꺾인 상황에 천호장 가운(佳雲)은 금의위 앞에서 짧게 부복했다.

도지휘사가 붙잡히고 다른 천호장들이 안 보이는 지금, 자신이 명을 내리거나 더 높은 금의위 명에 따라야 할 상황이었다.

"화살을 쏴라."

"아직 도지휘사가……."

옆에 있던 송 위관이 당황한 듯했지만 초명은 더욱 진지한 표정으로 말을 이었다.

"방금 보지 못했나? 광휘란 사내도 그렇지만 갑자기 나타난 저들 역시도 보기 드문 고수다. 자칫하면 도지휘사도 잃고 저들도 놓친다. 그럴 바에야……."

송자익은 침음했다.

그 역시 충분히 보았다. 삽시간에 나타난 경공술과 믿을 수 없는 엄청난 괴력.

이는 금의위에서도 찾을 수 없는 실력자였다.

"뭐 하나! 사격!"

초명이 고함지르자 잠시 머뭇거리는 모습을 보이던 가운이 소리쳤다.

"준비!"

천호장의 외침에 주위를 둥글게 포위하던 궁사 백의 활시위가 중앙으로 향했다.

"쏴라!"

피유유육!

명이 떨어지자 창검의 숲속에서 화살 백여 개가 날아들었다. 하늘을 덮을 만한 화살의 방향은 이곳, 중앙이었다.

"궁사의 수는 백스물셋. 염악 좌측, 웅산군 우측, 방호는 후면을 맡아라."

궁사들이 활시위를 겨누는 순간 구문중이 말했다.

이미 창병 뒤에 숨은 궁사들이었기에 몇 명인지 알 수 없었지만 누구도 의문을 표하지 않았다.

아는 것이다. 구문중은 청각뿐만 아니라 사물을 기(氣)로써 투시할 수 있는 능력자란 것을.

"알겠소."

"물론."

"갑니다."

염악과 웅산군, 방호는 재빨리 움직였다. 구문중 역시 같이 움직였다.

때마침 날아온 화살.

두두두두두두둑!

담담히 서 있는 광휘를 향해 무차별적으로 쏟아졌다.

스으으으—!

뒤이어 모든 화살이 쏟아지고 잠시 정적이 일 때쯤.

어떻게 됐는지 지켜보던 관병들의 표정이 다시 일그러졌다.

적 네 명의 피해는 전무했다. 쓰러진 기마병들의 시체를 방패삼아 모든 화살을 막아낸 것이다.

"가자!"

구문중이 외치자 그들은 즉각 반응했다.

사선 방향으로 둘. 후미 방향으로 천중단 대원들이 저돌적으로 달려 나갔다.

✳   ✳   ✳

"어……?"

활시위를 겨누던 궁사 한 명의 눈빛이 흔들렸다.

활을 쏘고 난 다음 반사적으로 다음 화살을 재는 것은 궁사의 기본 동작이다.

그런데 손을 뒤로 돌려 팔을 다시 뻗는 잠깐의 틈에, 분명 저 멀리 떨어져 있던 사내가 지척까지 다가와 있었던 것이다.

푸욱! 푹!

"큽!"

"커억!"

웅산군이 손을 휘두르자 궁사 두 명이 그대로 넘어갔다. 화살을 단검처럼 목에다 찔러 넣은 것이다.

슈슈슈슛!

주위 궁사들은 웅산군을 향해 급히 활을 쏘아댔지만 난전 중이라 겨냥이 엉망이었다.

촤라라락.

화살을 피한 웅산군은 쓰러진 궁사의 활 통을 잡아채 화살 열 개를 집어 들었다. 그러고는 기를 실어 사방으로 뿌렸다.

"헉!"

"커헉!"

대충 뿌린 듯한 화살이 궁사 열 명의 이마에 정확히 꽂혀 들어갔다.

타닥!

이후, 웅산군은 궁사들을 피해 창병들 속으로 깊이 파고들었다.

"전열!"

바바바박.

달려드는 웅산군을 향해 창병들은 서로 진열을 가다듬으며 틈을 좁혔다.

빽빽하게 몰려 창을 내미는 기세에 웅산군이 멈칫했다. 그사이 관병들은 원을 만들어 그의 주위를 빙 둘러쌌다.

"거창!"

채채채채채챙!

빽빽한 창살이 웅산군을 향해 겨누어졌다.

그 가운데서도 웅산군은 가볍게 숨을 돌리며 주위를 훑었다. 그러고는 특이한 기수식 자세를 취하며 입을 열었다.

"와라."

"공격!"

빙 둘러싼 열 명의 창병이 먼저 공격에 들어갔다.

그들은 힘 있고 절도 있는 동작으로 웅산군을 향해 창을 찔러댔다.

하나 창날을 찌르기 전, 웅산군은 이미 시야를 벗어나 버렸다.

퍼어억! 퍼어억! 퍼어억!

빨랐다. 그리고 강했다.

우측 세 명을 어깨로 들이받자 창병들은 너무나 쉽게 튕겨 날아갔다.

콱. 쿵. 퍼억!

거의 환영처럼 사라진 웅산군이 좌측에서 찔러 들어오는 창병 셋을 주먹, 손바닥, 팔목으로 연이어 날려 버렸다.

퍼퍼퍽!

또다시 정면 쪽.

주먹 세 방으로 뒤쪽 열에 있는 창병까지 날려 버렸다. 그리고.

픽! 픽! 빠각!

그를 압박했던 후면 병사 셋.

좌우의 병사는 급소를 찔렀고, 가운데 사내는 목을 꺾어버렸다.

투투투툭.

전후좌우에서 달려들었던 열두 명의 병사들은 눈 깜짝할 사이 쓰러진 뒤 일어서지 않았다.

'이게 뭔……'

그들 사이에서 지휘하던 백호장이 그 모습을 보곤 입을 쩌억 벌렸다.

공격할 때 빨라지고 느려졌다가 다시 빨라지는 보법. 움직임에 그저 감탄만 새어 나왔다.

"손을 좀 풀었으니."

빠득빠득.

거구의 사내, 웅산군은 잠입하며 썼던 투구를 벗어 던지며 병사들을 향해 처음으로 야수와 같은 얼굴을 드러냈다.

"본격적으로 해볼까?"

＊　　　＊　　　＊

염악은 우측으로 달려 나간 웅산군과 달리 좌측 길을 뚫기 위해 움직였다.

그는 거대한 참마도로 궁사 세 명의 목을 일시에 날려 버리고는 창병 속으로 뛰어들었다.

"거창!"

염악이 미처 대비할 틈도 없이 파고들자 지휘하던 백호장들이 소리쳤다.

하나 그 순간에도 염악의 손은 더욱 빠르게 관병들을 베어버렸다.

콰드득!

명을 듣기 직전의 셋, 명을 듣고 따르려는 동작에서 다섯, 준비 동작을 끝낸 여덟.

무려 열여섯의 병사들을 조치할 틈도 주지 않고 베어버린 것이다.

"뭘 그리 꼬나봐?"

투욱.

땅을 밟고 선 염악.

거대한 참마도를 어깨에 올린 채 입에 풀잎 하나를 물고 씹으며 말했다.

"아직 시작도 안 했는데."

"쳐라!"

사사사사삭.

등 뒤에서 관병 다섯이 창날을 세우며 먼저 공격을 가해왔다.

그들의 공격을 이미 눈치챈 염악은 몸을 돌려 참마도를 크게 휘둘렀다.

카앙!

그러자 창날이 튕겨 가거나 잘려 나갔다.

촤아아악.

옆쪽에서 공격하던 여섯 개의 창살도 함께 날려 버렸다.

"이거… 인간 떼로군."

정면에서 십수 개의 창날이 찔러 들어왔다.

염악은 뒤쪽으로 물러서다 거기에도 찌르는 창날들이 있는 것을 확인하고는 곧장 도약했다.

"세워라!"

그 모습을 본 백호장이 외쳤다.

준비하고 있던 창병들이 일제히 염악이 땅을 디딜 자리를 모두 봉쇄하고는 창을 내찔렀다.

"재밌군."

공중에 떠 있던 염악이 씨익 웃었다.

그러고는 한순간 숨을 들이켜더니 병사들의 창날에 닿을 때쯤 참마도를 바닥에 집어 던졌다.

패르르륵! 차차앙!

"아악!"

"악!"

두 명의 사내가 참마도에 당하곤 쓰러지자 촘촘하던 창날의 벽에 구멍이 만들어졌다.

터억.

염악은 정확히 그 틈으로 내려앉아 참마도를 집어 들며 곧장 몸을 팽이처럼 돌렸다.

좌아아아아악.

졸지에 스무 명이 넘는 창병들의 몸이 잘려 나갔다.

참마도의 도신도 거대했지만, 밀집대형으로 촘촘히 붙어 있었던 것이 피해를 더 크게 만들었다.

"으으으……."

"아아……."

병사들이 두려움에 떨며 급히 뒤로 물러났다.

그러자 염악 주위로 공간이 일 장 넘게 만들어졌다.

"밀리지 마라! 적은 한 명이다! 어차피 저놈은 여길 도망치지 못한다!"

백호장이 재차 소리쳤지만 병사들은 겁을 집어먹었다. 이미 의지를 상실한 자들도 보였다.

"도망치지 못한다고?"

수십 명을 도륙하고 태연하게 참마도를 든 염악.

그는 엉덩이가 땅에 닿을 만큼 무릎을 굽힌 채로 말을 이었다.

"맞는 말이지. 절대 도망치지 못해."

지이이잉.

일순 참마도 끝에 공기가 일렁이는 광경을 병사들은 목격했다. 그리고 조금 뒤 빛깔이 스며드는 모습도 뒤이어 보았다.

"단, 내가 아니라."

"으아아악!"

"아악!"

말이 끝남과 동시에 휘두른 참마도.

일순 정면에 서 있던 수십 명의 병사들이 삽시간에 쓸려 나갔다.

쿠우우우—!

검강이 뻗어 나간 곳엔 커다란 구멍이 생기며 완만한 평지가 보였다.

염악은 여전히 여유로운 자세로, 얼어붙은 그들을 향해 말을 이었다.

"너희들이야."

*　　　*　　　*

툭툭.

"이보게. 살살 좀 하시게."

방호가 창병 어깨를 툭툭 쳤다.

"살살 하긴 뭘… 어?"

당연히 동료 군병이라 여겼던 창병의 눈이 부릅떠졌다.

분명 앞 열에 있던, 궁수들이 노리고 있던 사내가 빼곡히 밀집된 창병들 한가운데에 나타나 있었던 것이다.

"죽여라!"

홱! 홰홱!

백호장의 외침에 반사적으로 창을 휘둘렀지만 창날은 허공만 베었다.

상대는 이미 저만치 다른 곳에 가 있었던 것이다.

"거참, 길만 터주면 된다니까. 소승은 딱히 살계를 깨뜨리고 싶지 않대도."

"죽여! 이 열! 삼 열!"

슈슈슉.

백호장이 연거푸 명령을 내렸지만 창진의 움직임은 항상 늦었다.

한마디를 하고 병진 사이를 너무나 빨리 이동하는 방호는 이매망량(魑魅魍魎), 그야말로 허깨비와도 같았다.

"끌끌. 이쯤 했으면 잘 알아들었겠지? 그 정도로는 내 손끝도 스치지 못해."

툭툭.

방호는 사람 세 줄을 스쳐 지나 또다시 병사들의 어깨를 두

드렸다.

돌아보는 창병의 얼굴에는 당황과 공포가 어렸다.

"이놈!"

슈슈슉!

"커억!"

열 개의 창날이 즉각 날아들었지만 그 창이 꿰뚫은 것은 방호가 아니라 그가 어깨를 짚은 창병이었다.

"이잇!"

그나마 감각 좋은 이도 있었다. 방호를 보자마자 한 병사가 신속하게 창을 휘둘렀다.

풀쩍!

당연히 그는 뛰어넘어 다른 곳으로 이동했다.

"삼! 오! 곤! 쾌다!"

하지만 백호장도 이번에는 속수무책으로 당하지만은 않았다.

방호는 이제껏 군병이 밀집된 쪽으로 주로 움직였다. 아예 그걸 예측하고 병사들이 많은 쪽을 미리 준비시킨 것이다.

과연, 이런 식으로 되니 방호도 결국 포위되고 말았다.

그는 고개를 저으며 살기를 띠고 있는 관병들을 향해 말했다.

"할 수 없지."

아까 쓰러뜨린 창병 하나의 창대를 쥐고는 자연스럽게 자세를 잡았다.

그사이 또 다른 창병 한 명이 정확한 찌르기를 날려오자.

"창술이 서투르군."

딱!

비스듬히 잡은 창대로 상대의 공격을 막은 방호는 왼발로 상대가 내민 오른 무릎을 찬 뒤.

슈슉!

휘청이는 병사의 가슴에 창을 찔러 넣었다.

"창의 근원은 결국 봉(棒)에서 시작되는 거라오……. 한데 기초가 부족하니 창끝이 흔들리지 않나."

슈슈슈슉!

십수 개의 창날이 날아오는 순간, 납작 엎드리며 몸을 회전했다.

퉁, 퉁, 퉁!

둘러서 있던 창병들은 모두 뒤로 넘어지며 땅을 굴렀다.

슈슈슉!

"와아아아!"

일선이 무너지자 이선이 더욱 분노하며 달려들었다.

"어설퍼. 어설퍼. 걸레를 짜듯 파지를 제대로 해야지!"

좌우, 정면, 뒤 모두 압박하고 창대를 찔러 왔지만 방호는 간단히 창대만을 흔들었다.

타타타타타타타탓.

놀라운 것은 그 가벼운 손길이 이십여 개의 창대를 눈 깜짝할 사이에 비튼 것이고., 밀어내거나 쳐내지 않고 궤적만 살짝 바꾸었다는 것.

그 두 가지였다.

타탓.

거의 찰나의 순간, 아슬아슬하게 창날을 피해낸 방호가 공중으로 도약하자.

푸욱! 수욱! 푸우욱!

각각 창날이 서로의 몸에 찌르고선 이십여 명이 무더기로 쓰러졌다.

잠시 뒤 땅에 내려온 방호는 이전과 달리 진지한 얼굴로 반장을 했다.

"아미타불. 다시 한번 가십시다. 이번에는 좀 진득하게."

        *   *   *

"맹인인가 보군."

구문중이 금의위 앞에 걸어가 멈춰 서자 그의 움직임을 유심히 바라보던 진사중 위관이 입을 열었다.

눈의 초점이 뚜렷하지 않은 것. 그리고 눈이 자신들을 정확히 바라보지 않는 것을 보고 추론한 것이다.

"눈도 먼 녀석이 혼자서 우릴 막아서겠다고?"

송자익 위관이 거듭 묻자 구문중은 슬쩍 고개를 들어 보이다 천천히 내렸다.

끄덕.

철컥. 철컥. 철컥.

그의 반응을 본 진사중과 송자익, 초명이 동시에 칼을 꺼냈다.

보통의 고수가 아니란 건 조금 전 장면으로도 충분했다.

탓. 탓. 탓.

발 구르기 소리가 들리는 그때, 세 명의 금의위들은 이미 자리에 없었다.

상대를 향해 모두 검을 휘두르고 있었던 것이다.

구문중의 반응은 느긋했다.

스슥.

송자익의 칼은 왼쪽 이 보.

슥.

진사중의 검은 뒤쪽 반보.

캉.

초명의 공격은 제자리에서 검집으로 무효화시켰다.

파파팟.

이후, 구문중이 갑작스럽게 한 발을 내딛자 깜짝 놀란 세 금의위들은 멀찍이 떨어졌다.

투둑.

하나 반격을 가하리라 생각한 예상과 달리 그들의 눈에 비친 건 바닥에 떨어진 투구였다. 기마병으로 위장하기 위해 썼던 투구를 벗어 던진 것이다.

투욱. 투욱.

구문중은 몸을 푸는 듯 고개를 좌우로 몇 번 움직여 보였다. 그러더니 자연스러운 동작으로 손가락을 까닥거렸다.

"허허허."

"이런 건방진……."

상대의 도발에 진사중과 송자익이 헛웃음을 흘렸다.

스으으으ㅡ!

그리고 누구라고 할 것 없이 검기를 뿜어냈다.

'분명 맹인으로 보이는데… 어찌 느낌이.'

하나 초명은 좀 더 진지하게 상황을 분석했다.

흔히 무공을 익힌 자들에게서는 뿜어내는 기도가 느껴지게 마련이다. 그런데 이자는 그런 자들과는 다른 생경한 느낌이었다.

'좋다. 확인해 보마.'

터억.

초명이 바닥에 놓인 자갈 세 개를 천천히 집어 들더니 두 금의위를 향해 손을 들어 보였다.

그 모습에 진사중과 송자익은 고개를 끄덕였다. 상대가 맹인이니 자갈 소리로 혼란을 일으키겠다는 의도를 읽은 것이다.

스윽. 스윽.

세 명의 금의위는 조심히 거리를 좁히며 거의 일 장을 남겨 놓고 멈춰 섰다.

어느새 모두 출수 자세를 잡은 상태.

숨을 죽이던 초명이 두 위관에게 다시 한번 눈짓을 주고는 느릿한 동작으로 돌을 던졌다.

탁. 탁. 타탁!

자갈이 바닥에 부딪혀 소음이 일어났다. 거의 시간 차 없이 금의위들의 검기가 지근거리에서 뻗어 나갔다.

한데.

"헙!"

송자익이 헛바람을 일으켰다. 피를 뿌리며 삼등분 나야 할 맹인의 신형이 눈앞으로 다가온 것이다.

카아아아앙!

간신히 상대의 검을 막아냈지만 송자익의 몸은 삼 장이나 밀려 나갔다.

재빨리 자세를 잡으려던 그는 재차 앞으로 고꾸라졌다.

우와악!

뒤이어 한 주먹만큼 피를 토해냈다. 엄청난 기세에 내상을 입은 것이다.

'미친 듯이 빨라. 그리고⋯⋯.'

캉! 캉! 카캉.

그사이 송자익을 밀어낸 구문중은 두 명의 금의위와 싸우고 있었다.

"크읍!"

"하앗!"

그리고 얼마 있지 않아 금의위 진사중이 바닥에 쓰러졌다.

'이럴 수가!'

변칙이 통하지 않았다. 앞에서 소리를 지르는 틈에 뒤에서 치고 검을 휘두르는 척하며 발차기를 시도했지만, 구문중은 마치 앞이 보이기라도 한 듯 공격을 막아내고 하나하나 쳐서 쓰러뜨렀다.

기회라고 생각했던 것이 절체절명의 위기로 바뀌었다.

타탁!

하나 구문중이 진사중을 찌르려다 말고 공중으로 도약했다. 밀려나던 초명이 재빨리 검기를 발산한 이유였다.

"흡."

도약하던 구문중의 얼굴에 변화가 감지되었다.

분명 위치를 지나간 검기라 여겼다. 그런데 휘어지듯 다시 되돌아오지 않는가.

어느덧 초명이 외치는 소리가 들려왔다.

"끝이다!"

그때였다.

피이이이익ㅡ!

구문중이 검을 아래로 휘두르자 피리 소리와 유사한 울림이 공중에 치솟던 기운과 공멸하며 흘러나왔다.

보이지 않는 검기를 간단히 검기로 상쇄시켜 버린 것이다.

타탓.

기가 막혀 멍하니 올려다보고 있는 진사중에게 구문중이 달려갔다.

카아아앙!

또다시 달려와 앞을 막은 초명.

그러나 그것은 잠시였다.

"으악!"

초명의 몸이 부웅 뜨더니 오 장이나 날아가 버렸다. 실로 무지막지한 힘이었다.

촤악.

구문중은 날아가 버린 두 금의위가 지켜보는 와중에서 진사중의 가슴에 검을 찔러 넣었다.

진사중은 눈을 부릅뜨다 이내 흰자위를 드러냈다.

"이런 말도 안 되는 일이……."

그 장면을 지켜보던 송자익이 허망한 신음 소리를 흘렸다.

황궁에서 최고의 무위를 인정받는 금의위 셋이 너무 허망하게 당했다.

그 때문인지 거의 넋을 잃기 직전의 사람처럼 그의 낯빛은 꺼멓게 변해 있었다.

"잔머리는 굴리지 않는 게 좋을 겁니다."

구문중이 처음으로 입을 뗐다.

그는 쓰러진 두 명의 금의위를 향해 속삭이듯 말을 이었다.

"소리 따위, 이미 오래전에 다 극복한 것들이니까요."

*　　　*　　　*

"군령을 발동하게 시간을 벌어줘."

자세를 다시 잡은 초명이, 일어서 있는 송자익을 향해 다가가 속삭였다.

송자익이 의아하게 바라보자 설명을 덧붙였다.

"기마병들을 활용해서 광휘란 자를 치겠네. 지금 치지 않으면 왠지 도망칠 것 같거든."

송자익은 주위를 바라보았다.

진즉에 죽었어야 할 사내들이 아직까지도 목숨을 부지하고 있었다. 아니, 그 수준이 아니라 대열에 균열을 만들어내고 있었다.

"딱히 무리할 필요 있겠는가? 우선 눈앞에 있는 자들부터 확실하게……."

"안 돼. 자칫 잘못하다가 둘 다 빠져나가면 큰일 나는 걸세. 경계가 허물어지고 있어."

초명과 눈이 마주친 송자익은 갈등했다. 지령을 받고 이곳에 내려온 이유를 떠올린 것이다.

"기마 백 중에 반은 날아갈 걸세."

"다 날아가도 상관없네."

푸드득.

초명의 뒤쪽에서 말의 투레질 소리가 들렸다.

조금 전 광휘를 향해 달려들었다 기습에 당하고 남은 기마병들이 금의위의 명을 기다리고 있었다.

"무운을 비네."

초명이 정숙히 읍을 해 보였다. 마지막일지 모를 전우에 대한 예의였다.

이윽고 송자익은 구문중을 향해 걸어갔다.

측. 측. 측.

그는 의도적으로 발소리를 내며 일 장 내로 거리를 좁히고 있었다.

"놀랍군. 청각에 의존하면서도 미세한 소리들을 정확히 구분해 낼 수 있다니."

구문중의 고개가 조금 움직였지만 송자익은 거듭 말을 붙였다.

"어느 도문 출신인가? 불문 쪽은 아닌 것 같고 무당? 화산? 아님 청성?"

"……."

"군부에 적을 두고 있지만 강호 백대고수 정도는 다 꿰고 있네. 한데 아무리 생각해도 자네 같은 자는 본 적이……."

"왜 그랬나?"

처음으로 입을 연 구문중의 말에 송자익의 신경이 곤두섰다. 하나 감정을 숨기며 그를 태연하게 바라봤다.

"무슨 말인가?"

"일말의 희망이라도 바랐다면 기마 백 기로 나를 공격했어야 했다. 따로 몸을 빼는 게 아니라."

송자익은 흠칫했다. 구문중은 정말로 눈이 또렷이 보이는 사람처럼 자신을 대하고 있는 것이다.

"애석하게도 이젠……."

그런 그를 향해 구문중은 입꼬리를 말아 올렸다.

맹인 특유의 허연 눈동자가 소름 끼치는 감정을 담고 쏘아져 왔다.

"그 희망이 완전히 사라졌어."

*　　　*　　　*

치열한 전투가 벌어지고 있는 좌우 오십 장 밖과 달리 중앙에는 금의위와 기마병 그리고 광휘와 구문중만이 존재했다.

"저자가 광휘다. 반 각 후 순차적으로 돌격하라."

뒤로 몸을 뺀 초명은 기마병 앞에 서 있던 천호장을 향해 말을 붙였다.

"같이 공격하는 게 좋지 않겠습니까?"

천호장 가운이 초명에게 되물었다.

"아니, 우리의 목표는 어디까지나 저 뒤에 있는 자다."

가운의 시선이 정중앙으로 향했다.

나른한 자세로 서 있는 광휘. 그가 이 적도들의 수장이란 걸 상기하고는 고개를 끄덕였다.

"이전처럼 사방에서 달려들다간 당한다. 병법으로 밀어붙여야 한다."

"전열을 어떻게……."

"정면으로 들이받는다. 횡렬로 여덟 명씩 늘어선 뒤 십삼 개 조로 분할해 진열을 만들고 일시에 공격한다."

지형에 걸맞은 싸움.

한 명을 상대로 하는 가장 강력한 수단이 무엇일지 초명은 생각했다. 그 묘안은 바로 압박이었다.

강호의 무인들은 경험해 보지 못했을 군대의 움직임.

'일렬로 달려가는 기마병의 기세는, 느껴보지 않은 자들은 모른다.'

기마병이 사방에서 어지럽게 달려드는 것도 위력적이긴 하다.

하지만 행렬을 맞춘 일단의 기마대가 기세를 돋워 정면으로 충돌해 오는 위세는 그에 비할 바가 못 된다.

무인이 이런 기마의 파도를 겪으면 반사적으로 위로 도약하는 법이다. 그리되면 수백 군사들의 창술이 제대로 가치를 발휘할 것이다.

"전군 재집결!"

"명!"

다다닥. 다닥.

기마병들은 천호장의 지시에 따라 대열을 갖추기 시작했다.

한 번 당해서 전의를 잃었던 병사들이 강한 투지를 보이고 있었다.

"상대는 고작 넷이다, 이 새끼들아! 여기서 내빼려거든 다리 사이의 그거 떼버려!"

"전우가! 네 동료가 눈앞에서 죽어가는데 열받지도 않나! 저 놈들 죽여! 죽여서 그 피값을 받아!"

"으아아악!"

본인은 물론이고 가족까지 다 죽여 버리겠다는 독전대들의 욕설이 먹힌 것이다.

남자로서의 수치심, 그리고 수적 우위를 다시금 지적하자 떨어져 내렸던 사기가 순식간에 복구되었다.

"가세. 내 뒤를 따르겠네."

대형이 갖춰지자 초명이 말했다.

천호장이 고개를 끄덕이며 제일 선두에 섰다.

"전원 기동!"

이히히히힝!

두두두둑! 두두두둑!

거대한 먼지가 피어오르며 기마병들이 달려 나갔다.

두두두두두두!

돌격 방향은 광휘와 다른, 정반대 쪽이었다. 기마 돌파의 위력은 거리에 비례하는 법.

일시적으로 거리를 늘려 속도와 충격을 더욱 높이기 위함일 터였다.

이히히힝.

"돌격!"

천호장의 명령에 뒤쪽으로 물러섰던 기마병들은 광휘를 향해 돌진하기 시작했다.

우와아아아아!

드드드득! 드드드득!

땅이 울렸다.

일백 기마가 조를 짜고 달려오는 기세는 처음과는 너무나 달랐다.

십삼 개 조로 대형을 갖춘 군열은 톱의 날처럼 이를 드러내고 광휘를 향해 날아들었다.

"궁사대!"

끼이이이익!

명을 내리자 뒤쪽에서 따로 떨어져 나온 오십여 명의 정예 궁병.

활을 거칠게 잡아당기는 소리가 빗소리처럼 울렸다.

'단 한순간이다. 기회는 반드시 온다!'

다수의 관병들이 무공의 고수 한 명을 상대로 싸우는 이른 바, 차륜전(車輪戰)을 벌이는 일은 한두 번 있는 일이 아니다.

천호장 가운은 궁사들이 아군을 쏘든 말든 이참에 반드시 상대를 제거할 생각이었다.

두두둑.

어느덧 광휘와 기마병의 거리가 십 장 내로 좁아졌다. 묘한 것은, 상대가 말없이 그것을 바라만 보고 있다는 것이었다.

'대체 무슨 생각인 게냐!'

문득 초명은 등골이 서늘해졌다.

기마병이 진열을 정비하고 있는데도 광휘란 자는 가만히 서 있었다. 대형을 짜고 달려 나가는 그때에도.

심지어는 지척까지 다가설 때도 오롯이 자리에 서 있는 것이다.

"하압! 큭."

함성 소리와 함께 대열 앞에 선 천호장이 창대를 힘껏 뒤로 당길 때였다.

갑자기 외마디 비명을 내지르며 안장에서 나가떨어졌다. 쓰러진 그의 가슴에는 검 하나가 박혀 들어가 있었다.

'검을… 던졌어? 이 상황에서?'

그 생각은 잠시였다.

콰드득!

거대한 기세를 뿜어내던 기마 대형이, 떨어진 그를 덮친 것이다.

'어디냐. 어디로 솟을 것이냐.'

지이이잉.

검기를 뿜어낸 초명은 광휘가 공중으로 도약하기를 기다렸다.

한데 뛰어오를 터인 광휘는 여전히 보이지 않았다.

그러던 그때.

패애애애애애액.

일렬로 선 기마병들이 우수수 쓰러지기 시작했다.

이게 어찌 된 영문인지 파악할 사이도 없이.

퍼억! 퍼어억!

이 열, 삼 열의 관병들도 제대로 창을 뻗지 못하고 안장에서 낙마하고 있었다.

'이게 무슨……?'

투투투툭.

대열이 순차적으로 무너지고 있었다.

사 열의 네 필의 말이 머리를 찍으며 바닥에 떨어졌고, 오 열의 기마병들도 휘두르던 창날과 함께 잘려 나가며 바닥에 떨어졌다.

"컥!"

"어헙!"

도약하려던 육 열과 칠 열의 말들은 공중으로 치솟은 채 뒤집어졌다.

팔 열은 말의 발과 함께 잘게 잘려 나간 창대들이 보였고.

구 열부터는 흙먼지 때문에 전혀 보이지 않았다.

두두두둑.

멀리서 싸우는 소리만 미약하게 들릴 뿐, 주위는 조용해졌다.

"이게……."

먼지 장막이 서서히 걷히고 모습을 드러낸 광휘를 본 초명이 신음을 흘렸다.

온몸에 흙먼지를 잔뜩 묻힌 광휘가 일어섰다.

"퉤."

그가 진흙 섞인 침을 내뱉으며 몸을 터는 것을 보고 초명은 믿을 수 없다는 얼굴이 되었다.

"…지당도법(地堂刀法)?"

달려오는 군마의 다리를 잘라내는, 기병대가 아닌 말을 상대로 하는 무예.

이는 본시 난전에서 굴러먹던 잡병들이나 배우는 무예다.

"이게 가능하다니……."

한데 대열을 갖춘 기마대의 말 다리를 잘라냈다. 그것도 백에 가까운 기마대의 말발굽 사이로 들어가서.

자신은 결코 흉내낼 수도, 발상을 할 수도 없는 일이었다.

"…무서운 자."

초명은 아까부터 등골을 자극하던 서늘함이 무엇인지 이제야 깨달았다.

강호의 무림 고수입네 하는 불한당들은 자존심 또한 하늘을 찔러 스스로 온몸에 먼지를 묻히며, 달려오는 말 다리 사이를 구르는 행동을 하지 않는다.

하지만 상대는 스스로가 강호인이라는, 무공의 고수라는 자각이 없었다.

체면을 불고하고 실속만을 챙기는, 군인 같은 무인을 처음 보게 된 그는 소름이 오싹 돋았다.

"최선을 다해야 할 게야."

이제껏 단 한 번도 보지 않았던 유형의 무림 고수. 초명을 향해 광휘가 흙을 털어내며 입을 열었다.

툭툭.

"내 옷깃 하나라도 스치려면."

第十三章

청성파 문주

스르륵.

들고 있던 초명의 검이 아래로 내려갔다.

이제껏 붙들고 있던 싸움 의지도 함께 사라졌다.

"무슨 뜻인가?"

마치 항복 의사를 하듯 손을 바닥에 축 늘어뜨린 모습을 보며 광휘가 물었다.

초명은 잠시 침묵하더니 입을 열었다.

"보는 대로요. 소장이 졌소."

동작은 잡스러웠지만 그 이면에는 모든 것을 초월하는 무위가 숨겨져 있었다.

검을 던져 천호장을 단 일격에 쓰러뜨리고, 그걸 잡고 모든 말의 다리를 베어 기마병을 물리쳤다.

상식 밖의, 전혀 예상할 수 없었던 결과.

"……."

광휘는 별다른 감흥 없이 그를 바라보았다.

그의 눈에 비친 초명은 분노하거나 아쉬워하는 느낌이 없었다. 오히려 개운해진 사람처럼 주위를 보며 말했다.

"저분들은 천중단이지요?"

광휘의 시선이 슬쩍 옆으로 돌아갔다.

"으악!"

"컥!"

처음에 미세하게 생겨난 균열은 파도처럼 번져 가고 있었다.

병사들의 군세는 꺾인 지 오래고 관병들의 숫자 역시도 반이나 줄어 있었다.

"그들이 아니고선 어찌 이 상황을 설명할 수 있겠소. 사실 그들이라고 해도 상황을 이렇게까지 뒤집다니, 내 눈으로 보고도 믿기 힘들 정도니까."

"……."

"망할. 이 정도 실력이라는 말은 못 들었는데……. 아니지, 들어도 믿지 않았을 게요. 황궁 비고에 있는 천중단에 관한 기록을 보고도 의심했으니까."

후회한다는 듯한 초명의 말투에도 광휘의 눈빛은 변하지 않았다. 오히려 더 냉정하게 입을 열었다.

"안됐지만… 귀관을 살려 보낼 수 없네."

"알고 있소."

이번에도 초명은 납득한 듯 고개를 끄덕였다.

"보아 알겠소. 귀하들은 우리가 수천이든 수만이든 충분히 빠져나갈 수 있었소. 그럼에도 여기 있는 군사 모두를 죽이는 이유. 바로 천중단 대원들이 드러나지 않기 위함 아니오?"

꿈틀.

광휘의 미간이 움직였지만 초명은 계속 말을 이었다.

"한편으로 다행이라고 생각하오. 이런 경세적인 무위를 눈으로 볼 수 있는 영광을 누렸으니. 마지막이라고 하긴 뭐하지만 청을 하나 드리오."

"……?"

광휘가 시선을 맞추자 초명은 말을 이었다.

"용상은 늘 위협에서 자유롭지 못한 자리요. 그러니 부디 그대가 살펴주시오. 권좌가 아닌 중원의 모두를 위해."

꿈틀!

광휘의 미간이 움직였다.

"정확히 무슨 뜻인가?"

스윽.

초명은 대답 대신, 내렸던 검을 들며 정중히 군례를 해 보였다.

"불초 초명. 미흡하긴 하지만 한 수 지도 바라오."

처억.

기수식 자세를 취하던 그는 검의 위치를 바꾸었다.

광휘의 괴구검처럼 검날을 아래로, 검 자루를 위로 잡은 것이다.

"…나중에 따로 알아봐야겠군."

광휘는 그 자세를 보고서도 별다른 감정의 미동이 없었다.

그저 어깨 넓이만큼 다리를 벌린 채로 그를 향해 고개를 끄덕였다.

"오라."

두 번의 긴 호흡.

이윽고 한 번의 짧은 호흡 이후.

타탓.

초명이 빠르게 달려 나갔다.

지이이잉―!

초명이 움직이던 와중에 그의 검 끝에서 미세한 변화가 생겨났다. 일 촌의 깊이로 기(氣)가 생성된 것이다.

검기였다.

그가 검신을 아래로 가린 이유가 드러나는 순간이었다.

'이길 수 있어.'

광휘는 아직까지 움직이지 않았다.

그 모습에 초명은 한순간 정말로 이길 수 있다고 생각했다.

마지막에 반응하는 초인적인 속도. 그걸 잡을 수 있는 건 함정을 판 전략뿐이었다.

쇄애액.

초명의 검이 한 자의 거리로 좁아질 때쯤.

그제야 광휘의 검이 움직였다.

자신의 검날의 궤적과 똑같은 호선을 보자 초명은 알 수 없는 야릇한 희열을 느꼈다.

'아름다운⋯⋯.'

빠름을 넘어선 극쾌. 서책에서나 보아오던 그림 같은 한 편의 가름이었다.

무인으로 살면서 꿈에서나 그리던 아름다운 검격이 눈앞에서 펼쳐지고 있었다.

스으으윽—!

흡사 바람 소리와 함께 두 사내가 부딪친 후 다시금 거리가 멀어졌다.

광휘는 검을 휘두른 자세 그대로 있었고, 초명은 자신의 가슴을 가만히 내려다보았다.

정적.

약간의 시간이 지나고 초명 쪽에서 입을 열었다.

"어떻게 한 거요⋯⋯."

어깨 주위로 시작된 가느다란 혈선.

그 혈선은 가슴 쪽으로 이어져 점점 더 길어지며 쭉쭉 뻗어 나가기 시작했다.

"분명 검기를 머금은 검이었소. 소장이 살면서 단 한 번도 쏟아낸 적 없는 최고의 내가기공이었소. 그걸 어떻게 검기도 실려 있지 않은 맨 검으로 잘라낸 것이오?"

점점 피로 온몸을 적신 채로 말하는 초명.

상식을 벗어나는 무예에, 초월한 듯 그는 나른하게 물었다.

"속도는 모든 것을 극복하지."

철컥.

광휘는 담담히 대답하며 검집에 검을 넣었다.

"속도라."

초명이 씨익 웃었다.

그는 천천히 무릎을 꿇으며 말했다.

"존경스럽소. 이건 내 진심이오."

그는 그렇게 조용히 눈을 감았다. 그러곤 어느 순간 고개를
축 늘어뜨렸다.

광휘는 말없이 고개를 숙이더니 하늘을 한번 올려다보며 한
숨을 내쉬었다.

"골치 아픈 일에 휘말렸군……."

죽은 초명이 마지막으로 남긴 말.

용상. 황제를 가리키는 직접적인 표현.

단순히 적으로 마주쳤다고 생각한 금의위의 입에서 생각지도
못한 얘기가 흘러나왔다.

왠지 모르게 기껏 떨쳐내었던 문제에 다시 발을 들인 것 같
은 기분이 들었다.

*　　　*　　　*

"괜찮으십니까!"

"허억, 허억."

관병 어깨에 의지한 백호장 하나가 연거푸 숨을 몰아쉬며 대열에서 멀어지고 있었다.

그의 방향은 북쪽.

아직 합류하지 않은 병사들을 찾아가기 위함이었다.

"으으……."

아비규환이었다.

단 세 명이 대열에 뛰어들었을 뿐인데 오백 명의 병사 대부분이 죽거나 끔찍한 부상을 당했다. 눈으로 보지 않고는 결코 믿지 못할 일들이었다.

"백호장님을 보호하……. 으헉!"

때마침 멀리서 백호장을 보호하기 위해 달려온 관병 하나의 목이 잘려 나갔다.

따돌렸다고 생각했던 괴인이 기어이 쫓아온 것이다.

"도망쳐! 빨리 도망……. 으헉!"

그는 부상당한 상태로 재촉하는 도중 겁에 질려 바닥에 쓰러졌다.

그 순간.

쇄애액!

그를 부축하고 있던 병사의 목이 허공에 치솟았다. 저 멀리 있다고 생각했는데 어느 틈에 눈앞에 온 것이다.

"한 마리라도 놓치면 일이 틀어지지."

염악은 피에 절어 붉게 변한 참마도를 들며 말했다. 그 많은 인원을 베고도 여전히 자신감을 풍겨내고 있었다.

"악귀… 너희들은 악귀다!"

참마도를 휘두르려던 백호장이 악을 쓰듯 소리쳤다.

그는 눈앞의 사내의 싸움 방식을 똑똑히 기억하고 있었다. 달아나는 자들의 발목을 자르고 덤벼드는 군병을 골라 죽이는 모습을.

"악귀라……. 오래간만에 좋은 칭찬을 듣는구먼."

수욱.

참마도를 잠시 내려놓던 염악은 입꼬리를 올렸다.

그러고는 주위에 도망치는 관병들이 있나 한 번 확인하고는 말했다.

"그런데 그거 아나?"

"뭘… 뭘 말이오."

"그 악귀들이 있었기 때문에… 오늘날의 중원이 있다."

"……."

백호장의 미간이 꿈틀댔다. 그러고는 재차 소리쳤다.

"뭔 개소리 같은… 컵."

그의 말은 이어지지 않았다. 염악이 목을 베어버렸기 때문이다.

"후우……. 후우……."

처음으로 거친 숨을 내쉬는 염악.

그는 저 멀찍이서 움직이는 군마의 무리를 보았다. 상대의 지원군이었다. 슬슬 서두르지 않으면 안 되는 때였다.

"뭐, 못 믿겠으면 말든가."

*   *   *

웅산군은 여전히 적들과 싸우고 있었다.

적의 수가 가장 밀집되어 있기도 했고 권법을 사용하는 그의 무예 때문이기도 했다.

퍽! 퍽! 퍽!

세 명의 창병의 머리를 박살 낸 그는 뒤이어 찔러 넣는 창날 두 개를 손으로 잡았다.

푹.

그사이 어느 틈에 찔러 온 하나의 창.

웅산군이 맞자 그는 소리를 질렀다.

"끝냈다! 내가 끝냈어!"

한 병사는 모두에게 들릴 듯 소리쳤다.

"……"

하지만 그의 경악할 만한 말에도 동조하는 관군들은 거의 없었다. 아니, 얼마 남지도 않았을뿐더러 더 중요한 건…….

웅산군이 그에게로 고개를 돌리고 있었기 때문이다.

"간지럽군."

쇄애애액.

"으아아악!"

"아아악!"

두 손으로 창을 들어 휘두르자, 병사 두 명과 함께 주위 관병들이 모두 날아가 버렸다.

삽시간에 주위가 조용해졌다.

쉭! 쉭!

웅산군은 창을 들어 쓰러진 병사들의 가슴을 꿰뚫어 버렸다.

"거참. 잔혹하구먼."

살아 있는 자는 없어야 하는 것이 이번 임무였다.

신음만 흘려대는 관병을 하나씩 죽여 없애는 사이, 시체 더미에 앉아 있던 사내가 말을 걸어왔다.

"그쪽은 어떤가?"

웅산군이 방호에게 물었다.

"나야 보다시피."

고개를 슬쩍 돌리자 웅산군의 시선도 같이 돌아갔다. 그곳은 자신과 마찬가지로 시체로 산을 이룬 모습이었다.

방호는 무릎을 툭툭 치다 일어나며 말했다.

"염악도 끝난 것 같아. 단장님이야 말할 것도 없고."

그 말에 웅산군은 고개를 끄덕였다. 확실히 모든 상황이 종료된 듯 보였다.

"괜찮나?"

방호가 중앙 쪽으로 걸어 나가려 할 때 웅산군이 입을 열었다.

방호의 출신은 불문(佛門).

본래라면 무의미한 살생을 피하는 그가 이런 일에 다시 손을 대었으니 기분이 어떨지 짐작도 가지 않았다.

"뭐, 이유가 있겠지. 모두 죽이지 않으면 안 되는 이유 말이야."

방호의 말에 웅산군은 고개를 끄덕이며 말했다.

"적어도 오백의 목숨보다는 훨씬 클 걸세."

"아무렴."

쓸쓸하게 대답하고 돌아서는 방호.

웅산군은 그런 그에게 한마디를 덧붙이려다 그만두었다.

햇볕이 서서히 내리쬐는 그곳에서 둘은 온몸에 피를 두르고 하늘을 올려다보고 있었다.

*　　　*　　　*

"끌끌끌. 다행히 잘 끝났나 보군."

군영이 전부 보이는 산등성이, 그곳엔 올라선 노파가 장죽을 꼬나물며 입을 열었다.

뻐억. 뻑.

"정말이지… 보고도 믿기지가 않아요."

연기를 손을 저어 흩으며, 백옥처럼 흰 피부를 가진 여인 서혜가 입을 열었다.

"그래도 운이 좋았다. 사람을 풀어 병사들의 시선을 사로잡지 않았다면 동서로 갈라져 있던 군사들이 합류했을 게야. 그럼 더 어려워졌을 게고."

광휘가 병사들을 처리할 동안, 숨은 조력자들이 있었다.

신호탄으로 병사들을 혼란스럽게 했지만 그것만으로 남쪽에서 일어나는 전투를 가리기엔 부족했다.

다행히 그 틈에 하오문 사람들이 병사로 위장해 들어갔고 뿔나팔 소리를 이용해 남쪽에서 진행되는 전투를 가릴 수 있었다.

"어떻게 저 많은 병사들을 상대로 싸울 생각을 했을까요?"

"할 만하다고 생각했겠지. 그들의 전적은 너도 보지 않았느냐."

노파의 말에 서혜가 고개를 저었다.

"그렇다 해도 소녀라면 저러지 않았을 거예요. 자칫 일이 잘못되었다면 삼천 명의 군사를 상대로 싸웠어야 하는데……."

의도는 이해가 갔지만 엄두가 나지 않았다.

강호의 아무리 뛰어난 고수라 하더라도 삼천의 대군을 상대로는 살아남기는커녕 싸울 마음조차 들지 않는다.

그런데 싸움의 결과는 오히려 정반대였다. 삼천을 흩어놓은 다음에, 오백을 말 그대로 몰살시켜 버린 것이다.

"뭐, 삼천이랑 맞붙었어도 해냈을 게다, 저들은."

서혜와 달리 노파는 전혀 다른 대답을 내놓았다.

노파는 장죽을 깊게 빨고는 내뱉으며 말을 이었다.

"천중단에서 살아남은 자들이니까."

"아……."

서혜는 말문이 막혔다.

천중단, 그 이름의 무게를 다시 한번 느끼게 되는 순간이었다.

"이로써 알게 되었어요. 천중단 대원들 중 저들이 제일 강했다는 거 말이에요."

서혜의 말이 끝나기도 전에 노파의 주름진 눈이 그녀에게로
향했다.

"너는 뭘 좀 많이 착각하고 있구나."

"네? 그게 무슨 말인가요?"

서혜가 눈을 깜빡이자 노파가 입을 열었다.

"광휘를 제외한 저들은 전부 막부단이야. 하늘 가운데 달이지."

"……."

막부단? 서혜는 여전히 이해 못 한 시선으로 바라보고 있
었다.

노파는 군영 쪽으로 고개를 다시 돌렸다.

산기슭을 타고 올라오는 산바람이 두 여인의 얼굴을 스쳐
갔다.

"하늘 가운데 달. 그리고 하늘 가운데 바람."

노인은 추억을 떠올리는 듯 멀찍이 바라보며 말을 이었다.

"내가 알기론 그 둘 중 바람이 몇 배는 더 강했다."

＊　　　＊　　　＊

쨍쨍한 빛이 내리쬐는 정오.

이름 모를 산속, 사람이 버리고 간 오래된 목옥(木屋)에서 신
음 소리가 들려왔다.

"읍. 읍읍읍!"

방 안 정중앙, 의자에 온몸이 묶인 도지휘사 장대풍은 벗어나기 위해 애를 쓰고 있었다.

하지만 손발은 물론, 입이 봉쇄당해 그가 제대로 말할 수 있는 것은 아무것도 없었다.

끼이이익.

때마침 문을 열고 한 사내가 들어오자 방 안에 있던 네 명의 장년인들이 읍을 해 보였다.

고개를 짧게 끄덕인 광휘는 장대풍 맞은편 의자에 걸어가 앉았다.

"재갈을 풀어라."

"옙."

염악이 걸어가 장대풍의 입을 막고 있던 매듭을 풀었다.

"이놈들! 감히 내가 누군지 알고 이런 일을 벌인 거냐!"

곧장 장대풍의 고성이 터져 나왔다.

그 모습을 보면서도 광휘는 느긋한 자세로 의자 등받이에 몸을 기댔다.

그사이 장대풍의 고성은 계속 이어지고 있었다.

"어떻게 빠져나왔는지 모르지만 너희들은 결국 붙잡히게 되어 있다. 얼마 있지 않아 우리 군사들은 날 찾을 것이고, 너희들을 모두 도륙할 것이다."

"……"

"그땐 빌어도 소용없다. 그러니 지금 날 놓아주는 것이 신상에 좋을 것이야."

처억.

듣고 있던 광휘가 일어서자 장대풍의 눈이 위로 향했다.

"이놈! 내 말을 듣지 않는 거냐? 삼천의 군세가 이곳을 전부 쓸어…… 악!"

퍼억.

묵직한 주먹에 몸이 들썩였다.

부러져 있던 코뼈를 또다시 가격당한 것이다.

"으으으……."

고통에 몸을 떨어 대는 장대풍.

광휘는 머리채를 잡아채 다시 한번 주먹을 꽂아 넣었다.

퍼억.

"크악!"

장대풍은 목이 찢어질 듯 소리를 질러냈다.

조금 전 일격으로 앞니 세 개가 부러졌는지 이빨이 듬성듬성 보였다.

"얼굴 들어."

"으으으… 으으으… 읍!"

장대풍이 시키는 대로 움직이지 않자 광휘가 그의 목을 졸랐다. 얼굴을 부르르 떨던 장대풍의 몸이 이내 죽은 사람처럼 축 늘어졌다.

"물."

"옙."

촤아아악.

방호는 준비한 물을 장대풍의 얼굴에 뿌렸다.

잠시 뒤 축 늘어져 있던 장대풍은 눈꺼풀을 떨어댔다.

"넌 묻는 말에만 대답해."

광휘는 다시 자리에 앉아 조용히 기다렸다.

잠시 뒤, 천천히 고개를 드는 장대풍을 본 광휘가 말했다.

"돈은 어디에 숨겨놓았나?"

장대풍은 눈꺼풀을 자르르 떨어댔다. 무슨 뜻인지 곧바로 이해하지 못한 것이다.

"네가 이제껏 모아둔 돈. 이 자리에서 모두 말하면 살려주마."

힘겹게 들어 올린 눈으로 광휘와 시선을 맞추고는 씨익 웃었다.

"돈이… 그게 목적이었소?"

"그럼 돈이 아니고 뭐겠나? 내가 장씨세가에 붙어 있는 것도 전부 그것 때문인데."

도지휘사가 쉽게 입을 열지 않으리란 건 광휘 역시 알고 있었다. 그렇기에 그럴듯한 얘기로 꾀어내어 자신의 목적을 숨기려 했다.

목적의 방향이 다르다는 걸 알면 상대는 오히려 속내를 드러내기 편해지니까.

"우린 돈만 챙기면 돼. 복잡하게 관과 무림의 세력에 관여할 생각도, 장씨세가 같은 촌구석에 머물 마음도 전혀 없으니까."

장대풍의 눈동자가 떨리다 좌우로 움직였다.

생각해 보면 그럴듯했다.

눈앞에 있는, 천중단 출신인 사내.

그 정도 되는 자가 이름 모를 세가를 이토록 도와줄 특별한 이유 같은 건 없었다.

장대풍의 시선이 잠시 바닥으로 깔리더니 뒤늦게 목소리가 흘러나왔다.

"관내 북쪽, 내 집무실 뒤에 지하로 된 작은 밀실 하나가 있소. 거기에 금은보화와 기념물, 무림기보와 영약, 갖가지 땅문서가 있지. 방 전체가 금고라고 생각하면 편할 것이오."

장대풍의 말에 광휘가 고개를 끄덕이더니 자리에서 일어섰다. 그리고 거구의 사내를 향해 말했다.

"죽여."

"…잠깐!"

장대풍의 고개가 휙 올라갔다.

사내들이 다가오자 그는 겁을 질려 소리쳤다.

"뭐 하는 것이오. 내 모든 사실을 털어놓지 않았소."

"알아낼 게 없으니 이젠 쓸모가 없어졌어."

"돈이 목적이라면 날 죽이지 않아도 되는 거 아니오? 아니, 그보다 날 납치한 이유가 고작 그것뿐은 아니지 않겠소!"

장대풍은 상대가 돈을 목적으로 접근한 것은 충분히 이해했다.

다만 무리하게 삼천의 군세를 뚫고 들어온 이유가 그것만이 아니라고 생각한 것이다.

"맞아. 처음엔 이 일의 배후를 캐낼 생각이었다. 도망치는 데 도움이 될까 싶어서."

광휘가 도지휘사를 향해 싸늘하게 말을 이었다.

"하지만 생각해 보니 그럴 필요가 없더군. 당상관의 명을 받았다는 것 정도는 우리도 알고 있으니 말이야."

장대풍의 미간이 찌푸려졌다. 하지만 시선을 피하지 않고 대답했다.

"당상관? 뭘 잘못 알고 있구려. 고작 내 연줄이 그 정도밖에 안 될 거라 생각하시오?"

"더 있다는 건가?"

상대가 관심을 보이기 시작하자 도지휘사의 눈이 주위를 훑었다.

광휘는 미간을 찌푸리고 있었고 다른 사내들도 적잖이 당황한 듯 보였다.

광휘가 말했다.

"뭐, 그래 봤자 별 볼 일 없는 녀석일 터. 괜히 길게 시간 끌 필요 없이 그만 끝내지."

"별 볼 일 없는 녀석은 아냐. 한때 중원을 지옥으로 만든 자들이니까."

자신에게 시선이 집중된다는 걸 느낀 장대풍의 기세가 차츰 살아났다. 말투도 이미 하대로 바뀌어 있었다.

"수만 명을 죽이고 황군에 제거된 조직. 중원을 파탄 직전까지 몰고 간, 과거 사파 총주까지 움직였던 자들. 바로 은자림이지."

"뭣이!"

"뭐!"

염악과 방호가 외치듯 소리쳤다.

구문중은 말없이 서 있었고 웅산군은 광휘 쪽을 바라보고 있었다.

그들의 모습을 본 장대풍은 마치 자랑하듯 얘기했다.

"광휘 네놈이 천중단 출신이니 잘 알 것이다. 황군에 의해 없어진 조직. 하나 최근에 다시 나타났어. 예전보다 더욱 강해진 모습으로."

무림에선 은자림이 사파인 광림총으로 둔갑해 아는 자가 거의 없었고 관내에서는 황군에 의해 멸망했다고 알려져 있었다.

도지휘사도 그중 하나였다.

"천중단 너희들은 상대해 보지 못했으니 얼마나 강한지 모를 거야. 금의위? 동창? 천중단? 그들과는 비교도 안 될 정도로 강해. 날 죽이는 순간 그들에게 평생 쫓겨 살게 될걸."

자신감이 부쩍 붙은 도지휘사.

대답 없이 그를 뚫어져라 바라보던 광휘가 입을 열었다.

"강해봤자 오합지졸. 결국 황군에 의해 숙청될 자들이다. 과거에 황실에서 처단된 것처럼 별거 아닌 놈들 아닌가."

"무슨 소리! 그들의 힘은 네놈이 상상하는 것 그 이상이야. 그 힘을 경험하고 목격한 군신들은 모두 그들의 곁에 붙었을 정도니까. 이건 시간문제야."

"⋯⋯."

"황제는 등불이야. 모두에게 선망의 대상이지만 결국 작은 불빛 하나일 뿐이지. 언제 꺼질지 모르는 자리 아닌가?"

"용상은 늘 위협에서 자유롭지 못한 자리요."

문득, 죽기 직전 초명의 목소리가 들려왔다.
황제를 걱정하는, 어쩌면 황실 내부에서도 이 문제가 대두되는 상황 같았다.
"이제 날 죽일 수 없다는 걸 깨달았겠지? 알겠느냐? 이 몸이 그 정도로 귀하신 분이란 말이다."
"……."
"어서 풀어라. 어서 풀고 내게 머리를 조아려라!"
돌아섰던 광휘가 천천히 다가왔다. 그 모습을 본 장대풍이 입꼬리를 올렸다.
"그래그래. 그렇게 머리를 조아려……. 컥!"
쫘악.
화끈한 고통과 함께 장대풍의 고개가 획 올라갔다. 그의 눈은 자신의 머리채를 잡은 사내를 바라보고 있었다.
"그럼 이제 질문을 달리해 보지."
"……."
"은자림에 내바친 공물 장부, 그건 어디에 있는가?"

*　　　*　　　*

광휘가 도지휘사를 납치하기 나흘 전.
청성파 대전 안은 주요 요직의 사람들의 방문으로 발 디딜

틈이 없었다.

각주와 당주는 물론이고 장로들, 그리고 평소 얼굴을 비치지 않는 도장, 도사들까지도 친히 이곳으로 발걸음을 한 것이다.

'후우……'

대전 중앙에 서 있던 능자진은 청성파 사람들의 시선을 한 몸에 받으며 조용히 때를 기다렸다.

청운적하검을 건네준 뒤 머쓱한 자세로 서 있기를 두 시진.

진본인지 가짜인지 확인하러 간다는 말을 듣고선 아직까지도 돌아오지 않은 것이다.

촤라락.

때마침 대전 문을 열고 노인 두 명이 들어오자 능자진의 눈썹이 꿈틀댔다.

그들은 능자진을 지나쳐 단상 위의 장문인을 향해 조용히 예립(禮立)했다.

"어떻게… 확인해 보았느냐?"

청성파 장문인 옆에 서 있던 일 장로가 입을 열었다.

"예. 틀림없는 석진(石眞) 도사의 필체였습니다."

"오오오!"

"허어어!"

도처에 탄식이 흘러나왔다. 몇몇은 감정을 주체하기 어려웠는지 두 손으로 얼굴을 감쌌다.

오래전 청성파를 대표하는 고수였던 석진.

아이들을 가르치는 진무각(晉武閣) 교관으로 청성파 사람들에게 귀감이 되었던 그의 오랜 행적이 주마등처럼 스쳐 지나간 것이다.

감상에 젖은 일부 사람들과 달리 대전 내 사람들의 관심은 자연스레 청운적하검의 무공에 대한 궁금증으로 이어졌다.

그가 따로 청운적하검을 남겼다는 것은 청성파 내에 있는 진본과 다르다는 것을 의미했기 때문이다.

잠시 뒤, 들어왔던 또 다른 노인이 입을 열었다.

정정해 보이는 왼쪽 노인과 달리 허리가 굽어 불편해 보이는 자였다.

"청천각(靑天閣) 열 명의 도사들과 함께 심도 있게 검토한 결과 청운적하검이 맞았습니다. 다만 열여섯 개의 검로를 추가로 만들었고 보법의 방향과 순서가 바뀌어 있었는데, 모든 면에서 크게 개선한 것으로 판명되었습니다."

"이럴 수가!"

"허어. 오오오!"

도처에서 감탄 섞인 목소리가 흘러나왔다. 이건 청성파 내에 일대의 사건이라 불릴 만했다.

청운적하검은 청성파를 대표하는 최상승 무학이다. 선대부터 내려져 오는 무공이 많은 도사들에 의해 거듭 발전되어 온 무공.

그런 상승 무학에 손을 댔다는 것은 완벽히 익히는 것에서 나아가 그 너머에 크나큰 깨달음이 있었다고 봐야 했다.

놀람과 감탄이 곧 사그라지자 자연스럽게 관심은 능자진에게 쏠렸다.

"어떻게 이 귀한 것을 구한 것인가?"

사람들 사이에서 일어선 매서운 눈길의 노인이 물었다.

그는 조상님들의 위명을 기리는 조양동(朝陽洞) 책임자로, 청성 내에서도 매우 엄격한 규율을 따지는 자로 유명했다.

"소인도 건네받았을 뿐 자세한 건 모릅니다."

"건네받았다고? 누구에게?"

이번엔 흰 콧수염을 늘어뜨린 다른 노인이 일어나 물었다.

"장씨세가의 소가주인 장련 소저였는데, 듣기로 그분도 다른 분께 건네받은 거라 했습니다."

"그러니 그게 누구냔 말이다!"

능자진은 난처했다. 광휘를 들먹여 비급에 대해 괜한 오해를 살까 당황한 것이다.

"이놈! 설마 이것을 훔친 것이냐!"

"저놈을 조사해 봐야 되지 않겠소이까?"

"제게 맡겨주십시오. 일각 안에 모든 것을 발설하게 할 자신이 있습니다."

다들 한마디씩 보태면서 일어나자 대전 안에 흉흉한 분위기가 생겨났다.

그 모습을 보다 못한 일 장로가 외쳤다.

"문주님이 계시는 자리요! 다들 진정하시오!"

그 말에, 수습되지 않을 것 같던 상황은 삽시간에 조용해졌다. 단지 일 장로의 한마디에 모두가 입을 다문 것이다.

'이것이 청성파……'

능자진은 느꼈다.

단 한마디. 진정되지 않을 것 같은 분위기 속에서도 철통처럼 지켜지는 규율.

바로 구대문파 중 하나인 청성이었다.

좌중이 조용해질 때쯤, 뭔가를 생각하는지 한참 시선을 바닥에 내리깔던 청성파 장문인 석명(石明)이 입을 열었다.

"괜찮네. 말 안 해도 돼."

능자진이 의아하게 바라볼 때쯤 그가 지그시 미소 지으며 말했다.

"그분은 여전히 잘 계시던가?"

*　　　*　　　*

울창한 산림 속.

고요하게 흐르는 강물에, 인자하게 뻗은 콧수염을 단 노인이 손을 담그며 말했다.

"월성호(月城湖)라고 불리는 곳이야. 청성에서 경관이 제일 좋은 곳으로 수련에 지친 문하생들이 자주 머무르곤 하지."

능자진의 눈이 길게 뻗은 호수로 향했다. 아름다운 풍광에 아침 안개가 어우러지며 자못 신비로운 기운까지 느껴지고 있었다.

"어린 나이부터 강호에 출두하여 협행을 쌓았다지? 자넬 보니 강호의 앞날이 밝아 보여 안심이네."

"감히 청성제일검께 비하겠습니까."

능자진은 눈앞의 노인, 청성파 장문인 석명을 향해 조심스레 답례했다.

한때 강호 최악의 위기에서 마두들을 젊은 나이에 수도 없이 처단한 인물 아닌가.

"청성제일검이라……. 감당할 수 없군. 그것도 옛날 일이지만."

석명은 옛 추억에 잠긴 듯 입꼬리를 올리며 재차 입을 열었다.

"혹시 자네가 가져온 그 비급에 뭐가 쓰여 있는지 열어봤는가?"

"아닙니다. 저는 제가 들고 온 것이 청성의 무공인지도 몰랐고, 설령 알았다면 더더욱 열어보지 않았을 것입니다."

능자진이 손사래 치자 석명은 고개를 저었다.

"오해 말게. 내 소협의 정직함을 의심해서 물어본 것이 아니야. 그 비급 안에 본 파의 청운적하검이 기록되어 있긴 했지만, 사실 그 비급에는 그보다 더 큰 것이 들어 있어서 걱정스러워 물어본 것이야."

'더 큰 것?'

능자진은 그가 무슨 의도로 물었는지 알 수 없었기에 조용히 다음 말을 기다렸다.

석명이 자리에 일어나더니 허리를 툭툭 쳤다.

"여하튼 그걸 보고 든 내 생각은 천중단은 참 힘든 곳이었다는 것일세."

"예?"

갑작스럽게 나온 천중단 얘기.

능자진의 시선은 점점 의아하게 변해 가고 있었다.

"무공은 말이야, 그것을 익히고 체득한 사람의 시각을 따라가네. 느끼는 감정이나 생각하는 방향이 묻어 나오지. 정도를 걷는 무공이 정신 수양을 기초로 하는 이유가 그것이기 때문이야."

"……."

"그럼 험한 일을 겪거나 괴로운 상황에서 익힌 무공들은 어떻게 변하겠나?"

곰곰이 생각하던 능자진이 말했다.

"검이 거칠어질 겁니다."

"그렇지. 상황이 최악으로 치닫게 되면 활검(活劍)이 아닌 살검(殺劍)이 될 수밖에 없겠지."

"살검……."

사람을 죽이는 검.

정신이 스며 있는 검이 아니라 오로지 목적이 주가 되는 검이다.

"하면 그 비급 안에 살검이 들어 있었다는 얘기입니까?"

낯빛이 굳어진 능자진이 조심스레 묻자 석명은 지그시 미소 지으며 고개를 저어 보였다.

"그보다 더 지독한 게 있었네."

"더 지독한 검이라고요? 그게 무엇입니까?"

"죽는 검이었네."

"죽는 검?"

능자진의 의아함은 더 커져갔다.

사람을 죽이는 살검보다 더 지독한 단계가 있을 것이라고는 생각도 하지 못했다. 심지어 듣기만 해도 불길하게 느껴지는 '죽는 검'이라니.

스윽.

석명은 다시 호수에 손을 담갔다.

한없이 인자하던 그의 얼굴은 어느샌가 깊은 수렁에 빠진 사람처럼 심각하게 변해 있었다.

"살검이었어야 했네. 활검이 아니라면 상식적으로 그게 맞는 거야. 한데 거기엔 죽는 검이 있었어. 초식은 없고 단순한 베기와 찌르는 동작만 기록되어 있었지. 마치… 살기 위한 몸부림이랄까."

"…예?"

"두 가지 방법으로는 해결할 수 없는 상황. 아무리 노력해도 무공으로는 방법을 찾지 못했던 게지. 그런 상황에서 활로를 찾기 위해 몸부림을 친 거고. 살을 주고 뼈를 얻는다? 팔 하나나 다리를 말하는 것이 아닐세. 칼이 배에 박히는 순간 상대의 목을 날리는, 동귀어진을 바탕으로 하는 검이 대체 어떤 환경에서 만들어졌을까."

"아."

순간 능자진이 신음을 흘렸다. 소름이 끼쳤다.

어떤 방법으로든 살아날 수 없는 극한의 상황. 살아남기 위해서도 아니고 죽음을 각오, 아니 죽음을 기반으로 해서 펼쳐지는 끔찍한 검술이라니. 일반적인 상식을 부수는 환경일 터였다.

그 끔찍한 참상이 그제야 머릿속에 그려지기 시작한 것이다.

"본 파는 이 싸움에서 전면에 서지 않을 생각이네."

충격에 빠져 있던 능자진을 향해 석명은 화제를 돌렸다.

"청성은 현재 장씨세가에서 일어나는 일들을 정확히 알지 못하는 상황이지. 맹도 팽가 편을 들고 있으니 명분도 부족하고."

"하나 장문인, 그들은……."

"단, 간과하지는 않겠네."

석명이 말을 끊으며 능자진을 바라보았다. 그는 언제 그랬냐는 듯 인자한 미소를 보였다.

"장씨세가가 최악의 상황에 놓이는 것은 두고 보지 않겠다는 말일세. 청성은 분명 도움을 받았으니까."

"감사합니다. 정말 감사합니다."

능자진의 얼굴이 확 밝아졌다.

전면전으로 돕지는 않아도 최악의 상황을 막을 수 있게끔 지원해 주겠다는 의미. 그것만으로도 적지 않은 소득이 될 터였다.

"그럼 돌아가게. 자네도 바쁠 터인데."

석명의 말에 능자진은 정중히 읍을 해 보였다. 느릿하게 동작을 푼 그는 그렇게 발길을 돌렸다.

"급하긴 급했나 보구먼."

석명은 입꼬리를 씨익 올렸다.

순식간에 월성호에서 자취를 감춘 모습을 보자 저절로 웃음이 나온 것이다.

"그때……."

잠시 뒤 한숨과 함께 뒤돌아선 석명.

그의 눈빛은 표정과 함께 진한 그윽함으로 변해 있었다.

"그때 내가 갔어야 하는 건데……."

석명은 뛰어난 검수였던 석진을 떠올리며 고개를 숙였다.

"미안하다, 석진아……."

第十四章

당문의 등장

안휘 황산(黃山)에 위치한 남궁세가.

후문에서 그리 떨어지지 않은 곳에 위치한 대전에는 아침부터 울음소리가 끊이지 않았다.

"이게 무슨 말이오! 강무가 비급을 남겼다니!"

외투를 다 걸치지도 않은 채 걸어 들어온 노인.

남궁가를 책임지는 가주 남궁서군(南宮西君)이었다.

"그게…… 흑흑. 흐흐흑."

때마침 울음을 터뜨리는 현숙한 여인.

그의 첫째 딸인 남궁혜연의 모습에 분위기는 숙연해졌다.

"이것입니다."

첫째 아들 남궁진영(南宮進英)이 내미는 창궁무애검법이란 글자에 그의 눈이 커졌다.

그는 대전 단상에 올라가지도 않고 비급을 받아 든 채 그 자리에서 빠르게 훑었다.

촤락. 촤락.

책장을 넘기는 속도가 점점 느려졌다.

어느샌가 눈은 평소보다 더 크게 뜨여 있었고 비급을 넘기는 그의 손의 떨림은 더해갔다.

"……."

그가 책장을 다 넘길 때까지 대전에 있던 인사들은 아무 말도 하지 않았다.

뒤늦게 들어온 장로들도 분위기를 읽고는 말없이 자리에 앉기만 했다.

턱.

자리에 선 채로 무려 반 시진 동안 읽은 남궁서군이 책을 덮었다.

"누가 이걸 들고 왔느냐?"

그 말에 뒤쪽에 시립해 있던 무사 한 명이 다가왔다.

"장씨세가에서 온 무사들입니다. 일단은 그들을 객방에 데려다 놓았습니다."

"데리고 오너라. 지금 당장!"

"옙!"

고함치는 목소리에 무사는 급히 읍을 해 보이고는 대전을 빠져나갔다.

그사이 천천히 단상 위에 오르는 남궁서군.

그때까지도 남궁혜연은 눈물을 보이고 있었다.

"정말 남궁강무가 맞습니까?"

짙게 깔린 분위기를 깨고 한쪽에 선 노인, 일 장로가 입을 열었다.

하지만 남궁서군은 대답이 없었다. 짙게 시선을 내리깔며 들고 있던 비급을 바라볼 뿐이었다.

터억, 터억.

잠시 후, 문턱을 넘으며 사내 두 명이 들어왔다.

뭔가 기대에 찬 밝은 표정이었던 그들은 엄숙한 장내의 시선을 읽고는 점점 표정이 굳어졌다.

"어디서 이걸 얻었느냐?"

다짜고짜 말을 건네는 가주의 모습에, 곡전풍과 황진수는 서로를 한번 바라보았다.

곡전풍이 한 발 나서며 입을 열었다.

"안녕하십니까, 가주. 소인은 장씨세가 식객으로 있는 곡전풍이라고……."

"어디서 이걸 얻었느냐고 묻지 않느냐."

말을 자르자 곡전풍의 눈이 옆으로 돌아갔다.

심상치 않은 분위기를 읽은 황진수도 고개를 절레절레 저었다.

곡전풍은 좌중을 한번 훑고는 진지한 어투로 말했다.

"저희들도 자세히는 모릅니다. 장련 소저께 이걸 남궁세가에 전달하라는 전갈을 받고 곧장 이곳에 왔습니다."

"곡 형 말씀이 맞습니다. 그리고 오는 도중 비급을 열어보지도 않았기에 거기에 뭐가 들어 있는지도 모릅니다."

곡전풍과 황진수의 말에 가주의 고개가 오른쪽으로 돌아 갔다.

"장씨세가라면 팽가와 다투고 있다는 그 상계 집단을 말하는 거냐? 그럼 장련은 누구냐?"

"그곳 가주의 딸입니다."

장로 한 명이 일어서 그의 말을 받았다.

"그 여인이 왜 이것을 가지고 있어? 이것이 어떻게 있느냐고!"

또다시 고함치는 소리에 남궁세가 사람들은 아무 대답도 하지 못했다.

곡전풍과 황진수 역시 영문을 모르고 눈을 이리저리 굴리고 있었다.

"내 직접 장씨세가에 찾아가 그들을 보고 이유를 물을 것이야. 만약 이 비급을 숨기려 했거나 혹은 팔아넘기려다가 실패해 이리 건네준 것이라면 내 결코 용서치 않을 것이다!"

우렁찬 소리에 다들 아무 말도 하지 못했다.

남궁세가의 보물보다 더 가치 있는 자.

가주의 슬픔은 뛰어난 재지를 가진 아들을 잃고 오랫동안 짓눌려 있다 비급에 투영되어 나온 것이라 누구도 조언하지 못했다.

"일단 저들을 뇌옥에 당장 가두라!"

"옙!"

"엡!"

그의 말에 무사들이 하나둘씩 곡전풍과 황진수의 뒤에 섰다.

둘은 눈을 이리저리 굴리다 입을 열었다.

"거, 이보시오. 왜들 이러는 것이오."

"우린 아무런 잘못이 없소이다!"

둘의 외침은 간단히 무시되며 남궁세가 무사들에게 곧장 붙잡혀 나갔다.

"아무 잘못도 없다니까! 그만하라고!"

"놓으시오! 이거 놓으라니까!"

둘의 외침이 울려 퍼지는 가운데, 남궁서군은 뿌드득 이를 갈았다.

"내, 이 일에 관여된 것이 누구든 가만히 두지 않을 것이다. 반드시……."

"그 관여된 자가 백(白)이라 해도 말입니까?"

좌중의 시선이 일제히 입구 쪽으로 향했다.

그곳엔 뒷짐을 진 채 웃으며 말하는 노인이 있었다. 특히나 그를 본 남궁진영의 눈썹이 파르르 떨렸다.

"방주……."

개방 방주 능시걸이 들어온 것이다.

"여기에는 무슨 일로……. 그보다 백이라니 그게 무슨 말입니까?"

"말 그대로 백입니다. 일백(百)에서 하나(一)를 뺀, 기록에서 하얗게 지워진 부분 말이지요."

"백……."

남궁서군의 표정이 천천히 굳어졌다.

"가주, 백이 무슨 뜻인가요?"

"아버님……?"

남궁서군이 백이란 단어를 읊조리며 서 있자 옆에 있던 남궁혜연과 남궁진영이 물었다.

"구파일방의 협약에 의거해 존재가 지워진 자들이다. 허락 없이 독단적으로 알아내려다간 엄청난 응징을 받게 되지. 이미 그의 과거는 하얗게 지워졌다는 뜻으로, 앞으로도 영원히 드러나지 않아야 한다는 이중적인 의미를 담고 있다."

"아……."

남궁서군의 말에, 장내에 신음이 터져 나왔다.

듣고 있던 곡전풍과 황진수는 더욱 당황스러운 표정을 짓고 있었다.

단순히 남궁세가의 일이 아닌 맹의 과거사와 심상치 않은 어둠에 관계된 일에 발을 들였다는 것을 깨달은 것이다.

"물론 구파일방의 협약이긴 하지만 남궁세가 가주께서 여쭤보신다면 말씀드릴 수도 있지요. 하면 이 자리에서 들어보시겠습니까?"

"……."

"가주?"

"한 가지 묻겠습니다."

남궁서군의 시선을 받은 능시걸이 고개를 끄덕였다.

"유역진이 누굽니까?"

꿈틀.

능시걸의 눈썹이 움직였다.

"강무가 남긴 서책 맨 마지막에 보면 거론된 인물이 있었습니다. 혹시 그 유역진이란 자가 방주께서 말씀하신 백입니까?"

"허어……"

능시걸은 턱을 쓸어내렸다. 난감함과 묘한 느낌이 교차되는 표정이었다.

"그렇다면 어찌하시겠습니까?"

"듣지 않겠습니다."

남궁서군은 자리에서 일어섰다. 그러고는 빠른 걸음으로 곡전풍과 황진수를 지나쳐 능시걸의 옆에 섰다.

"만약 그가 백과 관련된 인물이라면……"

가만히 쳐다보는 남궁서군.

그런 그를 지그시 응시하는 능시걸.

천하를 호령하는 두 수장의 눈빛이 마주치던 순간이었다.

"이 말 좀 전해주십시오. 남궁은 결코 잊지 않을 거라고. 은혜든 원한이든."

그 말을 남기고 그렇게 지나쳤다.

가주가 사라지자 머쓱하게 서 있던 능시걸이 머리를 긁적였다.

"현명하구먼."

능시걸은 가주가 이미 누군지 짐작했다고 생각했다.

하지만 팽가와의 입장, 그리고 그간 알아보지 못한 남궁세가의 혈육에 대해 입장이 복잡하게 엇갈렸다. 여기서 백까지 들춰보는 순간 더는 감당 못 할 난처한 상황이 발생할 수도 있었다.

그래서 덮은 것이다.

"그게 최선이겠지."

남궁가주의 신중함이 드러나는 순간이었다.

일이 어떻게 되든, 나중에는 모든 진실이 밝혀질 터였다. 설령 밝혀지지 않는다면?

그때는 그때대로 남궁만의 힘으로 파헤칠 수 없다는 뜻도 되리라.

은혜와 더불어 원한이라는 단어까지 굳이 넣은 것은 그런 의미일 터였다.

능시걸은 웃으며, 쓰러져 있는 곡전풍과 황진수의 어깨를 툭툭 쳤다.

"가자."

"예?"

"어찌 된 겁니까?"

아직 제대로 된 영문을 파악하지 못한 채 눈을 껌뻑이며 바라보는 두 사내.

그들을 향해 능시걸이 등짝을 후려치며 외쳤다.

짝!

"시끄럽고. 가자고, 이놈들아."

능시걸이 두 사내의 멱살을 잡은 채 재빨리 남궁세가 대전 밖으로 끌어냈다.

*　　　*　　　*

창밖을 보는 팽인호의 눈빛은 깊게 가라앉아 있었다.

긴긴 세월, 정진 일도로 수도에 몸을 바친 구도자와도 같았다.

아침에 도를 얻으면 저녁에 죽어도 좋은 것. 다만 팽인호가 원하는 것은 도 따위가 아니었다.

"들어오십시오."

인기척에 팽인호의 고개가 젖혀졌다.

들어온 이들은 청성의 도사와 남궁세가의 장로.

먼저 자리에 앉아 있던 팽인호가 상대의 기색을 살피며 연유를 물었다.

"무슨 일이십니까?"

"거두절미하고 말하겠소."

먼저 입을 연 건 남궁세가 남궁백 장로였다. 그는 평소보다 훨씬 얼굴이 굳어 있었다.

"남궁은 이번 팽가의 결행에서 빠지려고 하오."

"예?"

"자세한 이유는 차후에 말해주겠소. 난 이 말만 전하러 왔소."

팽인호의 시선이 점점 불쾌하게 변했다. 하지만 남궁백은 가타부타 대답 없이 시선을 돌렸다.

그사이 청운 도장도 입을 열었다.

"본 파도 남궁세가와 입장을 같이하오. 뿐만 아니라."

"……."

팽인호의 시선이 그에게로 향했다.

"두 가문의 쟁투가 적정선 이상의 응징, 예를 들어 팽가가 장씨세가의 멸문까지 노리는 것이라면 강호 동도들의 안위를 위해 결코 좌시하지 않겠소."

팽인호의 눈썹이 꿈틀거렸다.

좌시하지 않겠다는 말. 그것은 일방적인 통보고 명령에 가까웠다.

발작하려는 성미를 누르고 팽인호는 간신히 목소리를 낮춰 물었다.

"이유라도 말씀해 주시오리까?"

"이유 역시 남궁세가와 같소. 차후에 이 일을 말해줄 터. 이 말을 전하러 왔소."

한데 매정하게도 청운은 팽인호의 노력을 모르지 않을 터인데도 일언지하에 거절했다.

"청운 도장!"

벌떡!

팽인호가 결국 참지 못하고 일어섰다. 삿대질만 하지 않을 뿐이지, 그는 당장에라도 도사인 척하는 상대의 멱살을 잡고 싶을 지경이었다.

"천지에 이런 법도가 어디 있소! 이제껏 동맹을 맺은 상대를! 사유조차 말하지 않고 일방적으로 파기해 버리다니! 귀 청성에서는 신의의 가치가 무엇인지 모르시는 게요!"

"신의라?"

섬뜩!

순간, 분노한 팽인호가 오히려 몸을 움츠릴 만큼 강한 살기가 상대에게서 전해졌다.

청운 도장은 얼음처럼 차갑게 냉소하며 되물었다.

"신의라고 했소? 하루아침에 조약을 일방적으로 파기하니까? 그럼 팽가는 어떻소?"

"무슨……."

"팽가가 애초에 우리에게 모든 일을 다 밝히고 이 일을 시작했던가? 이번 일로 노리고 있었던 게 대체 뭐던가? 앞으로 원하는 바가 무엇인가? 이걸 지금이라도 모두 다 밝힐 수 있소?"

"……!"

팽인호는 등골에 찬물이라도 맞은 듯 얼어붙었다.

그런 그를 보며 청운 도장은 까닥, 오만하게 고개를 끄덕였다.

"그 때문이오. 이유는 우리보다 팽인호 일 장로, 당신이 더 잘 알 것이오. 그럼 이만."

드르륵.

두 노인은 그 말을 끝으로 자리에서 일어났다.

그들이 문을 닫고 나가 버리자 팽인호가 어이없다는 듯 실소를 흘렸다.

"허……."

황망했다.

지금 저들은 명문 세가의 장로에게 보이는 최소한의 예의도 보이지 않고 있었다. 오히려 대놓고 무례를 보이며, 반발하기를 기다리는 투였다.

"이게 대체 무슨 일인가……."

팽인호는 과거 조사한 내용을 곱씹어 보았다.

얼마 전 장씨세가에서는 남궁세가와 청성파로 서찰을 급파했다.

당시에는 약간 미진한 느낌은 있었으나, 이제 와서 뭘 하겠는가 싶은 마음에 가볍게 넘겨 버렸다.

그런데 지금에 와서 되짚어보면…….

"뭐, 상관없다. 남궁세가의 도움은 애초에 바라지도 않았고 청성 따위가 손을 보태봐야 막아설 수 있는 상대도 아니니."

드륵.

그는 스스로에게 들려주듯 말하며, 서탁에서 노란빛 작은 서신 하나를 꺼내 펼쳤다.

─군사 삼천. 천호장 셋과 백호장 서른. 최정예 금의위 넷이 장씨세가를 향해 출진.

현재 그가 가장 믿고 있는 것은 바로 이것이었다.

자그마치 삼천의 군병이 장씨세가로 향했다.

상대가 무슨 대비를 하든 노도와 같은 힘의 물결에는 휘말릴 수밖에 없을 터였다.

스륵. 턱.

팽인호는 노란빛 서신을 내려놓고 붉은색 두루마리를 꺼내
들었다.

팽가 자체적으로 조사했던 것과 달리, 이는 며칠 전 군부에
서 날아든 서신. 당상관과 연결된 또 다른 정보책, 운 각사에게
서 온 밀서였다.

―걱정 마십시오. 제아무리 도지휘사가 군세를 일으켰다고 해도 장
씨세가 역시 관군에 녹을 바쳐 온 집안. 거기에 팽가의 입장도 있으니
제가 적당선에서 물리게 만들 것입니다.

장씨세가를 모두 쓸어버릴 것 같은 기세와 달리 그들은 실상
암묵적인 약속을 하고 있었다.

왜냐하면 모든 것을 파괴해 버려서야 팽가가 훗날 운수산 차
지를 도모하기가 힘든 까닭이다.

팽인호의 시선이 밀서의 마지막 글귀로 향했다.

―시험해 보는 것입니다. 재미있지 않습니까? 과연 삼천 군세 속에
서 '그'가 어떤 행동을 보일지.

"시험이라……."

팽인호의 입꼬리가 미미하게 올라갔다.

몇 번을 봐도 도무지 이해가 가지 않는 부분이 바로 이것이

었다.

상계의 세가 하나를 치기 위해 일으킨 군사가 자그마치 삼천. 뛰어난 무장뿐만 아니라 금의위까지 합류한 상황에서 대체 무슨 시험을 하겠다는 것인가.

"단 한 명의 능력을 알아보기 위해 삼천의 군대를 움직였다고?"

다만 운 각사가 보낸 첩지는 그의 심기를 묘하게 뒤틀어놓았다.

관군이 장씨세가를 치는 일은 분명 기존의 계획에 없던 것이었다.

제아무리 도지휘사라 해도 중앙 정부인 오군도독부 승인 없이 군대를 출정시키기란 불가능했다.

한데 운 각사가 그에 동조했다. 그리고 그 이유가 바로 고작한 명의 무인 때문이란다.

"아무리 역발산기개세라 해도 일개 무인이 삼천의 군사를 상대로 뭘 하나. 운 각사란 자도 쯧쯧쯧……."

그는 고개를 저으며 천천히 책상으로 걸음을 옮겼다.

운 각사는 팽인호도 그 속내를 읽기 힘들어 경계를 하는 자다.

과거 황실에서 역사의 편찬을 맡았고 지금은 군을 관장하는 오군도독부에 속해 있는 기묘한 인물.

하지만 팽인호는 그를 다시 한번 평가해 봐야겠다는 생각을 했다.

똑똑똑.

"또 누군가?"

문득 문밖에서 들리는 인기척에 팽인호의 시선이 그곳으로 향했다.

팽가 무인 한 명이 급히 다가와 고개를 숙였다. 팽인호가 팽가 내에서 정보를 물어 오게 부리고 있는 자였다.

"무슨 일이냐?"

"방금 소식을 듣고 곧장 달려왔습니다. 장씨세가로 가던 군사 삼천이 회군했다고 합니다."

"회군? 그게 무슨 말이냐?"

팽인호는 눈살이 찌푸리며 말했다.

"삼천의 군대가 장씨세가로 향하던 중 불의의 기습을 받았고 진열이 흐트러짐과 동시에 도지휘사가 납치되었습니다."

"무슨 소리냐, 그게? 대체 누가 그들을 막은 것이냐?"

팽인호의 말이 흐트러졌다. 똑같은 질문을 되풀이했다. 말을 못 알아들어서가 아니라 이해가 되지 않았던 탓이다.

"아직 파악 중에 있습니다만 추정으로는……."

팽가 무인은 고개를 숙이며 말을 이었다.

"광휘란 자가……."

쾅!

내려치는 팽인호의 표정이 일그러졌다. 탁자를 내려친 후에도 눈가에 경련이 일어나고 있었다.

"지금 그 말을 믿으라는 건가?"

"……."

"지금 그 말을 믿으라는 건가! 내게!"

눈을 부릅뜨며 말하자 팽가의 무인은 별다른 대답도 하지 못했다. 그저 처분만 기다린다는 자세였다.

그것이 팽인호의 기분을 더욱 불길하게 했다.

"또 있는가?"

"예."

팽인호는 노려보며 그의 대답을 기다렸다.

"천외문과 화월문의 문주가 갑작스러운 암습에 사망했습니다. 거기다 패주(敗州)의 지부(知府)도 화를 당했습니다."

"허어. 허허. 허허허."

팽인호가 실소를 흘렸다. 기가 찬 것을 넘어 당황스러워 말도 나오지 않았다. 대체 무슨 마가 씌었는지 일이 이상하게 흘러나가고 있었다.

"비연 단주와 서진(西眞) 단주는 어디에 있나?"

"대전에서 기다리고 있습니다."

"알겠다."

스윽.

잠시 뒤 그는 자리에서 일어나 밖을 나갔다.

싸늘하게 굳은 얼굴로.

＊　　　＊　　　＊

"장로는 언제 온단 말이오!"

쾅쾅!

탁자를 두 번 내려치며 광분하는 이는 서진 단주란 자로 이 백에 달하는 천외문을 대표해서 온 자였다.

"얘기를 전했다 하니 일단 조금만 기다려 보시죠."

이미 먼저 와 자리에 앉아 있던 팽월이 그를 향해 말을 붙였다.

그럼에도 서진은 세차게 고개를 저었다.

"내가 직접 찾아가겠소! 지금 한시가 급한 상황이오!"

그는 문주가 죽었다는 얘길 듣고 곧장 자리를 떠나려고 하고 있었다.

하지만 팽 장로를 만난 뒤 가라는 팽월에 의해 이러지도 저러지도 못하고 있었다.

"비연 단주, 뭐라고 말 좀 해보시오!"

서진의 시선이, 맞은편 탁자에 앉아 있던 비연에게로 향했다.

그녀는 별다른 반응 없이 조용했다. 실은, 그를 무시하기보다 과거의 기억을 떠올리느라 대꾸하지 않은 것이다.

"내겐 아주 익숙한 싸움이라는 거요."

누구보다 이 사건에 대해 모든 정보력을 모으고 있던 비연이었다.

군세를 움직여 장씨세가를 치러 갔고, 와해되었다는 소식. 거기에다 남궁세가와 청성도 손 떼고 물러섰다는 일들을 모두 전해 들어 알고 있었다.

'당신, 대체 누구인가요.'

단지 일개 무인이다. 장씨세가에 그저 그 한 명만 있을 뿐이었다.

하지만 그 한 명이 모든 전세를 바꿔놓고 있었다.

"오셨습니까?"

팽가 무사의 말에 그녀의 시선이 뒤로 향했다. 그곳엔 팽인호가 담담히 걸어오고 있었다.

"일 장로! 지금 상황이 어떻게 된 거요? 문주를 죽인 자가 정말 장씨세가 사람이오?"

서진 단주가 외치듯 하는 말에 팽인호는 담담히 그를 바라보다 고개를 숙여 보였다.

"아마도 배후에 그들이 있는 것 같습니다."

"이놈들!"

서진은 이를 바득바득 갈며 외쳤다.

팽인호는 그런 그의 행동을 유심히 지켜보다 말했다.

"우선 본문으로 돌아가셔서 사태를 수습하십시오. 이후 정해지면 다시 출정을 권하겠습니다."

"제길!"

곧장 밖을 나갈 것처럼 움직이던 그가 팽인호 앞에 다가가 멈춰 섰다. 그러고는 천천히 그를 노려보던 서진이 입을 열었다.

"우린 이 싸움에 모든 걸 걸었소. 혹시 팽가가 우리가 바라는, 그만한 곳이 아니라면."

그는 싸늘하게 말했다.

"이후의 행동은 우리도 알 수 없소."

그는 그 말을 끝으로 대전을 빠져나갔다.

잠시 뒤 팽인호의 시선이 비연 단주에게로 향했다.

"전해줄 말은 같아요."

그녀는 고개를 숙이며 말했다.

"팽 장로."

"말씀하시오."

"경적필패(輕敵必敗). 상대를 너무 가볍게 보시지 말기 바랍니다."

그는 그렇게 자리에서 나갔다.

"대체 무슨 일이 일어난 겁니까!"

팽월 그리고 그녀와 이곳에 함께 들어왔던 팽오운, 그들 휘하의 죽립 무사들 역시 팽인호를 바라보았다.

"상대가 생각보다 강했던가 보구려."

팽인호는 그 한마디만 겨우 내뱉었다.

"팽 장로가 생각보다 능력이 없는 것이 아니고?"

팽오운의 말에 팽인호는 말없이 그를 바라보았다. 속에서는 천불이 났지만, 이런 때는 입을 열수록 미궁에 빠지는 법이다.

'거센 비는 오래가지 못한다. 물러서서 다시 일어날 때를 기다리면……'

"일 장로!"

그러나 오늘따라 무슨 마가 끼었는지 일들이 밀어닥쳤다.

팽가 무인 한 명이 급히 뛰어오며 부복했다.

"무슨 일이냐."

"밖에 수상한 사람들이 있어서 보고드리러 왔습니다."

팽인호는 섬뜩해졌다. 일들이 연달아 터지니 이젠 보고란 말만 들어도 가슴이 철렁할 지경이었다.

"별 볼 일 없는 자면 쫓아 보내면 될 것이고, 들일 사람이면 들이면 되지, 뭘 그리 중요한 보고처럼 얘기하느냐."

"그것이 아니라 그저 길을 막고 있어서……."

"길을 막아? 팽가 앞에서? 누가?"

"그게……."

팽가 무인은 잠시 뜸을 들이다 입을 열었다.

"당문입니다!"

『장씨세가 호위무사』제3막 9권에서 계속…